Com-
pliments
of a
Fiend

Fredric Brown

論創海外ミステリ
MYSTERY
153

アンブローズ蒐集家

フレドリック・ブラウン

圭初幸恵◎訳

論創社

Compliments of a Fiend
by Fredric Brown
1950

目次

主要登場人物

エド（エディ）・ハンター……………スターロック探偵社所属の新米探偵
アンブローズ（アム）・ハンター……エドの伯父、かつ相棒の私立探偵
エステル（ステル）・ベック…………元カーニバルのショーガール
ベン・スターロック……………………スターロック探偵社社長
デーン・エヴァンズ……………………スターロック探偵社事務長
ジェーン・ロジャーズ…………………スターロックの秘書
ブレイディ夫人…………………………エドとアムの住むアパートの家主
チェスター・ハムリン…………………エドとアムの隣室の男。カメラが趣味
カール・デル……………………………チェスターの隣室の男。占星術に入れこんでいる
リチャード・バーグマン………………〈グレシャム・ホテル〉四一八号室の男
オーギー・グレーン……………………ナイトクラブ〈ブルー・クロコダイル〉を経営。数当て賭博の胴元
トビー・デイゴン………………………オーギーの片腕
トーマス（トミー）・レイナル………中古車の借金を踏み倒した男
フランク・バセット……………………殺人課警部

アンブローズ蒐集家

一九一九年十二月二日。アンブローズ・スモールなる人物がカナダのトロントにて、忽然と姿を消した……百万ドルを超える資産を置き去りにして……。

アンブローズ・スモールの調査にとりかかる以前から、私はこの一件に惹かれるものを感じていた。すでに述べたのとはまた別の〝偶然の一致〟とみえるものが存在したからである。そこになにかしらの意味がひそんでいると疑うのは、あまりにも不合理に思われる。しかし、だからこそ私は、数多くの経験に照らして真剣に考察してみることにした。アンブローズ・スモール失踪のおよそ六年前、かのアンブローズ・ビアスが行方をくらました。世界中の新聞がこぞって、アンブローズ・ビアスの謎を書きたてた。とはいえ、テキサスにおけるアンブローズの失踪と、カナダのアンブローズの失踪になんの関係があり得るというのか？　何者かがアンブローズをコレクションしているとでもいうのか？

――『チャールズ・フォート著作集』

第一章

　その夜、アム伯父は帰らなかった。退社時間が来ても出先から戻らなかったので、〈スターロック探偵社〉――伯父とぼくの勤めているところ――の事務所で油を売っていたぼくは、ひと足先にアパートへ戻った。六時には伯父も帰ってきて、一緒に夕食へ出られるだろうと思ったのだ。ところが七時になっても戻らず、腹が減って待ちきれなくなった。そこでひとりでクラーク通りへ行き、店のおすすめのバーベキュー料理を食べた。

　カウンターへ出ていたのは、同じアパートに住んでいるエステル・ベックだった。注文したときにはお喋りの暇もなかったが、ぼくが食べおわるころには店内も落ちついて、向こうからやってきた。

「いらっしゃい、エディ。二、三日見なかったわね」

「毎日バーベキューってわけにはいかないよ」

「あたしだって、四六時中ここで働いちゃいないのよ。一時半には上がれるわ」

「寝てるよ、その時間には」ぼくは言った。「毎朝七時半に起きてるんだ。夜の一時半からデートじゃ、四時前にはベッドに入れないだろ。それとも、そうでもない？　答えなくていいよ、釣られちまうかもしれないから」

　エステルは顔をしかめてみせた。「コーヒーのお代わりは？　今夜は、アムはどうしたの？」

「もらうよ、ひとつ目の質問への答えだけど。ふたつ目のことは、どうしたか知らないんだ。仕事で遅くなってるんじゃないか」

「もしかしたら、アンブローズ・コレクターにコレクションされちゃったのかも」

「え?」ぼくは訊き返したが、エステルはコーヒーのお代わりをいれに行ってしまったので、戻ってくるまで待たなくてはならなかった。「アンブローズ・コレクターって?」

「謎の人物よ」

「へえ。で、なんだってアンブローズをコレクションするんだ?」

「それも謎」

「なるほどね」ぼくは続けた。「ところでさっきから、客がふたり待ちぼうけを食わされてるぜ。それから店のおやじが、すごい顔できみを見てる。馘《くび》にされたいのかい?」

「ええ、望むところ」そう言いつつもエステルは、新来の客たちへ給仕をしに行った。

ぼくはコーヒー越しに彼女を眺めながら、とんだへまをやらかしているのか、それともこれが分別というものだろうか、などと考えていた。エステルとは、アム伯父もぼくもそれなりに長いつき合いになる。ぼくたちが旅回りのカーニバル一座を辞めたのと同じシーズンに、彼女もそこを辞め、ぼくたちがシカゴへ移ってきたときに、彼女も移ってきた。それからたまに会う機会もあったが、同じアパートに住むようになったのはわずか数ヵ月前のことだ。ともあれ、お手軽な関係ですませるには深く知りすぎているし、好きになりすぎている相手だ。かといって一生ものの関係――あるいは、将来的に一生ものになりそうな関係を望むかというと、そんな気持ちにはなれそうもなかった。

けれどもここに座って彼女を眺めているうち、そんな風にうだうだ考えてるなんて馬鹿だと言いきったアム伯父が、まんざらまちがってもいない気がしてきた。

そして伯父のことが頭にうかぶや、当然ながら帰っているかどうかが気になりはじめた。ぼくはコーヒーの残りを飲み干し、じゃあまた、とエステルに手を振ると、アパートへの帰路についた。

伯父はまだ帰っていなかった。もう八時近い。ぼくは階下へとって返し、家主のブレイディ夫人の部屋のドアをノックした。ぼくあての電話が来なかったかと尋ねたが、来ていないとの返事だった。

そこでぼくは部屋へ引き返した。ぼくたちの部屋は二階の正面側で、ふたりで使うにしても充分に広く、住み心地のいいところだった。時間つぶしにトロンボーンを取り出し、小さく吹く——トロンボーンで可能なかぎり小さく。手慣らしにいくつかの音階を吹いてから、携帯式プレイヤーにディジー・ガレスピー（アメリカのジャズ・ミュージシャン）のレコードを載せて、そのビバップ（一九四〇年代に発達したジャズの一形態）のノリについていこうとした。

するとノックの音がした。手を伸ばしてプレイヤーを止め、声を張りあげた。「どうぞ」

ドアがひらき、隣室のチェスター・ハムリンが戸口の側柱へ気《け》だるげにもたれかかった。アンダーシャツにズボン、部屋履きといういでたちだ。

「ジミー・ドーシー（アメリカのジャズ・クラリネットおよびサックス奏者）ばりに吹きこなすじゃないか」

「トミー・ドーシー（アメリカのジャズ・トロンボーン奏者、ジミーの弟）だよ、それを言うなら」

チェスターはにやりとした。「そうだっけか？」

「そうさ」ぼくは答えた。「用はそれだけ？」

上げてみせた片手に、ドライバーが握られていた。「こういったものの扱いも、得意だったりするんじゃないか？」

「仕組みはわかるよ。先っちょに四角い刃がついてるだろ。ネジの頭には溝がついてるから、刃先をその溝にあてがって、くるっと回すんだ。時計回りだね、たしか」

「聞いただけでもややこしそうだ。実演願えないかね？」

ぼくはため息をついて、トロンボーンをベッドへ置いた。ついていって隣室に入ると、チェスターはクローゼットのドアを指さした。「あれに掛け金をつけようとしてるんだが、ネジが刺さりやしないんだ。刺されば回せると思うんだけどな。どうやって刺すんだ？ なにしろ戸板が硬くてな」

ぼくは、かわいそうなものを見る目を向けた。「釘と金槌のことは思いうかばなかった？ 釘をちょっと打ちこんでから、引っこ抜けばいいんだよ」

「ちぇっ、考えてもみなかった。ネジを金槌で打ちこもうとしたんだが、てんでだめでな。おまえ、ぶっとい釘は持ってないか？」

「遊んでるやつはないけど、ぼくらのほうのクローゼットに物掛け用のがたくさんついてるから、一本引っこ抜いて、あとで戻せばいいよ。でも、そのクローゼットにも一ダースくらいついてそうだけど」

チェスターはかぶりを振った。「全部抜いて捨てちまったんだ、昨日。ここを暗室に仕立てようと思ってさ。服は残らずタンスのなかだ。けっこういい仕上がりだぜ、見てくれよ」

クローゼットのドアを開け、なかの電灯をつける。ぼくは足を踏み入れ、内部を見まわした。たしかにいい仕上がりだ。チェスターのクローゼットはぼくたちのよりも広く、七×四フィートほどもあった。

ぼくの肩越しになかを覗きこみ、チェスターが言った。「おっと、釘があったな。プリントを吊るすのに、額吊りワイヤーを留めたのを忘れてた。一本使って、あとで戻しとけばいいか。暗室の出来映えはどうだい？」

「すごいね」ぼくは言った。「これだけやるには、だいぶつぎこんだんだろ」

「ざっと二百ドルかな。安上がりな趣味じゃないんだ。トロンボーンを吹くよりも出費は多いだろうな。といっても、騒音のほうは少ないぜ」

「しっ」ぼくはチェスターを制して、耳をすませた。誰かが階段を上ってくる。アム伯父が帰ってきたのだろうか。このクローゼットの壁一枚向こうがぼくたちの部屋なので、伯父が入れば音でわかる。けれども足音は廊下を通りすぎて、三階へ続く階段を上りはじめた。

ぼくは言った。「伯父かもしれないと思ったんだけど、違ったみたいだ。金槌を貸してよ、釘を抜いてやるから」

作業を終えると、ぼくはベッドに腰かけて、チェスターがドアの外側に掛け金をつけるのを眺めていた。

「どうして外側なのさ？」最後のネジを締めているところに問いかけた。「錠前は内側のほうがいいんじゃないの、どっちかと言えば。暗くして作業してるあいだ、ドアを開けられたくないんなら」

「その点は心配いらないんだ。部屋の出入口の鍵をかけとけばいいんだから。こいつは、暗室をいじくり回されたくないからつけたんだ。ブレイディさんにも、掃除婦にも、ブレイディさんとこの坊主にも、だれにもな」

「でも、かえってチャンスなんじゃないの。そこの薬品のなかには、毒になるやつもあるんだろ」

「あるさ。それも理由のうちだ」

「やっぱりチャンスだよ、それは。あのワルガキがそこをいじくり回したら、うっかり毒を飲んじまうかもしれない」

チェスター・ハムリンはにやりとした。「なんだか、そそのかされちまいそうだな。そうだ、エド、今夜はもうトロンボーンを吹かないのか？」

「決めてないけど。なんで？　吹いてほしいの？」

「しょってるな。おまえさっき、ベッドに半分寝ころんでただろ、おれが部屋へ行ったとき。あれはいい写真になるぞ。トロンボーンが首に巻きついてるっていうか、そんな感じでさ。ちょうど今日、新発売の高感度フィルムを買ってきたんだ、フラッシュ撮影に試したいと思って。おまえが被写体なら、バルブを一、二個使いきってもいいいぜ」

「なるほどね、いいよ。あんたが道具を準備してるあいだ、一、二曲吹いてるかな。用意ができたら、勝手に入ってきてよ」

ぼくは自分の部屋へ戻ると、さっきチェスターに邪魔されたときと同じようにトロンボーンを吹きはじめた。ただ、今回はレコードはかけなかった。ややあってチェスターがドアを開け、ぼくは体勢を保ったまま吹くのをやめた。チェスターは戸口に三脚とカメラを据えた。「遠慮するな、吹いていいぞ。録音はできないが、かまわないだろ」

「ドアが開いたままじゃ、ごめんだよ。シカゴにこいつを吹いてもいいアパートがあったら、人殺しだってやってやるさ」

「まあ、とにかくそいつを口にあてがって、吹いてる真似をしとけ。スライド管を思いきり伸ばせ。よし、そのまま目だけで天井を見ろ。ソウルフルにな」

バルブが光った。

別のアングルからもう一枚撮ろうと、チェスターが三脚を数フィート動かしたところで階下の電話のベルが鳴った。ぼくは飛び起き、カメラマンを置き去りにして階段の下り口へ走った。アム伯父からの電話かもしれない。

最初の踏み段に足をかけた瞬間、ブレイディ夫人の「もしもし」という声が聞こえたので、動きを止めて待った。「さあ、どうかしら。お待ちくださいな」続けて夫人は声を張りあげた。「ハンターさん！」つまりこの電話は、アム伯父へかかってきたということだ。ブレイディ夫人は、ぼくのことをエドと呼ぶのだから。

それでも階段を駆けおりた。「ぼくが出ます、ブレイディさん。伯父はまだ帰ってきていませんが、ぼくが出ますよ」

受話器を受け取り、ひと息に言った。「もしもし、エド・ハンターです。伯父はまだ帰ってきてませんが、何か伝えましょうか？」

相手が答えた。「ベン・スターロックだ。エド、アムのやつから電話がなかったか？」

「ないです」ぼくは言った。「心配してたんですよ、そのことで。担当の件で遅くなってるんでしょうけど、そういうときはいつだって電話をよこしてたんです、もっと早いうちに。それとも尾行中で、電話ができない状況なんでしょうか？」

「いまは、あいつが受け持ってる案件はないよ。でも、とっくに電話をよこすことになってたんだがな。遅くとも今夜七時には来るはずだったんだが、もう九時になる」

「依頼の件で動いてるんじゃなかったら、なんなんですか、スターロックさん？　個人的な用事ですか?」

「そうじゃない。担当してる件はないが、依頼人に会うことになっててな。いや、正確には依頼人候補か。仕事の内容について面談をして、それがすんだら電話をよこすはずだった」

「いつごろのことです?」

「アムが事務所を出たのが夕方四時ちょっと過ぎ、おまえが戻ってきたのと入れ違いだ。その依頼人候補との面談後、おれに電話を入れる予定だった。五時前に終われば事務所のほうに、それを過ぎたら六時から七時のあいだに、おれの自宅へかけると言っていた」

「いま自宅なんですか?」

「帰ってきてからずっとな。やると言ったことをやらないなんて、アムらしくもない。それで気になって、こっちからかけてみたのさ」

「その件を引き受けたのかもしれませんよ」ぼくはいちおう言ってみた。「それで、すぐにとりかからなくちゃいけなくなったのかも。尾行だったら電話はできませんよね、調査対象者を見失うおそれがあるから」

ベン・スターロックは言った。「おれへの相談なしに、勝手に依頼を引き受けたりはしないよ。そういうことになってるんだ。依頼人もそれは承知してる。まずはアムに会ってみたいと言うんで、正式な打ち合わせは明日事務所へ来てもらってから、ってことになったんだ。料金の話だってまだだしな」

「伯父を行かせたんなら、依頼人の居どころはわかってるんですよね。電話で訊いてみたんですか?予定どおりに着いたかとか、何時ごろに出たかとか」

「どうしてもってとき以外、そいつは避けたいんだ。自分のとこの探偵の所在調査なんて間抜けすぎるだろ。まだ夜も更けてないしな。もう少し経って連絡が来なかったら、捜してみるさ」

「心配なんですよ、ぼくは。面談相手に会いそこねたとかで、スターロックさんに電話をよこさないのはわかりますけど、こっちによこさないのはわからない。仕事から帰ってきたぼくが、夕食のおあずけを食らうのはわかってるはずなのに」

「じゃあ、まだ食ってないのか？」

「七時まで待っても帰ってこなかったから、食べてきました。留守中も電話は来なかったですよ、さっき確かめてみましたが」

「このあとは出かけないのか？」

「はい。でも、その依頼人の居場所と名前を教えてもらえれば、ちょっと様子を見てきますよ。押しかけるのが不都合なら、外からとかでも」

「いや、まだやめておけ。あと二時間はおとなしくしてろ。十一時になっても帰らない、電話も来ないとなったら、捜してみることにしよう。いいな？」

「……はい」十一時は、ひどく先のことに思えた。

「よし、じゃあ切るぞ。こっちかそっちへ、アムが電話をよこしてるかもしれん。両方とも話し中だからな、このまんまじゃ。それじゃあな、エド」

「伯父から連絡が来たら、すぐ電話します。そっちに来たら、よろしくお願いします。じゃあまたあとで、スターロックさん」

二階へ戻った。チェスター・ハムリンは二枚目の準備をすませ、ベッドの端に腰かけて待っていた。

ぼくの顔を見て尋ねる。「どうかしたのか?」

「ちょっと心配でね」ぼくは打ち明けることにした。「アム伯父の居場所がわからないんだ。数時間前には帰ってたはずなんだけど」

「おいおい、アムなら大丈夫だろ。しっかり者なんだから」

「それはそうさ。でも――」

「身分証は持ってるんだろ?」

ぼくはうなずいた。

「それなら万一事故だとかに遭ったって、連絡が来るはずだ。どっかで飲みほうけてるか、ブロンドでも引っかけてるんじゃないか。そら、もういっちょ〝ヤングマン・ウィズ・ア・ホーン〟（アメリカの小説、および一九五〇年公開の同名映画。ホーンは管楽器の意。邦題〝情熱の狂想曲〟）としゃれこもうぜ。ポーズを頼むよ」

そんな気にはなれなかったが、かといってほかにやることもなく、ぼくはさっきと同じポーズで違うアングルからもう一枚撮らせた。

部屋を出ていく際にチェスターが閉めたドアを、ぼくはもう一度開けに行った。電話のベルの音を聞きのがさないように。

わずかでも時間つぶしにと、トロンボーンをぴかぴかに磨きあげた。ケースへしまって腰を下ろし、夕刊を広げる。いやしくも探偵であれば、最低でも日に一紙は新聞に目を通し、すべての（とりわけ犯罪だとか政治がらみの）地元記事を丹念に読み、記憶に刻みつけておくものだ。ふだんなら得意分野なのに、いまは集中できなかった。電話が鳴るのではと耳をすませていたが、いっこうに鳴る気配がない。

とうとう記事を追うのをあきらめ、漫画欄を見たり、スポーツ欄でシカゴ・カブスの調子を確かめたりした。チェスの問題も覗いてみたが、ぼくには手ごわすぎたか、集中が足りなかったか、あるいはその両方だったかもしれない。あきらめて株価表のページをひらき、値上がり銘柄、値下がり銘柄、および変動なしの銘柄の総数を見た。といっても別に株を持っているわけでも、関心があるわけでもない。デーン・エヴァンズの数当て賭博の勘がどれほどのものか、少しばかり興味がわいただけだ。デーンは〈スターロック探偵社〉の事務長で、数当て賭博にどっぷりはまっている。今日は４４４に一ドル賭けていたので、当てたかどうかちょっと気になったのだ。結果は外れだった。

ぼくはしばらく窓の外を眺め、また腕時計に目を落とした。まだたったの九時四十分だ。時間の流れが信じられないほど遅い。

もう、心配せずに過ごすこともあきらめた。不安な気持ちに身を任せ、アム伯父に何が起こったのか、あれこれ想像をめぐらした。

電話は一度だけ鳴った。ブレイディ夫人が出るころには、ぼくは階段を下りきっていた。夫人は「お待ちくださいな」と言い、こちらへ向きなおった。「カール・デルへかかってきたのよ、エド。大声を出すのも面倒だし、ノックしてもらえない？」

はい、とぼくは答えて、二階へ戻った。カール・デルの部屋——チェスター・ハムリンの部屋の反対隣だ——のドアをノックし、電話だと伝えた。

カールの電話はわりと早く終わった。カールは二階へ戻ってくると、自分の部屋を通りすぎ、ぼくたちの部屋の戸口に立った。「前に言ってたことがあるよな、おまえもポーカーをやるって？」

「少しね」ぼくは答えた。「うちの一族じゃ、アム伯父がいちばんの本格派さ。ぼくの十倍も負けられるんだから、半分の時間で」

「ピーウィー・ブレインからかかってきたんだ。おれの部屋で一度会ったことがあったな。これから始めるそうだ、賭け額十セント限度で。あいつの住まいじゃなく、ここから数ブロック先でな。おまえもちょっとどうだ？」

「いや、遠慮しとくよ。電話を待ってるんだ」

「何かあったのか、エド？　どうも……そんな気がするぞ」カールは部屋へ入ってきて、安楽椅子の肘掛けに腰を下ろした。

「何もないことを祈ってるんだ。伯父のことがちょっと心配でね。まだ帰ってこないし、電話も来なくて」

「仕事か？」

「どうかな。今日の午後だれかに会う予定だったみたいだけど、それでこんなに遅くなるわけがないし――遅くなるにしても、電話で知らせてくるはずなんだ」

カールは膝に頬杖をついて身を乗り出し、ぼくを見すえた。そして案の定、例の話が始まった。

「おれが力になれないかな、エド？　おまえが占星術を信じてないのは知ってるが――いやいや、信じていようといまいと、占星術が科学だという事実は変わらない。科学であることは証明ずみなんだ。伯父さんの居どころや、何が起きたかを教えてやれる保証はないが、とにかく試させてくれないか」

「あんたに、時間の無駄づかいをさせたくないよ」

「そうなるとはかぎらないぞ。これで何か摑めれば、おれにとってはいままで水掛け論だったことを、おまえに証明してみせるチャンスだ。おまえだって伯父さんの居場所がわかるかもしれないし、わからなかったとしたって、別に損はないだろ。本職の占い師じゃないから、代金は取らないしな」

彼の感情を害さずに返事をするのは、至難の業だった。けれども突如として、うまい答えがひらめいた。しかも百パーセントの真実だ。「忘れてたよ、カール。ぼくはアム伯父の誕生日を知らないんだ。プレゼントだのバースデーカードだのがわずらわしいって、だれにも教えてないんだよ」

「おいおい、嘘だろ」

「本当のことだよ、年齢は四十三歳だって知ってるけど。一月生まれだろうけどね、たぶん。去年のクリスマスごろにはまだ四十二歳だったし、今年の二月はじめくらいに、だれかに訊かれるかどうかして、四十三歳って答えてたから」

「一月か——十九日までなら山羊座だな。それよりあとなら水瓶座だ」

「山羊座じゃないかな。けっこうヤギっぽいところもあるし、水よりビールが好きだから、水瓶座ってのもピンと来ないし」

「おまえのおちゃらけなのは、承知のうえで言うけどな。十二宮をそんなに文字どおりに解釈するもんじゃない。そういうものとは違うんだ。ただ、正確な生年月日がわからないといけない、ってところはおまえの言うとおりだ。できれば生まれた時刻と、生まれた場所も知りたい。そのへんがひとつでも異なれば、結果に差が出てくるんだ。細かいことまでわかるホロスコープを作るのは無理だろうな。もちろん、おまえのホロスコープも参考にはするが。伯父さんの身にふりかかったことは、おまえにも影響するから。だけど正直なところ、確実な情報を摑めるかというと、はなはだ心もとないな」

「それじゃあ、よしとこうよ」

「そうだな。でもほかに、何か手伝えることはないか？　ポーカーはやめてもかまわないぞ。どっちみち今夜は気乗りもしないしな。伯父さんが帰ってこないなら、外へ捜しに行くのか？」

ぼくは腕時計を見た。「あと一時間近くは行かないよ。十一時になっても帰ってこなかったら、なにかしら始めるだろうけど。でもたぶん、そのときも連れが一緒だと思うよ。うちの上司がさ。本当にアム伯父に何か起きたんなら、社のほうでも人手がほしいはずだから」

カールはうなずいた。「それじゃあ、おれは足手まといだな。わかった、それならちょっと行ってくるか。あと少ししたらな。十時半までは始まらないし、たった数ブロック先だしな」

「勝てそうなの？」ぼくは尋ねた。

「そんなことは――」カールは言葉を切り、にやりとした。「なるほど、そういうことか。実はな、今日はおれにとって、なかなかのラッキーデーなんだ。ひと儲けできるかもしれないぜ。でも、この手のことは漠然としか占えないもんだからな。特にポーカーについては」

「どうして？」

「そうだな……勝つよりも数ドルくらい負けたほうが、長い目で見りゃ得だってのがひとつかな」

「なんだか、こじつけくさいね。どうして、って訊いたのは、そういうことじゃないよ。どうして『特にポーカーについては』なの？」

「ポーカーってのは、運ばっかりのゲームじゃないからさ。手元のカードの価値が相手よりも高いか低いか、判断しなけりゃならない。そして運がよくても――いい手が来るって意味でだが――いざ賭けるときに判断を誤れば、けっきょくは損をするんだ」

「だったらルーレットのほうが、占星術が役立つってこと？　いや、いちゃもんをつけたいんじゃないよ。あんたのものの見かたに、純粋に興味がわいたんだ」

カールは苦笑した。「それがまちがってると思っててもか？　そうさな、ルーレットのほうが役に立つはずだぞ。占星術で得られる助けを別にすれば、完全に運頼みのゲームだからな。ついてる日だけを選んでプレイすれば、平均の法則も賭博場の取り分も超えられるはずだぜ——もちろん、長い目で見ればな」

「じゃあなんで、占星術師は全員金持ちじゃないのさ？」

「理由のひとつは——エド、おまえにはばかげて聞こえるだろうが——占星術師になるほど熱烈に、人生の霊的な面に惹かれた人間は、ばくちで稼いだ金じゃ本当の幸せは買えないことを悟っちまうのさ。そんなものは本物じゃない。建設的じゃない。世界の福祉や発展に寄与しない。何をきれいごとを、と思うかもしれないが、それが健全なありようってもんさ。占星術ってのは、善《よ》き生きかたの道しるべなんだ。だから建設的じゃない生きかたを望むやつには、まちがった道しるべにもなる」

「ばかげては聞こえないよ。ぼくもそんな風に稼ぎたいとは思わないしね。ただ、当たりくじの番号くらいなら、教えてもらってもいいかな。そうすれば元手ができて、望むやりかたで稼いでいける」

「私立探偵の仕事が好きじゃないのか？　気に入ってると思ってたが」

「いや、気に入ってるよ。でも〈スターロック探偵社〉で働くよりも、〈ハンター探偵社〉で働きたいんだ。ふたりで会社を持つことを目指して、アム伯父とお金を貯めてるんだけど、なかなか道が険しくてね。どうもぼくたち、お金を使うのが好きすぎて、貯金を楽しむのに向いてないみたいだ。そんなこんなで、預金残高は目標をはるかに下回ってるありさまさ」

少しのあいだ、カールはひどく真剣な目でぼくを見つめたかと思うと、おもむろに口をひらいた。

「そういうことなら、力になれるかもしれないぞ」

「どうやって?」

「まあ、説明は後回しにしたほうがよさそうだ。ポーカーに遅刻しないためには、そろそろ出たほうがいいだろうしな。ところで、場所を教えとくか? つまり、伯父さんが帰ってきて、もう大丈夫だってわかったら、やっぱりちょっと参加したくなるかもしれないだろ」

「ありがとう、でもやめとくよ。そのころにはだいぶ遅くなってるだろうし、明日も早起きしなきゃいけないから」

「そうか、わかった。まあそのほうが、金の節約になるかもな。今夜は勝ちそうな気がするんだ」

戸口のところで、彼は振り返った。「ええと、その……伯父さんが何ごともなく帰ってくることを祈ってるよ」

「帰ってくるさ」ぼくはそう返して、ドアを閉めようとしたカールに言った。「開けたままにしといてよ。電話のベルが鳴ったら、確実に聞こえるようにしときたいんだ」

カール・デルが階下の玄関を出ていく音を聞きおえると、またも時間の流れが遅すぎることが気になりはじめた。まだ十時半にもなっていないのだ。

数分ののち、ベルが鳴った。ぼくは飛ぶように階段を下り、ブレイディ夫人よりも先に受話器を取った。

けれども、今度もアム伯父ではなかった。応答すると、ベン・スタークの声が聞こえた。「おまえか、エド?」

「はい。何か連絡が?」

「違う。おまえも心配だろうが、おれまでそんな感じになってきた。あと三十分待たずに、いまから捜しはじめるか？」

「ぜひ。どこかで落ち合いましょうか、それとも？」

「それはまだだ。先に電話をかけてみよう。おまえがかければ――いや、待てよ。まずはおれが依頼人、じゃなくてその候補にかけてみたほうがよさそうだ。単に面談が長引いてるだけか、そうじゃなくても、そいつが何か知ってるかもしれない。もう切るが、電話のそばにいろ。一、二分でかけなおす」

わかりました、と言って、受話器を置いた。階段のいちばん下に腰かけ、一、二分待っていたが、その後は電話の真ん前に立っていた。

だからベルが鳴ったとき、ぼくはまさしくそのそばにいた。

スターロックは言った。「あまりよくない話だ。いや、待て。悪い報せというわけじゃない。ただ、そんな男はホテルに泊まってないっていうんだ」

「その男がホテルの場所を知らせてきたのは、夕方かそれ以前のことなんでしょう。だったらその後、チェックアウトしたんじゃないですか」

「それも訊いてみたが、違うそうだ。どうも様子が気に食わん。エド、これから事務所へ行くことにしないか？　あそこのほうがいい考えがうかびそうだし、活動基地としても使える。手がかりを摑むとか、なんらかの方針が決まるまでは、あそこの電話を使ったほうが便利だろう」

「そうしましょう。スターロックさんはどのくらいかかります？」

「タクシーなら三十分だ。それだけあれば、おまえは徒歩でも来られるな。だから急がなくてもいいぞ」

しかしぼくは急ぎたかった。いますぐ行動に移りたかった。けれども、鍵を持っているスターロックが来なければ事務所にすら入れない。「行く前に何か、ぼくでやっておけることはないですか？　事前の準備とか」

「ない。エド、そう急《せ》くな。まずは、これからどうするべきかを一緒に考えるんだ。先走ってもろくなことはない」

「わかりました。でも、考えるための情報をください。その依頼人候補が、泊まってるはずだったホテルはどこなんですか？」

「〈グレシャム・ホテル〉だ、事務所から数ブロック先の。四一八号室と言っていた」

「名前は聞いたんですか？」

「ああ。そういえば、妙な名前だったな。しかもファーストネームは、伯父さんとおんなじアンブローズだ」

「苗字のほうは？」

「妙な苗字でな――コレクターだ」ベン・スターロックは言った。「アンブローズ・コレクターだ」

第二章

ひとつ深呼吸をしてから、ぼくは言った。「わかりました、スターロックさん。じゃあ三十分後に事務所で」

受話器を置き、はやる気持ちを抑えて、その場でゆっくり十数えてから動きはじめた。

そんなわけで、やるべきことを残して飛び出すような真似はしなかった。ブレイディ夫人の部屋をノックし、アム伯父から電話が来たら社の事務所へかけなおすように、誰も出なくてもかけつづけるように伝えてほしいと頼んだ。それから二階へとって返し、同じ内容のメモを書いた。伯父が電話を入れずに直接帰ってきて、ブレイディ夫人が伯父の帰宅に気づかなかった場合でも、こうしておけば問題はない。

見のがしようのない場所にメモを置く。たぶん伯父が、これを見ることはないだろうが——頭にわいた考えを振り払う。

ふだんの歩調を保ち、階段を下りて夜の街へ出た。ステート通りでタクシーを拾い、クラーク通りのバーベキューレストランの場所を告げる。エステルの勤めているところだ。店の前で運転手に、すぐ戻るからここで待っていてくれと伝えた。

エステルは顔を上げ、入ってきたぼくを見て驚いた表情をうかべた。ちょうど休憩時間らしく、カウンターの奥の席でサンドイッチをぱくついているところだった。

早足で近寄ると、時間が惜しいので単刀直入に尋ねた。「ステル、さっききみが言ってた冗談、アンブローズ・コレクターってやつのことだけど。どこでその話を聞いたんだ？　どういう話だったんだ？」

ぼくを見つめる目が丸くなる。「え……いったいなんのこと？」

「さっきのことさ」ぼくは辛抱して続けた。「話したろ、アム伯父が帰ってきてないって。そしたらきみは、『アンブローズ・コレクターにコレクションされちゃったのかも』って」

「ただの冗談よ、エディ。伯父さん、まだ帰ってこないの？」

「ああ。アンブローズ・コレクターについて教えてくれないか？　冗談だったのはわかったけど、どこで耳にしたんだ？　まさか、その場の口から出まかせじゃないんだろ」

「ち……違うわ。最近だれかから聞いたのよ、その……そのアンブローズ・コレクターのことを。でも、だれだったか憶えてないわ」

「大事なことなんだ、ステル。なんとか思い出してよ」

「なんだったかしら、本に関係のあることだった。その本の話をしてたの。でも、だれだったかは――」

「思い出して」

「そんな……いまは無理よ、エディ。あとでなら思い出せそうだけど、でも――」困りはてた目を向ける。

「今夜はもう上がれない？　もう十一時近いんだ、混む時間は終わっただろ」

「いいわよ」彼女はスツールから立ち上がった。「上着を取ってきて、店長に言ってくるわ。調理場にいるから」

そう言って一分もしないうちに、制服の上に薄手の上着を引っかけて戻ってきた。

タクシーで事務所へ向かう途中、ぼくは現時点でわかっていることを、少ないながらもエステルに伝えた。話してみて改めて、その少なさのほどを思い知った。

彼女はふいに、ぼくの腕をぎゅっと握った。「エディ、もしかして――」

「もしかして、何？　かまわないから言ってよ」

「違うわ、そうじゃないの。もしかして、アム伯父さんのいたずらなんじゃって言おうとしたの。あなたたちをかついでるだけかもって。でも……そうね、伯父さんはそんな人じゃないわよね。少なくとも、こんないたずらはしやしないわ」

ぼくはひとしきり考えてみた。「うん、しないよ。たしかにちょっと変わったユーモアセンスの持ち主だから、アンブローズ・コレクターっていうのだって――アンブローズ・コレクターがなんなのかはさておいて――いたずらに利用するかもしれないけど、ここまで心配させるほどの悪ふざけはしないよ。だけどひょっとして、アンブローズ・コレクターの話をきみに聞かせたのはアム伯父じゃないのか？　そこんところはどうも、それっぽいんだけど」

エステルはゆっくりとかぶりを振った。「いいえ、伯父さんじゃないわ。あたし……よく思い出してみるわ、エディ。さっき、喉まで出かかった気がするの」

よろしく頼むよ、と言いかけて、ぼくは口をつぐんだ。話しかけないほうが集中できるだろう。

途中寄り道をしたにもかかわらず、事務所にはスターロックよりも早く着いた。ふだんは気安く喋ったり、軽口をたたき合ったりしているエレベーター係の赤毛の男が、ぼくたちを見て変な顔をした。なんだって夜のこんな時間に、若い女連れで事務所なんかへ行くのかと、明らかに疑っている。いや、疑問にすら思っていないのかもしれない。

ぼくはお返しに睨みつけながら、いっそのこと冷やかしでもしてくれればいいのに、などと思っていた。そうすれば怒鳴りつけるか、一発お見舞いしてやれる。いまはとにかく、誰とも気安く喋ったり、軽口をたたき合ったりはしたくない。

事務所の前のうす暗い廊下で数分待っていると、ベン・スターロックがエレベーターから降りてきた。スターロックはポーカーフェイスが巧みで、ぼくが女の子を連れていても驚いた顔ひとつ見せなかった。

ぼくはふたりを引き合わせ、スターロックが事務所のドアを開けたところで言った。「あとでもいいと思ったんで、電話では話さなかったんですけど。事務所に電話をかけてきた男がコレクターと――アンブローズ・コレクターと名乗ったと聞いて、心当たりがあったんです。アンブローズ・コレクターの話を、今日の夜聞いたばかりだったんですよ。ここにいるエステルから。それで連れてきたんです」

スターロックはドアを閉め、エステルをじっと見つめた。

彼女は口をひらいた。「どこで聞いたんだったか、あたし思い出せないんです。思い出そうとはしてるんですけど。どっかから聞いて、なんとなく頭に残ってて……エディが食事中に、アム伯父さんがまだ帰ってこないって言うんで、『アンブローズ・コレクターにコレクションされちゃったのかも』なんて、つい言っちゃって。でも、がんばって思い出してみます。きっとなんとか、思い出せると思います」

スターロックはうなずいた。「頼んだよ、ベックさん。奥の部屋——探偵たちの詰所だが、そこへ行って、しばらくひとりでじっくり考えてみるかね？」

エステルはこちらをちらりと見た。その目つきで、彼女がそれを望んでいないのがわかった——少なくともいまのところは。

そこでぼくは、「彼女にもこっちに参加してもらいましょうよ、ベン」と言った。スターロックをファーストネームで呼ぶのは初めてだった。「ぼくらがなけなしの情報を交換したり、まとめたりするあいだ。その男との電話のやりとりを聞けば、何か思い出せるかもしれません」

スターロックは、しばしぼくを見すえた。言いたいことはわかったので、先回りをした。「大丈夫ですよ。ステルとは、ぼくもアム伯父も長いつき合いですから。ぼくらのいたカーニバルの一座に、彼女もいたんです。それでぼくらと同じときに辞めて、シカゴへ来て。信頼できる娘《こ》ですよ、口も堅いし」

スタークは少し渋い顔をしたが、「わかった。エド、おまえがそう言うなら」と、専用の事務室のドアを開けた。

なかへ入ると、スターロックはエステルに椅子を勧めて、自分はデスクの椅子についた。手を頭のうしろで組んで、背もたれに身をあずけると、回転椅子が苦しげに軋《きし》んだ。ぼくたちの頭越しに、ドアの上の採光窓を見つめる。そうやっていると、眉間のあたりの小さな吹き出物もあいまって、大きな仏像のように見えた。

ぼくも椅子に座ったが、また立ち上がった。考えにふけるのはわかるが、ぼくにも参加させてもらいたい。「口に出して考えてくださいよ」

「まあ待て、エド。いまジェーンがこっちへ向かってる。うちを出る前に電話しといたんだ。あと数分で着くだろう」

「どうしてです？」ぼくは尋ねた。ジェーン・ロジャーズは、スターロックの秘書だ。

「ひとつには、記録をとらせるためだ。例の電話でのやりとりを、まだほとんど正確に思い出せるはずだから、忘れてしまう前に書きとめておいてもらう。そのあとはここの電話番をしてもらう、必要な場合はひと晩じゅうでも。これからおまえと一緒に動くか、別々に動くことになるかはわからんが、もし別々なら、ジェーンを通じて連絡をとり合いたい。それと、アムから電話が来たら、こっちへかけなおすように伝えろとうちのやつに言ってきたんでな。おまえもそうしたか？」

ぼくはうなずいた。あのとき踏みとどまって、十数えるだけの判断ができてよかったと思った。そうやっていなければ、メモのことも思いつかなかったろう。メモを置いてきたことをスターロックに伝え、「よし」と言われたところで、ジェーンが入ってきた。

何も訊かなかったところを見ると、すでに状況は聞かされているらしい。ぼくたちにひとこと「こんばんは」とあいさつすると、すぐさまノートをひらいた。

スターロックが言った。「これからのやりとりを、ひとつ残らず書きとってくれ。清書の時間はわれわれの外出後、明日の朝までたっぷりある。まずはきみが喋る番だ。喋りながら、内容を同時に速記で書けるかね？」

「はい」

「よし、じゃあ頼む。夕方四時に例の電話が来たとき、応対したのはきみだったな。そのときの内容を、思い出せるかぎり話してくれ。細かいところまでもらさずな」

ジェーンはうなずいた。「あれはほぼ、四時一分前のことでした。社長がわたしに——でもこの件はもうご存じですわね」

「エドはご存じじゃない」スターロックが言った。「それにどっちにしろ、記録しておきたいんだ」

ジェーンは顔を上げてスターロックを見ると、また手元のノートに目を落とした。「社長がわたしに、四時で帰ってもいいとおっしゃって。歯医者の予約があったものですから。それで四時一分前には、時計を気にしてましたの。タイプライターにカバーをかけていたら、電話が鳴ったんです」

彼女の声を聞きながら、飛ぶように動く鉛筆の先を見つめていると、なんだかおかしな気分になってきた。この声とあの動きはシンクロしているのだ。まるで鉛筆が喋っているみたいだ。

「そこで、電話をとりました。『はい、〈スターロック探偵社〉です』と申しますと、男性の声で『ベン・スターロックを頼む』と。聞き憶えのない声でした。もう一度聞いても、区別がつくかどうか。たぶんつかないと思いますわ。つまり、ごくふつうの声でしたの、社長はおわかりになるでしょうけれど。憶えているだけの特徴がなかったんです」

「声の調子なんかはどうだね？　それも憶えてないか？」スターロックが促した。

「そうですわね。何やら自信ありげな口調でしたわ。社長とお知り合いで、すぐに代わってもらえるとお考えのような、そういう感じで『ベン・スターロックを頼む』と。ああ、電話についての決まりごとを社長はご存じですけれど、エドはそうではありませんから、それも加えたほうがいいですわね。どのような電話であっても、相手の方に名乗っていただくまでは社長にお取り次ぎしないことになっています。そして、社長が応対されたいかどうかわからないときには、このようにお伝えします。

尋ねします。

『少々お待ちくださいませ』それから相手の方に聞こえないように、お出になるかどうかを社長にお尋ねします。

というわけで、『どちらさまでしょうか?』とお尋ねしました。すると『ぼくはコレクターだ。アンブローズ・コレクター』とおっしゃって。二回繰り返してくださいましたけれど、ちゃんと聞きとれたか怪しいと思いましたの。そんな苗字の方って、聞いたこともありませんでしたから。それで『恐れ入りますが、綴りを教えていただけますか?』と尋ねますと、『C-o-l-l-e-c-t-o-rだ。仕事の件でベン・スターロックと話したい。依頼を考えている仕事なんだが』と。

そこで『少々お待ちくださいませ』と申しまして、受話器を手でふさいで、アンブローズ・コレクターさんという方からお電話です、ご依頼をお考えの仕事の件でお話しされたいそうです、と社長にお伝えしました。そうしましたら社長は、何かはわかりませんけれども、されていたお仕事から顔を上げて『わかった、ジェーン。つないでくれ』と。電話をつなぐ前に、残って会話のノートをとるべきかどうか社長にお尋ねしましたけれども、社長は首を振られて『いや、きみはもう帰っていい。もう四時だからな』とおっしゃって。それで電話をおつなぎして、『はい、スターロックですが』というお返事までは聞こえました。でも、あとのことは存じません。上着をはおり、帽子をかぶって外へ出てしまいましたから」

「上出来だ、ジェーン」スターロックはそう言うと、ふたたび椅子にもたれて採光窓を見つめた。「『はい、スターロックですが』と、おれは電話に出た。すると男の声が――おれにしたって、きみ以上の描写はできやしないが――こう言った。『スターロックさん、ぼくはコレクターという者だが。ある仕事を請け負ってくれる探偵社を探してるんだ』おれはその男に、どういう種類の仕事かを尋ねた。相手は答えた。細かい言い回しまでは自信がないが、おおむねこんなことを。『電話で説明するには、少々こみ入っていてね。とはいえまっとうな、合法の仕事だよ。ただ、ある条件を備えた探偵を用意してもらえるかどうかが鍵なんだ。問い合わせるのはおたくで三社目だよ』

どんな条件かとおれが尋ねると、カーニバルの経験が豊富であること、って言うんだ。あちこちの一座で旅回りをしていて、その道の知り合いがたくさんいる男が必要だ、と」

スターロックは目を閉じると、また開けて、ぼくのほうを見た。「あれがアムをおびき出すための罠なら、経験豊富って点にこだわったのはおまえをはじくためだろうな、エド。おまえは一シーズンきりしかカーニバルにいなかったが、アムのほうはベテランだ。そうだったな?」

ぼくはうなずいた。

スターロックは続けた。「おれは、条件にぴったりの者がいると伝えた。十年かそれ以上、カーニバルで出店をやってた探偵がいると」

「アム伯父の名前を出したんですか?」ぼくは尋ねた。

「いや、そのときは言わなかった。その男は――ここんところはどうにか、正確な言葉を思い出してみたいが――こう答えた。『よさそうだ。その探偵は、いま会社にいるのか？　いまは暇かね?』アムは奥の詰所にいたから、会社にいる、暇だと答えた。すると男は続けた。『ぼくは〈グレシャム・ホテル〉の四一八号室に泊まっている。その探偵をいまから数分後、ここへ来させることはできるかね？　直接話をして、条件を満たしているか確かめたいんだ。本当に、ぼくの求めている種類の男かどうかを』

申し訳ないが、うちじゃそういう方法はとっていない、とおれは答えた。まずはここへ来ておれに依頼内容を相談してほしい、おれが了承したら、そのあとに探偵と話し合ってくれ、と。

男は言った。『そこをなんとか、今回は曲げてもらえないか。実は今夜ミルウォーキーへ帰る予定なんだ。しかもほかにも、かけなきゃいけない電話が何本もあってね。今日のところはとても、おたくの会社へ出向く余裕はない。でもその探偵に会って、この男こそ適任だと確信できれば、心が決まると思うんだ。ぼくは明後日の金曜日、シカゴへ戻ってくる。そのときあんたにも会って、細かい事情を話すよ。それから依頼料の件もな。かなり長丁場の仕事になるはずだから、必要に備えて数千ドルほど用意した』」

「餌ですね」ぼくは言った。

スターロックはうなずいた。「そう、餌だ。いまならわかる。しかし……あのときは思ったんだ、別に損のない話だとな。時刻は四時を回ったばかりで、アムはすでに担当の仕事、といっても、とんずらした債務者捜しなんてちゃちなもんだが、その件を終わらせていた。そして今日は、ほかにどこへもやる予定はなかった。だから損のない話だと思ったのさ。しかも、どんなにいかがわしい話だって――数千ドルの仕事が入る確率がゼロってわけじゃないんだ。罠だとしたら、うまく餌をまいたもんだ」

「それで、はまってしまったんですか?」

「どうやら、アムをはまらせてしまったようだ。『わかりました、その探偵――アンブローズ・ハンターという者をそっちへやります。ですが、探偵に仕事を引き受ける権限はありません。あくまでも判断を下すのはわたしですので、その点はご理解ください』そう言うと、男は答えた。『ありがとう、スターロックさん。じゃあ待ってるからな』」

それきりスターロックは黙りこんだので、ぼくは尋ねた。「それでやりとりは全部ですか?」

「そうだ、別れのあいさつは交わしたが。その後アムを詰所から呼んで、いきさつを説明し、男のところへ行かせた。〈グレシャム・ホテル〉はたった数ブロック先だから、面談は五時までにはすむだろうと思った。アムには、どんな話になっても言質を取られるな、けれども可能なら、その仕事の内容と、裏がないかどうかを探れと指示した。そして面談が終わりしだい、おれに電話を入れろと――五時前に終わればこの事務所へ、それ以後なら今夜じゅうに自宅のほうへ」

「今夜じゅうってのはどうしてです?」

「仕事の割り当てをするためさ。明日から始める別件があって、もともとアムにはそっちを頼もうと思ってたんだが、この話が本当にいい話なら、アムをそっちへ回すわけにはいかん。別件ってのは尾行調査で、ことによると一、二週間かかるかもしれない。アムを何日も動かせない状態にするのはまずい。だから、その場合はおまえを尾行のほうへ回して、アムには債務者の追跡を続けさせようと思ったんだ。翌日ぶんの割り当てを夜のうちに組むんで、今夜じゅうに結果を知りたかったのさ」

また回転椅子の軋《きし》む音がした。スターロックは身を乗り出し、エステルのほうを向いた。「こちらがわかってることは、これで全部だ。さてベックさん、思い出せたかね? 例の話をどこで耳にしたのか。その話というのが、なんだったのかはさておいて」

エステルは青ざめていた。おびえて見ひらかれた目。「あたし……あたし、思い出せません。ごめんなさい」

スターロックはこちらを向いた。「エド、ジェーンがノートをとっているうちに、ベックさんとのやりとりを記録してもらえ。アンブローズ・コレクターについての、彼女の話を正確にな。思い出すきっかけになるかもしれん」

アンブローズ・コレクターについてエステルが喋ったこと、およびぼくが喋ったり尋ねたりしたことは、ほんのちょっぴりしかなかった。ぼくは頭に焼きついていた内容を、一言一句まで繰り返すことができた。ジェーンがそれを書きとめた。

スターロックは難しい顔をしていた。「何かの手がかりになるのかもしれんが、なんの手がかりかはさっぱりだな。ベックさん、こっちでわかってることはもう全部話したから、詰所へ行って、じっくりひとりで思い出してみないかね？」

「わかりました。やってみます」

「ありがとう。エド、彼女を案内して、明かりをつけてやりなさい。それからドアを閉めて。こっちの話し声が邪魔にならないように」

ぼくが肩に触れると、エステルは立ち上がった。ふたりで戸口まで行ったところで、「ちょっと待った」というスターロックの声に呼び止められ、振り向いた。

回転椅子の軋みが、不服を訴えているように聞こえた。「ベックさん、何か思い出したら——あるいは、今夜はもうやめて帰りたいと思ったら、こっちの部屋へ戻ってきなさい。エドやわたしは出かけてるかもしれんが、用件のある場合は、ここにいるジェーンにことづけておいて。あとで聞くから。それでいいね？」

エステルはうなずいた。

「帰るときにわれわれが留守だったら、タクシーに乗って帰りなさい。料金はうちで持つから、ジェーンから受け取って。あと、これはお願いなんだが、帰る場合はまっすぐ帰って、すぐに寝《やす》んでくれないか。眠ろうとしているうちに、ふと記憶がよみがえるかもしれん。眠る前ってのはしばしば、いろんなことを思い出すものだからね。で、もし本当に何か思い出せたら、すぐに電話をかけてほしい。われわれがいなくても、ジェーンがひと晩じゅう電話番をしてるから」

エステルは言った。「思い出すまで、眠れそうにありません。そんなことは、とても」

ぼくは詰所へエステルを通し、明かりをつけた。エステルは隅っこの椅子へ向かった。アム伯父がいつも座っているやつだ。ぼくとしては別の椅子にしてほしかったが、それを言う気にはなれなかった。なにしろ彼女は、おびえきって血の気も失せていた。目を大きく見ひらいて、真っ白な顔に唇の紅《あか》さが際立っている。

その唇がひらかれた。「エディ。あたし、たまらないの。簡単に思い出せるはずのことが、どうしても思い出せなくて――しかもこんな大事なときに」

ぼくは、彼女の肩をぽんぽんとたたいた。「そんな風に考えるもんじゃないよ、ステル。大事なときとはかぎらないじゃないか。そう思うようにして、肩の力を抜きなよ。あまり思いつめないで。どう見てもそう見えるよ。しばらくは、ほかのことでも考えてさ。雑誌でも読むといいよ、そこのテーブルに積んであるから。そうして、笑顔を見せてよ」

エステルは笑ってみせたが、それは弱々しい、こわばった笑みだった。

ぼくは身をかがめて、そっと口づけをした。

「心配ないよ、ステル。アム伯父みたいに頭の回る人間が、うかうかアンブローズ・コレクターなんかにコレクションされやしないさ。大丈夫だよ」

いま言った言葉を、ぼく自身信じられたらどんなにいいか。そう思った。

彼女に答える隙を与えず、部屋の外へ出てドアを閉めた。

ジェーン・ロジャーズが電話のダイアルを回していた。ハリー・ディクソンさんはおいででしょうか、と尋ねる声が聞こえた。ハリー・ディクソンとは誰だろうか。スターロックの顔をうかがったが、彼はジェーンを見ていて、こちらを向かなかった。

ジェーンは「少々お待ちくださいませ」と言い、スターロックにうなずいてみせた。スターロックはデスクの受話器を上げ、言った。「ベン・スターロックだ。最近はどうだ、ハリー？」

ぼくはジェーンのデスクに近寄り、覗きこむような体勢をとった。「ディクソンってだれだい？」

ジェーンは紙を差していないタイプライターを見つめ、顔を上げようとしなかった。彼女は言った。

「社長のお知り合いよ。夜間は死体保管所《モルグ》に勤めてらっしゃるの」

ぼくは「ああ」とつぶやくと、窓辺へ寄った。窓の向こうはビルの通風孔で、こちらの姿だけが部屋の明かりを背にうす黒く映っている。固く凍ったような、顔のない影。表情が見えなかったのは、むしろ幸いだったかもしれない。

スターロックの声が聞こえてくる。「いいか、ハリー。外見の特徴は――」

それを伝えたあと、長い間があった。気がつくとぼくは、アム伯父がそこにいてくれればと、ほとんど念じかけていた。そうであれば少なくとも、そうなったのだとわかるから。伯父が死んだのではないのなら、何者かが捕えているということになる。頭のいかれたやつが？　アンブローズ・コレクターが？　それとも悪魔が？　ぼくは五年前、印刷見習工だったころにやらかしたミスのことを思い出した。教会報の広告で**〝友人《Friend》より、感謝をこめて〟**という活字を組んでいたとき、うっかりrの文字を抜かしてしまったのだ――**〝悪魔《Fiend》より、感謝をこめて〟**と。あのときは笑い話ですんだのだが。

ぼくはふいに、身震いに襲われた……

第三章

アム伯父は死体保管所《モルグ》にはいなかった。

スタークの丸い顔は無表情のままだったが、受話器を置いたとき、安堵した様子が見てとれた。ぼく自身は、安堵したのかどうかわからない。その瞬間は、麻痺したようにぼうっとしていた。だがともかく、アム伯父がそこにいないことははっきりした。スタークが確かめているのを聞いたが、身元不明でもそうでなくても、伯父の可能性がわずかでもある死体は、午後四時以降には報告されていなかった。

窓から向きなおっていたぼくを、スタークが椅子ごと向きなおって見すえた。「何か考えついたか、エド?」

「そこまで言えるかわかりませんが。まず、夕方四時に電話をかけてきた男なんですが、そいつは承知のうえだったんでしょうか?　ここにアム伯父がいたことと、〈グレシャム・ホテル〉に出向くだけの暇があったことを」

「承知してただろうな、まずまちがいなく。でなけりゃ、いちかばちかでアムをおびき寄せたことになる。おまえたち探偵は、一日に一時間くらいしか事務所にいないんだから、アムがここにいたのを知らなかったとしたら、八つにひとつの当たりを引いたようなもんだ。やつの狙いは、アム個人だったと思うが。どうだ?」

「でしょうね。変わった経歴の持ち主を指定してきて、それがアム伯父にぴったり当てはまったんですから。しかも、アンブローズ・コレクターですよ、本名に見せかけて名乗ったにしても。で、ここからが本題なんですが、電話はすぐこの近くからかかってきたんじゃないでしょうか? そいつは伯父の顔を知ってて、ここのビルの出入口を見張ってたか、伯父を尾《つ》けてきたような気がするんです。それで伯父がビルに入ったのを見届けて、事務所に上がってくるまでのあいだに、電話をかけに行ったんです」

「筋が通ってるな、それは。ただ、電話の線からたどっていくのは無理だろう。このブロックだけでも千台はあるし、公衆電話だって何十台もある。しかし、やつがアムの名前だけじゃなく、顔も知っていたっていうのはいい読みだ。例の電話は、アムが戻ってきてわずか数分後にかかってきたんだ。偶然よりも、狙ってかけてきた線が強い」

スターロックは椅子から立ち上がり、デスクとドアのあいだを行ったり来たりしはじめた。

「まずは〈グレシャム・ホテル〉へ行ってみるか。夕方とは従業員も交替しちまったろうから、収穫があるとも思えんが、まあやるだけやってみよう。四一八号室に泊まってる人間は、それではっきりする。アムは十中八九、そこに着く前に捕まったんだろうが」

「どんな風に捕まったんでしょう?」

「それはまだわからんさ。ここのビルのエントランスで、電話をかけてきたやつにやられたのかもしれんし、ホテルのロビーに着いてからかもしれない。ともあれ、四一八号室までは行かなかったとおれは見ている。そこへアムを呼びつけるつもりなら、フロントで言われてもいいように、こっちへ名乗った名前で部屋をとっておくはずだ。だから無駄足だとは思うが、ともかく行くだけ行ってみよう」

スタークはそう言いつつ、事務室の出入口の側柱へもたれかかった。そうすると、戸口がほとんどふさがってしまう。「おまえにもっとましな考えがあれば、話は別だが。ほかに何か、手がかりを思いつかないか?」

「あとはエステルだけです。かわいそうに、いま詰所で脳みそを振り絞ってますよ。でもきっと、どこでアンブローズ・コレクターのことを耳にしたのか思い出すはずです。時間の問題ですよ。もちろんその前に、ぼくも〈グレシャム・ホテル〉へ行ってもかまいません。エステルは、思い出すまでここにいてくれるでしょうし、思い出したらジェーンに伝えてくれるでしょうから」

「がんばってくれてありがたいな。ずいぶん好きなんだろうな、アムのことが。出かける前に、ほかに気になることはないか?」

「病院への問い合わせはどうします? 警察へは?」

「病院については、ジェーンに指示を出してある。おれたちが出たらすぐ、確認の電話をかけはじめるようにな。警察の連中には……もうちょっと調べてから、知らせたほうがいいだろう。現時点じゃどうせ、まともにとり合っちゃくれんからな。おまえにもわかるだろうが、なにしろまだ、アムがいなくなってから八時間しか経ってないんだ」

ぼくは警察の考えを想像してみた。たしかにスタークの言うとおりだ。連中は、アム伯父がどこかで酔いつぶれてるか、はめを外しているだけだと決めこんで、明日の朝まで指一本動かしてくれないだろう。けれども、ぼくは言った。「バセットがいますよ――バセット警部が。あの人なら伯父のことをよく知ってますから、真剣に聞いてくれます」

「ああ、バセットなら聞くだろう。それに、あと二、三人はな——だが全員、あいにく昼番だ。おまえがどうしてもと言うなら別だが、明日までとりあえず、警察のことは忘れないか?」

「わかりました」ぼくは答えた。「それじゃあ、行きましょう」

スターロックは掛けてあった帽子を取ると、ジェーンに向けて言った。「きみは病院に電話をして、さっきのメモをタイプライターで清書したら、自由にしていてくれ。ただし電話のそばにいるように。電話をかける際は、電話帳に載せていないほうを使ってくれ。いつ外からかかってきてもいいようにな」

「承知しました」

「それから、欲しいときは好きに、コーヒーでもサンドイッチでも注文してくれ。〈コーリーズ〉はひと晩じゅうやっていて、配達もしてるから」

スターロックとぼくは、エレベーターで一階へ下りた。ビルを出たところで、たまたまタクシーが通りかかった。ぼくはむしろ五、六ブロックくらい歩きたい気持ちだったのだが、スターロックがタクシーを呼び止めてしまった。

車のなかで、彼は言った。「睡眠のほうはどうなんだ、エド?」

「平気ですよ」

「ごまかすんじゃない。足りてるのか、足りてないのか?」

「ちょっと足りてないですね」正直に認めた。「ここふた晩続けて、夜ふかししましたから。でも大丈夫ですよ、徹夜したって——明日も大丈夫です」

スターロックは鼻を鳴らした。「若いってのはうらやましいな。さあ、着いたぞ」

〈グレシャム・ホテル〉は、ループ（シカゴの主要商業地区）にある中規模のホテルで、料金も並みなら、質《しつ》も並みといった感じだった。ぼくたちは人気《ひとけ》の失せた夜中のロビーを通り、フロントへ行った。係の男はひとりきりで、背後で電話交換台の女がガムをくちゃくちゃ噛んでいた。

スターロックが男に訊いた。「さっき電話で、コレクターという人物が泊まっていないか問い合わせた者だ。いないという話だったが、電話に出たのはきみかね？」

「思い出せませんね。いつごろの話です？」

「一時間半ほど前だ、十時四十分くらい」

「ああ、だったらブレイクさんかもしれません、夜間の責任者の。十時から十一時までのあいだ、ぼくと交替でフロントに出てますから。それで、どういったご用ですか？」

「四一八号室には、だれが泊まってる？」

「すみませんが、そういった件はブレイクさんのほうにお願いしますよ。ただ、あなたがたが――」

「違う、おれたちは警察じゃない。私立探偵だ」スターロックは探偵バッジをちらっと見せた。「そのブレイクはいるのか？」

「お待ちください」フロント係の男は振り向いて、「ドッティー、ブレイクさんを頼む。ここにつないでくれ」

デスクの電話が鳴るや、男は受話器を取り上げ、手短に説明をした。受話器を置き、〝プライベート〟と書かれたドアを指さす。「あそこがブレイクさんの事務室です。どうぞ入ってください」

ぼくたちは入った。エナメル革みたいに髪をてらてらさせた男が、大きなマホガニーのデスクに向かって、仏頂面で書き物か何かをしていた。虫の好かない見た目だ。口をひらくと、声まで虫が好かなかった。「なんのご用ですかな？」

デスクと向き合う椅子に腰を下ろす。スターロックがことの次第を説明した——最低限、この先の質問が不自然にならない程度に。彼は続けた。「ふたつほど教えていただけませんか。まず、今日の夕方四時から五時のあいだに、フロントに出ていた係全員の名前と住所。それから、四一八号室に泊まっている人物の名前を」

仏頂面がますます渋くなった。「あいにく、どちらの情報もご提供しかねますな。その時間帯にフロントに出ていた者は二名ですが、お話は明日、ふたりが出勤してからにしていただきたい。それからお客さまの情報ですが、それを提供するなど、明らかにうちの方針に反します」

「重大な事件かもしれないんです、ブレイクさん。誘拐か、ことによると殺人かもしれない」

「では、警察にそう言えばよろしい。情報の開示が当局からの要請ならば、もちろんわたしも拒否できませんからな。そうでないとおっしゃるなら、そのような情報の提供は明らかに、うちの方針に反することです」

スターロックはゆっくりと立ち上がった。「そうお思いなのであれば、当局に要請させることにしましょう」

ぼくは彼のあとを追った。ドアの外へ出たところで、腕を押さえて引き止めた。「あのくそったれの言うなりになるんですか？」

「ほかにやりようがあるか、エド？　横っ面をひっぱたいてのしてやりたいが、そんなことをしたら訴えられて、シャツ一枚まで剝がされちまう。ともかく、明日には聞き出せるんだ。おれたちじゃなきゃ、警察がな……アムがそれまでに、帰ってこなければの話だが」

「でも今夜じゅうに聞き出せれば、役に立つ可能性もゼロじゃないですよね」

「そりゃまあ、そうだ。しかし――」

「スターロックさん」ぼくは言った。「ぼくは辞めます。いまここで」

ぼくの意図を察して、スターロックはにやりとした。笑みを返したかったが、うまく笑顔を作れなかった。とにかく頭に来ていたのだ。もちろんスターロックにではない。いずれにせよ、笑うなどごめんだった。この怒りを持続させておきたかった。

ぼくは〝プライベート〟と書かれた部屋のなかへとって返し、ドアをうしろ手にぴっちりと閉めた。仏頂面の男は顔を上げ、なぜ戻ってきたのかといぶかしんだ様子だが、いかんせん思いあたるのが遅すぎた。その手がデスクの隅のボタンに伸びる前に、ぼくはやつの手首を摑んでいた。

そのまま背後へ回り、腕をねじ上げる。大声を上げられる危険に気づき、すんでのところで口を反対の手でふさいだ。そのままの体勢で言う。「叫ぶなら叫んでもいいが、人が来るころには、こっちの腕は折れてるぞ――まず手始めにな」

それから手を、やつの口から離した。叫び声は上がらなかった。

「いいか、よく聞け。ぼくはスターロックのとこの探偵じゃない。誘拐されたか……殺されたかもしれないのは、ぼくの伯父で、いちばんの親友だ。ぼくは伯父を捜し出す。そのためなら、ホテルの規則もへったくれもあるか。そのフロント係ふたりの名前と住所を教えろ、でないといますぐぶちのめすぞ。助けが来るまでにだいぶやれそうだな。いますぐ始めてやろうか？」

「こんな真似をしでかして、大変なことになるぞ、小僧」

「三つ数えるぞ。数えおわったらこの手を放して、思いきりサンドバッグにしてやる。一、二——」

「住所は書類入れのなかだ、デスクの隅の。見ないとわからん。名前はウォレス・コリガンと、ヘンリー・エヴェレスト」

ぼくはブレイクの腕を放したが、やつの脇にぴったりくっついたままでいた。こうしておけば、ブザーのボタンだろうと電話だろうと、伸ばしかけた手はぼくの目の前を横切ることになる。そうしてブレイク自身に、フロント係の住所を調べさせた。どちらにも電話はなかったが、ここからかなり近い。

「四一八号室に泊まってるのは？」さらに尋ねた。

「わからん。部屋は何百もあるんだ。いま泊まってる客の登録カードは、フロントにある」

「じゃあ、フロントへ電話して聞き出せ。その客についてわかっていること、何もかもだ。喋る内容には気をつけろよ」

デスクの電話をやつの手元へ押しやり、目が届くように、やつの身体も椅子ごと少しうしろへ押してやった。

受話器を渡し、電話をかけさせる。ブレイクは言いつけを守った。受話器を置き、言った。「名前はリチャード・バーグマン。宿泊予約はクリーヴランドからで、うちには三日間滞在している。登録カードでわかるのは、これだけだ」

ぼくはひとつ深呼吸をして、上体を起こした。「いいでしょう、ブレイクさん。お世話になりました。ぼくはもう行きますが、警察を呼ぶならご自由に。ぼくはエド・ハンターという者です。さっきスターロックさんが紹介してくれましたが、念のため。暴行すると脅した罪で、一、二日はぶちこめるかもしれませんね。でもその場合、のちのちお会いすることになると思いますよ。たとえばあなたが午前様のとき、帰り道なんかでね」

背を向けて、部屋の外へ出た。引出しに銃が入っていたのかもしれないが、うしろから撃たれたりはしなかった。おそらく、警察へ通報されることもないだろう。

スターロックはロビーの柱にもたれて、ドアが開くのを待っていた。ぼくはうなずいてみせ、ふたりでホテルをあとにした。

「聞き出せたか？　それから——引きずりそうな様子だったか？」

「聞き出せました。問題ないと思いますよ。ちょっと待ってください。忘れないうちに、名前と住所を書いておきます」手帳と鉛筆を取り出し、いましがた聞いたことを書きとめた。

そしてスターロックに四一八号室の宿泊客の名前を伝え、聞き憶えがないかを尋ねた。スターロックはかぶりを振った。「その男は無関係だよ、おそらく。アムは会社のビルを出るときか、ホテルに入るところをさらわれたんだろうからな。コレクター氏に会いたいんだが、とフロントに伝える前に」

「どんな手口でさらうんです？」ぼくはそこが知りたかった。「場所がループじゃ、簡単じゃないですよ」

「顔見知りならできなくもないさ。何か口実をでっち上げて、車に乗せてしまえばな。そのリチャード・バーグマンとかいうやつが、何日泊まっているかはわかったか？」

「三日間です。宿泊予約はクリーヴランドからだそうですが、それ以上細かくはわかりませんでした」

「かりにその男が……何が起きたにせよ、関わりがあるんなら、とっくにチェックアウトしてるだろう。まだホテルにいるっていうのなら——」

まだ開いているバーの前を通りすぎた。ぼくは言った。「あそこで本人に電話してみませんか。そのほうが手っ取り早いですよ」

スターロックは思案顔で顎をさすった。「さて、それがいい考えかどうか。だがまあ、ともかく一杯引っかけるか。事務所に電話もできるしな。あっちで何も進展がなければ、事務所へ戻る前に、ホテルのフロント係に当たってみるのも手だ」

きびすを返し、バーへ入る。店の奥に、ドアつきの電話ボックスがあった。「事務所に電話をかけてきますか？」

スターロックの手に、カウンターのほうへ引き戻される。「四一八号室に電話するべきかどうか、検討するのが先だ。おれとしては、やらないほうがいいと思う。ホテルにいるってことはおそらくシロだろうが、そうじゃない線も捨てきれない。アムの失踪に関わっていながら、なぜかぐずぐずとどまっている可能性もある。そんなところを、こんな夜ふけに電話したらどうなる？　まちがい電話を装っても、怪しまれて逃げられちまうかもしれんぞ」

「もっともだと思います。でも、どのみち今夜じゅうに逃げる気かもしれません。そしたら行方がわからなくなっちゃいますよ」

バーテンがやってきた。スターロックはぼくの要望も聞かずに、生《き》のライ・ウィスキーをふたりぶん注文した。とはいえ、それでも別にかまわなかったが。バーテンが酒を注いで立ち去るのを待ち、おもむろに口をひらく。「それはないだろう。今日逃げるつもりなら、もっと早い時間に逃げているはずだ。アムが消えたと、おれたちが騒ぎたてる前にな。いまホテルにいるのなら、明日の朝までは泊まってるつもりだろう。明日になったら、うちの探偵をふたりつける。ひとりは、そいつがホテルを出たときの尾行担当。もうひとりは聞きこみ担当だ。それから、クリーヴランドにも電話を入れる。〈カーソン探偵社〉か、〈ピンカートン探偵社〉（アメリカの有名な探偵会社）にでもな。そういう名前の男が本当に住んでるか、身元を洗ってもらう」

「明日、急にふたりも空くんですか？」そういえばこのところ、会社の仕事が立てこんでいた。しかも〈スターロック探偵社〉は大規模な会社ではない。常勤の探偵はたった七人、アム伯父とぼくをのぞけば五人きりだ。

「エド」スターロックは言った。「やらせることが見つかったら、全員でも予定を空けてやるさ。ほかの仕事なんざくそ食らえだ」

「あなたは最高ですよ、ベン」

「ちぇっ、最高で当たり前だろ。おまえの伯父さんみたいにいいやつは、世界じゅう探してもいないぜ。そうでなくてもうちの人間にちょっかいを出されたら、総力を挙げてかかってやるさ。やることができたら、今夜のうちに全員に招集をかける。だがまだ、おれとおまえとジェーンで手が足りるからな。ジェーンといえば、彼女に電話をする前に、もう一杯飲むか？」

「頼んでおいてください。あとで飲みますから」

ぼくは奥の電話ボックスへ行き、事務所に電話を入れた。ジェーンの応答があった。「エドだけど。何か進展は？」

「あったわ。ベックさんがついさっき、アンブローズ・コレクターの件をどこで耳にしたのか思い出したの。それを伝えに、こっちの事務室へいらしたところ。代わりましょうか？」

「お願いするよ」

エステルの声が電話口から聞こえた。興奮している。「カール・デルよ、エディ。アンブローズ・コレクターの話をしてたのは、カール・デルなの！」

ぼくは深く息をついた。「そこにいて、ステル。すぐに行くよ。ほんの数ブロックのところにいるから」

そう告げて、ベン・スターロックのところへ急いだ。ちょうどバーテンが、二杯目の酒を注いでいるところだった。

第四章

「行きましょう、ベン」ぼくはそう言い、通りざまにスターロックの腕を引っぱった。大木でも引っぱったような感じだった。スターロックは一インチたりとも動かず、逆にぼくを引っぱり返したので、あやうく転ぶところだった。

「慌てるな、エド。おまえのぶんを飲んでしまえ。もったいない」

「でも、エステルが思い出したんですよ」

「そいつはよかった。まあ、そう力むな。心配しなくても、六十秒後にはここを出る。六十秒じゃあ何も変わらん。こいつを飲んで少し落ちつけ。急がば回れ、急《せ》いてはことを仕損じる、だ」

ぼくはライ・ウィスキーを受け取り、一気に飲み干した。たしかに、少しばかり急ぎすぎていたかもしれない。むせたあげく、あたりにぶちまけるところだった。

「ほら、言ったとおりだろ」

割っていないウィスキーを悠々と飲み干し、語を継ぐ。「あそこの出口まで走らずに行く用意ができたら、事務所へのんびり歩いて向かうか。着いたらおまえの友達と、いまの件についてとっくりと話し合おう」

ようやく呼吸を取り戻すと、ぼくはしかたなく笑ってみせた。チェイサーの水を取り、数口飲む

――ゆっくりと。それから言った。「オーケーです、行きましょう。そんなことを言うなら、カタツムリみたいに這っていきますか」

「それはいいな。じゃあ行くとするか」

店の外へ出ると、左右を見わたしてタクシーを探した。一台も見当たらなかったので、ぼくたちは歩きはじめた。

道すがら、スターロックが訊いた。「エステルが何を思い出したのか、おまえ聞いたのか？　それとも、思い出したってことだけか？」

「細かい点はまだです。ただ、アンブローズ・コレクターの話はカール・デルから聞いたんだそうです。ぼくらと同じアパートの住人ですよ、エステルも同じアパートですが。ちょっと変わった男で」

「どんな風にだ？」

「占星術にこってて、寝ても覚めてもそれなんです。口をひらけばその話ばかりなんで、ちょっと困った男ですね。さっきも占星術を使って、伯父に何が起きたかを探り当てるって」

「さっき？　おまえ、今夜その男に会ったのか？」

「十時ごろ、二十分間くらいです」ぼくはカール・デルにかかってきた電話の件と、参加を断わったポーカーの話をした。

「そのポーカーを、どこでやるかは聞いたか？　というより、そのデルってやつに会うチャンスはありそうか？　おまえの友達に会って、詳細を聞いたあと――そいつがアパートへ戻る前に」

「難しいですよ。場所は、アパートから数ブロック先だってことしか聞いてないですし。もう真夜中過ぎですし、あまり遅くならないようなことも言ってましたよ」

スターロックは言った。「ギャンブルに行くやつは、みんな同じことを言うものさ。そいつの職業はなんだ？　占星術師以外で」

「〈ハリソン相互保険会社〉で、保険の外交員をしてるそうです。簡易生命保険ってやつです、週に十セントか二十五セントずつ、決まったルートで集金して回る」

「人柄はどうなんだ？」

「いいやつですよ、死ぬほど退屈な趣味の話を始めなければ。まあ、そんな時間は長続きしないんですが。ちょっと張りきりすぎで、生き急いでるような感じですね。友人も作るけど、人々を感化するのに熱心というか。そういうタイプです」

「それじゃあ、答えとしては足りない。こう言いなおそう。アムの失踪に、その男が関わっていると想像できるか？」

半ブロックほど歩くあいだ、ぼくはあれこれ考えてみた。そして、めったなことは言わないほうがいい、と結論づけた。「そうは思えません。あれで嘘をついてるなら、相当に根気があってしたたかなやつですが、とても悪人とは思えないんですよ——ちょっと変わり者ではありますが」

「アンブローズをコレクションするほどの変わり者か？」

「考えられないですね。まずはエステルの話を聞いてみましょうよ。たぶん、アンブローズ・コレクターのことを言ったのがカールだとしても、そこから全然違う展開になりますよ。判断は先に延ばしましょう」

「それが賢明かもな」スターロックは答えた。あとはふたりとも、事務所に着くまで黙ったままでいた。

エステルは、電話で話したときよりもだいぶ落ちついたようだった。それでも、まだ目は興奮で輝いていた。ぼくたちがドアを閉めるが早いか、堰を切ったように喋りだした。

「エディ、一週間くらい前のことよ。まちがいないわ。あの晩、カールに誘われて映画へ行ったの。仕事が休みだったから火曜の晩、八日前になるわね。映画は二本立てだった。一本目は〝キューバの休日〟で、これが目当てだったから、ちょうど始まる時間に行ったの。そのあとが同時上映の〝エドワード・ディーンの事件〟で。あの映画、観た？」

「いいや。それで？」

「あんまりよくなかったわ。四分の一か、三分の一くらい観たかしら。あたしもたいしたことないと思ったけど、カールはもっとひどいと思ったみたい。それで、終わる前に映画館を出ちゃったの。でもその映画がきっかけで、カールがアンブローズ・コレクターの話をしたのよ。だからこの映画から、説明を始めなくちゃと思って。その映画、〝エドワード・ディーンの事件〟は、ひとりの男が――これがエドワード・ディーンなんだけど、突然失踪するところから始まるの。なんの理由もなく、といっても、観たところまでしか知らないんだけど。そのエドワード・ディーンには、行方をくらます理由なんてなかったの。なに不自由なく暮らしてたし、誘拐や殺人にも遭いそうにないし。

で、途中で映画館を出て、ちょっとお酒を飲みに行って――店の名前は憶えてないけど、ループのランドルフ通りにある店だったと思うわ。店のことはともかく、あたしちょっぴり気になったから、カールに訊いてみたの。さっきの映画のエドワード・ディーンって、どうしちゃったんだと思う？って」

スターロックが「ちょっと待った」とさえぎり、ジェーンをちらりと見た。その手元の鉛筆は、速記帳の罫線の上を舞いおどっていた。「全部書けてるか、ジェーン？　彼女の話しぶりときたら、まるで暴走列車だ」

ジェーンはかすかに笑みをうかべた。「ええ、社長。もうすべて書いてありますわ。お帰りをお待ちしているあいだに、先に聞かせていただいてましたの。いま書いているのは、念のためにですわ。何か新しいことを、ベックさんがつけ加えられるかもしれませんので」

スターロックはエステルにうなずいてみせ、先を促した。

エステルは、直前の文句を繰り返した。「カールに訊いてみたの。さっきの映画のエドワード・ディーンって、どうしちゃったんだと思う？って。そしたら、『エドワード・コレクターにコレクションされたんじゃないかな』って言ったのよ。何それ、ってあたし訊いたわ。そのときはまだ、なんかの冗談なのか、さっき途中まで観た映画のなかに出てきたのを、あたしが見のがしたのかわからなくて。そしたらカールは、にやりとして言ったの。『ああ、アンブローズ・コレクターってのがいるのさ。だからエドワード・コレクターだって、いてもおかしくないだろ？』

それでわかったの――わかったつもりになったの、カールは冗談を言ってるんだって。それで『アンブローズ・コレクターって？』って訊いたのよ、エディがあたしに訊いたみたいに。そしたら『謎の人物だよ。わかってるのは、アンブローズって名前の人間をコレクションしてることだけだ』なんて言うから、やっぱりエディとおんなじように訊いてみたの、『どうしてそんなことするの？』って。そしたら『それも謎さ。とにかくコレクションするやつなんだ』。それであたし、笑っちゃって。あとはもう、別の話に移ったわ。一本目の映画のことだったと思うけど」

「アンブローズ・コレクターについて話したのは、それで全部？」

「これで全部よ、エディ。今日の夜、アム伯父さんが帰ってこないってあなたから聞かされるまで、すっかり忘れていたわ。あれはまだ、七時くらいのことだったでしょ。心配するほどの時間じゃないし、あなたも心配してるようには見えなかったから、あんなこと言ったのよ、『アンブローズ・コレクターにコレクションされちゃったのかも』なんて。どこで聞いた話だったか、思い出しもしなかったわ。だけど、その後あなたに訊かれたとき、はっきり思ったの。時間をかけて記憶をさかのぼれば、きっと思い出せるって。思い出せるまで、ここを離れないつもりだったわ。たとえ一週間かかっても」

ベン・スターロックが、彼女に笑いかけた。「申し訳ないが、そういうわけにはいかないな。フォリーズ（グラマーな女優・豪華な衣裳などが売り物のミュージカルコメディ）から逃げ出してきたような娘《こ》が詰所にずっといたんじゃ、うちの探偵どもの気が散ってしょうがない」

「でも、さっきまでそんな感じで、心細かったんです。どうしても思い出せなくて。ねえ、エディ、あたしさっきすごく怖かったわ。大事なことかもしれないのに、どうしてもそれが出てこないんだもの」

「きみはよくやってくれたよ。細かいところまで思い出してくれて」ぼくは言った。

「でも、これが本当に大事なの？　何か意味のあることなの？」

ぼくは答えに詰まった。スターロックの顔をちらりとうかがったが、やはりどう答えるべきか迷っている様子だった。

それでも、スターロックは言った。「意味があるかもしれないし、ないかもしれない。そのカール・デルが言ったことと、アムをさらった男が電話口で名乗った名前、両方が何もないところからわいて出たとしたら、ずいぶんな偶然だとは思うがね」

「偶然にしては、あんまりですよ」ぼくは口を挟んだ。「ヨナが鯨を呑みこんだって話のほうが、まだ呑みこめる」

「鯨がヨナを呑みこんだのよ、エド（旧約聖書・文語訳『ヨナ書』第一章第十七節「さてヱホバすでに大なる魚を備へおきてヨナを呑ましめ給へりヨナは三日三夜魚の腹の中にありき」）」ジェーンが真顔で訂正を入れてきた。ジェーンは速記秘書としてはきわめて優秀だが、これほどこちこちの石頭で、よくぞ毎日外でのランチを無事にすませてこられるものだと思う。

スターロックは自分のデスクの端に腰かけ、言った。「エド、たとえ不発に終わったとしても、調べるだけは調べてみなくちゃな。だから戦力を分けよう。そのカール・デルって男は、知り合いのおまえが担当してくれ。エステルをアパートへ送り届けて、その男の話を聞くんだ。まだポーカーから戻ってなければ、そのまま待っていてもかまわん。あとの仕事は、例の〈グレシャム・ホテル〉のフロント係と会うことだけだから、おれひとりで充分だ。まあ、そいつらが何か知っているとは思えないが。アムはフロントまで行かなかったと思うからな」

「四一八号室のリチャード・バーグマンのことは、ちょっとくらいわかるかもしれませんよ。直接喋ったかもしれないし」

スターロックはうなずいた。「かもしれんな。まあ、やるだけやってみるさ。もっとも、アムが四一八号室のことをフロントに確認する心配がなかったのなら、アンブローズ・コレクターは適当な部屋番号を言ったのかもしれん。となると、バーグマンはなんの関係もないことになる。しかしまあ、この件を考えるのは明日にして、まずはフロント係に話を聞くか」

「そうしましょう」ぼくは答えた。「じゃあ連絡は、ジェーンを介してとり合うことにして。カール・デルの話を聞いたら、内容のいかんにかかわらず、すぐに電話を入れます。出る準備はできた、エステル?」

エステルの準備はできていた。ぼくたち三人は一階へ下り、全員同じタクシーに乗った。フロント係の住所のうち、ひとつがたまたまディアボーン通りのすぐ西、ディヴィジョン通り沿いだったので、スターロックはまずそこへ回ることにして、ぼくたちを途中で降ろしていった。

ブレイディ夫人のドアの隙間から明かりがもれていたので、ぼくはひとまずほっとした。ノックをして、ぼくかアム伯父あての電話が来なかったかと尋ねる。

夫人はかぶりを振り、言った。「何かあったの、エド?」

「わからないんです」ぼくは答えた。「カールが帰ってきたか、知りませんか?」

「わからないわ。ずっとラジオをかけてたし、こうやって音量を下げてても、人の出入りは聞こえないの」

「でも、電話のベルは聞こえるんですよね?」

「ええ、それはいつも聞こえるわよ。あなたの外出中、あなたへも伯父さんへも電話は来なかったわ。電話は一回だけで、チェスターへよ」

「チェスターはいるんですか?」

「ええ、でももう寝ていると思うわ。電話は一時間も前のことだったし、パジャマの上にガウンを着て出てきたから」

ぼくはお礼を言い、エステルとふたりで二階へ上がった。どのドアの隙間からも、明かりはもれていなかった。カール・デルのドアをノックしてみたが、返事はなかった。

ぼくはエステルに言った。「カールの眠りが浅いかそうでないかわかってればな。うるさくノックをして、アパートの全員をたたき起こすのも気がひけるよ」

「あたしたちの鍵を試してみましょうよ、エディ。どっちかで開くかもしれないわ」

いい考えだ。このアパートの部屋の錠はどこにでもあるタイプで、どの鍵も合鍵に近いのだ。ぼくはまず、自分のを試してみた。開かない。でも、エステルのがうまくはまった。部屋のなかへ手を差し入れ、明かりをつける。部屋は空っぽで、ベッドも整ったままだった。いや、もしかしたら会うのを避けて、隠れているのかもしれない。ぼくはクローゼットのなかや、ベッドの下まで覗きこんだ。けれども、カールはいなかった。隠れているわけでもなんでもなかった。ぼくは明かりを消し、ふたたびドアに鍵をかけた。

自分たちの部屋へ行ってみたが、やはりまちがいなく、アム伯父は帰ってきていなかった。そこのベッドに伯父が寝ていたとしたら、どんなにうれしいだろう。酔いつぶれて眠りこんでいたってかまわない。もっとも、伯父のそんな姿は見たことがないのだが。アム伯父は人並みに飲むけれども、量は過ごさない人だ。楽しく飲める段階を越えたところは、一度も見たことがない。

ともかく、伯父は部屋にいなかった。酔っていてもいなくても、生きていてもいなくても。そして、ぼくが置いたメモはそのままになっていた。

エステルは自分の部屋へ行かず、戸口に立っていた。「ここで待ってる？　ドアを細めに開けておけば、階段を上ってくる音はすぐ聞こえるわ」

「きみ、寝たくないのかい？」

エステルは目を伏せると、しとやかなそぶりをしてみせた。「いやだ、エディ。ずいぶんいきなりね」

こんなときでなかったら、面白い冗談だと思えたかもしれない。あるいは、興味をかき立てられたかもしれない。ぼくは軽く笑って、この件を切り上げた。「カールが帰ってくるまで待っていたいのなら、いいよ、座ってくつろいでて。ジェーンに電話して、状況を知らせてくる」

一階へ下りて、事務所のジェーンへ電話を入れる。ベン・スターロックからはまだ連絡が来ていないとのことだった。カール・デルはまだ帰っていないので、ここで待っている、カールと話をするまでこちらからはかけないが、そのあいだに何か起きたら、遠慮なく電話をよこしてほしいと伝えた。

ジェーンは言った。「いま病院への電話を終えたところよ。どの病院にも、伯父さんはいらっしゃらないそうよ」

「それはよかった」言ってから、本当によかったのかと考えた。病院にいるのなら、怪我をしていても死んではいないということで、ともあれ居場所はわかるのだ。

二階へ戻る。エステルは張りぐるみの安楽椅子にもたれて、目を閉じていた。けれどもぼくが部屋に入ると、その目はぱちりとひらいて、もの問いたげにこちらを見た。

「変わりなかったよ」ぼくは答えた。「スターロックさんからの電話はまだ来てなかった。まだ、ひとり目の住まいに着くか着かないかだしね。本当に疲れてないのかい、エステル？」

「疲れてないわ。いま何時？」

「午前一時近くだよ」

「じゃあ、疲れるわけがないわよ。ほんとならレストランで、あと三十分は働いてるはずだもの。それにあたし、午前三時くらいまでは寝ないの。起きるのは昼近くだし。そもそも――ともかく、今夜は眠れそうにないから」

　ぼくは安楽椅子の肘掛けに腰を下ろした。彼女が頭をもたせかけてきたので、腕を回して肩をそっとたたいてやった。

「エド、やっぱりあたし疲れたわ。眠くはないけど、疲れた。ウェイトレスなんて、うんざりだったの」

「だった？」

「ええ。今夜辞めてきたの。早引けを頼んでも、店長のサムがなかなか許してくれなくって。もっとしっかり、大事な用事だって説明して、説得すればよかったのかもしれないけど……でも、どのみち辞める言い訳を探してただけかも」

「これからどうするつもり？」

「あと数日は、考えたくないわ。たっぷり休んで、ウェイトレスをやってたことなんて忘れたいの。それでね……たぶん、モデルの仕事を探してみると思う。難しいだろうけど、お金にもなるし、時間の自由も増えるだろうし」

「そうだね。きみの見た目なら、きっとなれるよ」ぼくはそう言ったけれども、本心ではなかった。エステルはカーニバルのショーガールをやっていたことがあり、ショーガール相応の見た目だった。

「でも、モデルになれなかったら……そうね、もう九月だから、冬に備えて何かの仕事をしなくちゃね、店員でもなんでも。それで来年の春になったら、またどっかのカーニバル一座に入るかもしれないわ」

「そりゃ、女の子ひとりにはきついだろ。そんなの、嫌じゃないのか？」

彼女は答えなかった。

ぼくはひどく気まずくなった。でもちょうど電話が鳴ったので、そっちへ飛んでいくことができた。ぼくが階段の下に着くのと、ブレイディ夫人がドアを開けるのが同時だった。「ぼくにです、たぶん」そう言うと、電話をとった。

「はい、エド・ハンターです」ジェーン・ロジャーズの声が応答した。「ジェーンよ、エド。たったいま社長から電話があったわ。フロント係のひとりに話を聞いたけれども、夕方に四一八号室についての問い合わせを受けた憶えは、まったくないそうよ。伯父さんの写真を見せても、見憶えがないんですって」

「会社に写真があったのかい?」

「ええ。あなたが詰所へ行っているあいだに、わたしがファイルから出したのよ」

「でも、どうして――」言いかけてから、〈スターロック探偵社〉へ志望申込書を出したとき、写真の添付を求められたことを思い出した。きっとアム伯父の場合も同じだっただろう。「わかったよ。ほかには何も?」

「ないわ。そのフロント係は、どんな人が四一八号室に泊まっていたかも、リチャード・バーグマンという名前にも憶えがないんですって。社長は引き続き、もうひとりを訪ねてみるそうよ」

「そうか。ぼくの待っている男もまだ帰らないから、このまま待ちつづけてるよ。それじゃあ」

受話器を置く。ふと見ると、ブレイディ夫人がまだ戸口に立っていた。「エド、いったいどうしたっていうの。伯父さんに何かあったの?」

「居場所がわからなくなったんです」ぼくは打ち明けた。「ちょっと心配なんで、捜してるんですよ」

それだけ言って階段を上ろうとしたが、「エド・ハンター！」ときつい口調で呼び止められ、しかたなく足を止めた。「こっちへ来て、きちんと説明なさい。わたしにも手伝えることがあるかもしれないわ。ともかく、こんなに遅くまで起きているなら、コーヒーでもいれてあげるわ。飲まないって言うなら、喉に流しこむわよ。ちょうどいれていたところなの」

「コーヒーですか、いいですね」ぼくは本心から言った。「じゃあ、エステルのぶんももらえますか？　ぼくと一緒に待ってくれてるんです」

「下へ連れてきなさいな」

ぼくはきびすを返しかけて、また足を止めた。「それは遠慮してもいいですか。ずっと耳をすませてたんです、その……だれかが帰ってくるんじゃないかって。おたくの奥のキッチンじゃ、廊下へのドアを開けっぱなしにしてても聞こえないですからね。そうだ、エステルにその役を頼んできます。そのあとコーヒーをふたりぶんもらいに来ますから、質問攻めにしてもらっていいですよ」

階段を駆け上り、エステルに成り行きを伝えて、もう一度一階へ戻る。ブレイディ夫人がドアを開けたままにしていたので、なかに入って奥のキッチンへ向かった。コーヒーをちょうどいれていたところ、というのは大げさな表現で、まだ準備すらすんでいなかった。ぼくがキッチンへ入ったとき、夫人はちょうどコーヒーの粉をコーヒー沸かしに入れているところだった。それを火にかけ、おもむろに言う。「さあ、聞かせてもらうわよ、エド」

ぼくは細かい点はいっさい語らず、アム伯父の帰宅がひどく遅れていて、会社の上司まで心配しはじめたこと、いまその上司と手分けして伯父を捜していることを、かいつまんで話した。それから、エステルが手伝ってくれていることも。

「それで、カール・デルがどうしたの？　そのこととどういう関係があるの？　さっきあなた、帰ってくるなりわたしに、カールが帰ってきたかどうか尋ねたじゃない」

それはどう説明したものか、自分でもわからなかった。だから説明したくなかった。そこですばやく頭を回転させ、正直に話すよりは信じてもらえそうな言い訳をひねり出した。「さっきカールに、ポーカーへ行くからおまえも来ないかって誘われたんです。伯父もポーカー好きだし、ちょうど帰ってきたところをカールに出くわして、一緒に行ったのかもしれないと思ったんですよ」

夫人は「まあ、そうなの」と納得した風に応じたが、信じたにしてはいささか大仰な反応だった。案の定というか、その続きがあった。「エド、わたしね、どうもいまひとつ信用できないのよ、あのカール・デルって人が。どうしてかわからないけれど……なんだか、ときどきうす気味悪い感じがして。話すことだとかが。それはそうと、エステルとはどうなったの？」

あまりにも唐突に話題が変わったので、「ええ？」と返すのが精いっぱいだった。夫人は答えずに、こちらをじっと見つめた。ぼくはやむを得ず、もう一度きちんと訊き返した。「それはどういう意味です？」

「どうもこうも、そのまんまの意味よ。あの娘《こ》ったら、あなたにぞっこんじゃないの。ここへ来たときからそうだったわ。あなたが伯父さんと一緒にここへ越してきたから、あの娘もここへやってきたのよ。とぼけてもだめ。彼女のどこがまずいっていうの？」

「まずいって、どういうことです？」

「だから、どこもまずくないでしょうってこと。あんなにかわいい娘、わたしの知り合いじゃほかにいないわ。しかもあなた、ほかのだれも愛しちゃいないでしょ――あなた自身のことだって。でも彼女は、あなたに夢中なのよ。それ以上、何を望むっていうの？」

ぼくは口をひらきかけたが、また閉じてしまった。言葉がなんにも出てこなかった。自分でも答えの出ないことだった。あなたには関係ないでしょう、とブレイディ夫人を突き放したところで、答えにはならない。答えとはなんの関係もない。

夫人はなおも続けた。「あなた、怖いんでしょ。あの娘が本気であなたを愛してるものだから。まだ結婚なんて考えたくないんで、彼女のことが怖いんでしょ。もしもあの娘が、あなたに洟《はな》も引っかけないただの男たらしなら、あなたきっと彼女の部屋の前で、毎晩鼻息を荒くしてたでしょうね」

ぼくは笑ってみせ、言った。「ほら、ブレイディさん」

コーヒーが沸きはじめていた。ぼくはカップとソーサーを三人ぶん、食器棚から取り出した。ところが夫人は、ひとつ戻してちょうだい、わたしはもう寝るから、と言った。つまり、ぼくとエステルのためだけにいれてくれたということだ。

沸いたコーヒーを、夫人がふたりぶんカップに注いでくれた。ぼくはお礼を言った。

両手がカップでふさがっていたので、夫人がドアを開けてくれたが、その際にぽんと肩をたたかれた。「伯父さんのことが心配だってときに、責めたてて悪かったわ。また改めておいでなさい、お尻をむちでひっぱたいてあげるから」

「そのときにはお願いしますよ」ぼくは言った。「それじゃあ、どうも」

「伯父さんのことなら、心配いらないわよ。どこにいたって、あの人は大丈夫。賭けてもいいわ」

午前一時十五分。この時刻では、ぼくなら大丈夫ではないほうに賭ける。とはいえそんな賭けなら、むしろ喜んで負けたいが。いくら伯父の頭が切れるといっても、こんなトラブルを予測していたわけがない——アンブローズ・コレクターなどという代物を。しかも、どれほど頭が切れようと、その頭をブラックジャック（黒革に砂などの詰め物をした棍棒の一種）で殴られたり、わき腹に銃を突きつけられたりすればどうしようもないのだ。

それでもぼくは答えた。「ええ、ぼくも大丈夫だと思います。寝るんでしたら、電話のことは気にしないでください。また鳴ったら、ぼくが出ますから」

両手にコーヒーカップをひとつずつ持って、二階へ上がる。階段を上っている最中に、電話が鳴らなかったのは幸いだった。そうでなければきっと、慌てて出ようとして両方落としてしまっていただろうから。

第五章

エステルは安楽椅子に身をゆだねて、眠っているように見えた。目を閉じて、口元にかすかな笑みをうかべている。ぼくはしばらく戸口に突っ立って、湯気の上がるコーヒーを両手に持ったまま、彼女を見つめていた。ちゃんと見るのは初めてのような気がした。

もちろんエステルは、よく見慣れた女だ。カーニバルにいたころポージング・ショーの舞台で、ほんのちょっぴりのメッシュとGストリング一枚きりの姿も見たことがある。それから、ふたりでカーニバルを抜け出して、森へ行ったあの夜――けれどもあのとき、ぼくが愛していたのはリタだったし、ああいうことはぼくには意味のないことだった。そしてエステルにとっても――何も、とまではいかなくても、それほどは意味のないことだと思っていた。

けれどもいまはわからなくなった。エステルがあのカーニバル一座を辞めたのは、ぼくとアム伯父が辞めたからではない。嫌いな男が――ぼくたち全員が嫌っている男だったが――一座の経営者になったからだ。エステルは、ぼくやアム伯父と親しくしていたから、それもあってぼくたちがシカゴへ移ってきたとき、こっちへ来たのだとは思っていた。けれどもその後は、彼女は彼女で暮らしていた。ほかの男たちとデートだってしていた。

しかしそこに突っ立っているうち、ふいに気づいてしまった。家主のブレイディ夫人の突拍子もない発言は、どこもまちがっていないのだ。エステルだけではなく、ぼくについても。ぼくは、大きすぎるものが怖い――適当にあしらえないほど大きなものが。それに、居心地のいい決まりきった暮らしから放り出されるのもごめんだ。それほど人間ができてはいない。

けれどもいま、まったく突然に、その決まりきった生活は吹き飛んでしまった。

エステルは目を開けて言った。「ねえ、エド。コーヒーが冷めるまでそこに突っ立っているつもり？　起きてたのよ、あたし」

「きみを見てただけだよ」ぼくは言った。「目を閉じたきみは、見たことがなかったかもしれない」

カップをひとつ手渡し、足置き台を引き寄せて、その上に腰かける。コーヒーはまだ熱すぎたので、少しずつすすった。「本当にずっと起きてた？　はっきりしないのなら、そのあいだにカールが帰ってきたかもしれないよ。ぼくはブレイディさんのとこのキッチンにいたから、帰ってきても聞こえなかっただろうし」

「起きてたわよ。目を閉じたのは、あなたが来るのが聞こえてからだもの」

「じゃあ、なんで閉じたのさ？」

彼女は笑った。「目を閉じたあたしを、見たことなかったでしょ。見せたかったのかもね。今朝は早起きしたんじゃないの、エディ？」

「いつもどおり、七時半だよ。どうして？」

「カールのポーカーって、徹夜になるかもしれないわよ、よくは知らないけど。ちょっとひと眠りしたら？　カールが戻ったら、起こしてあげるから。もう目は閉じないわ。約束する」

「眠れないよ、ぼくは」

「明日になって後悔するわよ。疲れを残さないで、すっきりと明日を迎えることが大事なんじゃないの」

もっともな意見だった。どっちにしろいまは、心配することしかできないのだ。頭をひねるだけの材料すらない。カール・デルを待っているだけなら、寝ながらだってできる。

「ちょっと見ないうちに、ずいぶんしっかり者になったみたいだね、ステル。このコーヒーを飲んだら、少し休むことにするよ。眠れなかったとしても」

ぼくはもうひと口すすった。まだ飲み干すには熱すぎる。と、あることを思い出した。明日の朝には忘れてしまうかもしれないから、いまのうちにやっておきたい。アム伯父の写真を出して、ポケットに入れておくのだ――ベン・スターロックがそうしたように。

ドレッサーへ行き、写真を数枚納めた文房具箱を取り出す。どれもただのスナップ写真だ。アム伯父が比較的よく写っている二枚を選び出す。両方ともカーニバルにいたときの写真で、一枚はアム伯父がやっていたボールゲームの出店の前で撮ったもの、もう一枚はルイヴィルで興行を打っていたときに、ホーギーのトレーラーの戸口に腰かけて撮ったものだ。伯父の隣にはホーギーが腰かけて、ふたりともビール瓶を手にしていた。

撮影したのはどちらもマージ・ホーグランドだった。ぼくは写真を見て、ぎくりとした――マージはもうこの世にいない、ホーギーももうこの世にいない。そしてアム伯父の行方はわからない。無事だとしても、帰ってこないばかりか、電話もよこさないことに筋の通った理由などない。はっきりしているのはそれだけだ。マージもホーギーも死んでしまった。そしてアム伯父は――

――もうよせ、とぼくは自分に命じた。そう命じつつも、アム伯父とホーギーが一緒に写った写真を文房具箱へ戻し、出店の前で、伯父がひとりで写っているほうを手元に残した。

ともかくも、実に伯父らしい写真だ。にっと笑って、ザ・シャドウ（一九三〇年代からアメリカのパルプ雑誌等で活躍しているキャラクター）そっくりの、真っ黒でつばの広いソフト帽をかぶっている。これはいつもかぶっているやつで、ぼくはしょっちゅうからかいの種にしていた。太陽の位置が低いらしく、目元は帽子のつばの陰になることもなく、しっかりと写っていた。目尻の皺まで見分けられる。鷹揚で愉《たの》しげなまなざしも。鼻は大きめだが、もちろん口ひげを隠してしまうほどではない。もじゃもじゃの茶色い口ひげは、右の腕に負けずおとらず、伯父の身体の一部といってよかった。そう、この写真はスターロックの持っていったパスポートサイズの写真よりも、ずっと身元確認に向いていた。身長を判断するのは無理だが、そのあたりはぼくが補えばいい。いつだったか、誰かに伯父の特徴をこんな風に説明したことがある。〝ちょっと小男、小肥りで、小粋な感じ〟と。

しかもこの写真を撮ってから、伯父は少しも変わっていなかった。ただ――真っ黒なつば広のソフト帽は別として――カーニバルにいたころより、もう少しきちんとした身なりをしているが。

ぼくは財布に写真を収め、足置き台へ戻ってコーヒーを手にとった。もうだいぶ冷めていた。

エステルは、ぼくの様子を見ていたにちがいない。「本当に、伯父さんってあなたのお父さんみたいなのね、エド」

「うん」ぼくは短く答えて、それ以上深入りするのを避けようとした。この先は、エステルにも話したことがなかったから。けれども気がつくと、言葉を続けていた。「ぼくは父親のことを、本当の意味では知らなかったんだ。知ったときには、もう遅すぎた。死んでしまっていたからね。そのあと、アム伯父と親しくなって、伯父がぼくの支えになってくれて……それで、一緒に見つけ出したんだ。

父さんの命を絶った男を」

「お父さん……殺されたの？」

ぼくはうなずいた。「アム伯父はぼくを連れて、カーニバルの一座へ戻った。それからあそこで何が起きたかは、きみも知ってのとおりだ。マージとホーギーのこと。あの一件と、ぼくの父さんのことがあって、わかったんだ。探偵の仕事となると、ぼくとアム伯父は不思議とうまが合うんだよ。どういうわけか、ぴたりとはまるんだ。ふたり一緒なら、別々にやるよりもずっと、比べものにならないほどの成果が上がる。それに伯父はあそこの一座に入る前、私立探偵をやってたんだ。それでぼくは伯父にせがんで、探偵の仕事に戻ってもらって、ぼくも同じ会社で働けるように計らってもらったんだ。いつか、ぼくたちの探偵社を持つことを夢見てたんだよ――〈ハンター＆ハンター探偵社〉ってさ」

「すてきじゃない、エド。でも、どうして『夢見てた』なの？　まだ気持ちは変わってないんでしょ？」

なぜ過去形を使ったのか、はっきりした言葉にはしたくなかった。なぜなのかなんて、考えるのも嫌だった。けれどもふと、言葉にしてぶちまけてしまったほうが、心の奥に押しこめておくよりも楽になれるような気がした。

ぼくは言った。「考えてもみろよ、ステル。もう午前一時半だ。アム伯父が無事なら、もう何時間も前に連絡してきてるはずだ。ほかに考えられるかい？　病院にはいないんだ。ぼくらが心配してるってわかってて、どっかをほっつき歩いてるなんてありっこない。ほかのだれかならともかく、アム伯父じゃあり得ない。何かが起こって、一時間やそこら電話できないことはあるかもしれない――でも、八時間はあり得ないんだ」

エステルはぼくの手に、自分の手を重ねた。「エド、あたしなんだか予感がするの。伯父さんは無事に帰ってくるわ」

けれども声音から、彼女が嘘を言っていることがわかった。予感がするというところも、あとに続けた言葉も。

「ぼくには予感なんてないな。どのくらい望みが残されてるのか、見積もるのが精いっぱいだ。それもだいぶ分《ぶ》が悪いね。ともかくさっき言おうとしたのは、伯父にせがんだのはぼくだってことなんだよ。それがひどく辛《つら》いんだ」

「伯父さんにせがんだって、なんのこと？　わからないわ」

「私立探偵の仕事に戻ることさ。ぼくがそんなことをせがみさえしなければ、伯父はまだカーニバルにいたかもしれない。そしてまだ、生きてたかもしれない——そりゃあまだ、確定じゃないけど」

「ばかげてるわ、エド。自分を責めないでよ。だいたい、何か起きたって——本当に起きたとしたって、探偵の仕事に関係あるかどうかなんて、わからないじゃない」

「つまり、個人的な恨みが原因ってこと？　それこそばかげてる。きみにもわかるだろ。アム伯父の敵なんか、この世にひとりもいやしないよ。仕事がらみで恨まれたんでなければ」

このとき電話が鳴った。ぼくは階段を転がるように下りて、あやうく首の骨を折るところだった。

電話の主はベン・スターロックだった。「たいしたことは摑めなかった。これから事務所へ戻るつもりだ。例のデルってやつは、まだ帰らないのか？」

「ええ。たいしたことは、ってことは、なにかしら摑めたんですか？」

「ふたり目のフロント係、エヴェレストもアムの顔に心当たりがないというし、四一八号室についての問い合わせを受けた憶えもないそうだが、四一八号室に泊まっているリチャード・バーグマンのことは憶えていた。以前も何度かあのホテルに泊まったことがあって、そのつど同じ名前で予約を入れていたそうだ。クリーヴランドから電話していると言って。しかし本当はどうもニューヨークから来ているらしい。数当て賭博に関わっている男のようだ、と」

「それって、エヴェレストってやつの推測なんですか？　それとも」

「そういう話を耳にしたそうだ。言った人間まではわからないが、一ヵ月ほど前、バーグマンが数日間滞在していたときのことだ。エヴェレストがフロントで接客していると、バーグマンがロビーを通りかかった。すると別の滞在客が——こいつの名前はわからんが、こんな感じで冷やかしたんだそうだ。ニューヨークの数当て賭博が、シカゴへ引っ越してきたのかよ、とかなんとか」

「アム伯父が、数当て賭博に関係のある件を担当していたことは？」

「ない。うちじゃ、そういう依頼は受けないことにしてるんだ。もうひとつある。ホテルの通話記録をチェックしてもらう約束を、エヴェレストにとりつけた。四一八号室から発信されたぶんをな。二十ドルはずんだから、明日の朝九時に出勤したらすぐ、今日のあいだに四一八号室からの発信がなかったかどうか調べてくれるそうだ。外からの着信はわからんし、長距離電話を別にすれば、電話番号もわからない。それでも、バーグマンが自分の部屋から午後四時直前に市内電話をかけたかどうか、確かめてみる価値はありそうだろ。明日の朝にうまいこと記録をチェックできたら、すぐに電話をよこすはずだ」

「なるほど」ぼくは答えた。「いまので思い出したんですが、今日の午後あそこに出ていた交換手の名前と住所を、うっかり訊き忘れて。そっちにも話を聞くべきですよね」

「それなら、エヴェレストから聞いてきたよ。だが明日まで、本人に会うのは無理だろう。エヴェレストはその交換手のいとこで、いまの仕事を世話してやった間柄なんだそうだが、あいつによればその娘《こ》は明日休みで、今夜からラシーンへ行ってるらしい。向こうの友達のところに一泊して、明日戻ってくるんだと」

「電話はできないんですか？」

「エヴェレストが知ってたが、そこの家には電話がないそうだ。おれかおまえのどっちかが、今夜のうちにラシーンへ行ってくるって手もないではないが、そこまでするのもどうかと思う。四一八号室の男は無関係だと思って、まずまちがいないんだから。ホテルも部屋番号も、どうせ適当に選んだんだろう。そしてアムはそこへ着く前に、何者かに捕まった」

「ぼくも同じ意見ですよ。あなたはこれからどうするんです、ベン？」

「事務所へ戻るさ。ジェーンが病院へ問い合わせた内容やら何やらをチェックして、何も進展がなければ、詰所で数時間寝ることにする。おまえはどうする？　ちょっと仮眠をとっても、デルってやつが帰ってきたときにわかるような方法はあるか？　ポーカーって代物は厄介だぞ。帰りは朝の五時とか六時になるかもしれん」

「大丈夫だと思います。エステルが見張っててくれますから。彼女、明日は寝たいときに眠れるそうですし、いまは眠くないと言ってました」

「そうか。じゃあもう、おまえも寝ろ。重要な進展があったとき以外は、もう電話もかけない。デルと会ったあと、こっちへ電話をよこすかどうかの判断はおまえに任せる。手がかりが得られるかどうかわからんしな」

「どっちにしても、電話をするか直接行くかしますよ。でも、食らいつくだけの情報が手に入らなかったら、ジェーンにことづけて、あなたは起こさないようにします」

「それで頼むよ。じゃあな」

二階へ戻る。エステルにはどのみちすべてを知られているので、いま電話で聞いたこともすべて話した。

「わかったわ、エディ」彼女は言った。「じゃあさっそく、ベッドでひと眠りして」

「ぼくひとりで?」

「あなたひとりでよ。ちゃんと寝られるように、明かりも消しとくわ。あたしはドアを細めに開けて、椅子をそっちへ持ってってっとく。それで、隙間から廊下を覗いてるわ。寝ちゃわないように、目をしっかり開けてね。眠いわけじゃないけど」

ぼくは靴を脱いで、ベッドに横になった。エステルが明かりをパチンと消した。と思うと、彼女の唇がぼくの唇に触れた。ぼくは両腕を回して彼女を引き寄せ、きつく唇を重ね合わせた。

エステルはくすりと笑った。「おやすみのキスをしただけよ。変な気を起こさないでね。睡眠をとらなくちゃいけないでしょ」

ぼくは腕に力をこめたが、彼女は続けた。「本気で言ってるのよ、エディ」

たしかに彼女は本気だった。次のひとことで、ぼくははっとわれに返った。「どうして眠らなきゃいけないのか、忘れたの」

「わかったよ、ステル」ぼくは言ってみた。「あのカーニバルでの夜のこと、憶えてる?」

「ええ。あなたこそ、忘れちゃったのかと思ってた」

彼女の唇がぼくの唇を軽くかすめ、離れていった。

椅子を動かす音が聞こえ、廊下からもれこむうす明かりが少しだけ太くなった。エステルがドアの隙間を広げたのだ。

ぼくは眠れないと知りながら、目を閉じた。眠ろうとしても無駄だし、そうしようとすればするほど、眠りから遠ざかるのはわかっていた。伯父のことがぐるぐると脳裏を駆けめぐるのを止めようともせず、そのまま成り行きに任せていた。すると五分か十分のうちに、どうやら眠りに落ちたらしい。というのも、それ以上あれこれ想像していた記憶がないからだ。

エステルが、そっとぼくの肩を揺すった。寝返りを打つと、強い光が目を刺した。

「カールが帰ってきたわ。たったいま」

ぼくは身を起こした。「いま何時?」

「四時十分前。あなた、二時間ちょっと寝ていたの」

「何か話した?」そう尋ねて、足をベッドから降ろすと、靴紐を結びはじめた。

「いいえ。階段を上ってくる音が聞こえて、すぐにドアの隙間を細くしたの、半インチくらいまで。それで充分、帰ってきたのがだれだかわかったし、部屋へ入っていったのもわかったわ。あたしも一緒に、カールの話を聞いてもいい? そうしたほうがいいと思うわ、そんなこと言ってないだとか、憶えてないとか言われたら困るから」

「そうだな。じゃあ行こう。カールが服を脱いじまう前に」

ぼくたちは廊下を通って、チェスター・ハムリンの部屋のすぐ先のドアをノックした。

カールはドアを数インチだけ開けた。「よう、エド。どうした――?」

「ぼくとエステルで、あんたに訊きたいことがあるんだ。数分ですむよ。大事なことなんだ」

ドアを大きくひらきかけていたカールは、エステルの名を聞いて、ぼくのうしろの彼女を見た。またドアを戻して言う。「ちょっと待っててくれ、ガウンを着るから。もう寝るところだったんだ」

ややあって、カールはガウンに部屋履きをつっかけ、ドアをひらいた。「どうぞ。伯父さんからはまだ、何も言ってこないのか?」

部屋のなかへ入る。ぼくは答えた。「うん。訊きたいことってのは、そのことに関係あるんだ。あんたがエステルに言ったっていう、アンブローズ・コレクターってなんのこと?」

カールは、は?と言わんばかりに頭をそらし、笑いだそうとした。しかしぼくが一歩迫ると、こちらの表情に気づいて真顔になった。無理やり笑いを呑みこんだせいで、あやうくむせ返るところだった。

「すまない、エド」カールは言った。「伯父さんの行方がわからなくなったっていうのにな。でもアンブローズ・コレクターだのっていうのは、ただの冗談だぞ。チャールズ・フォートを読んだことは?」

「ないよ。チャールズ・フォートって?」

「ひと口には言えないな。まあ、座れよ」

エステルは椅子に腰かけ、ぼくはベッドに座を占めた。カールは本棚へ向きなおると、身をかがめて厚手の本を抜き出し、こちらへよこした。題名は『チャールズ・フォート著作集』。

ぼくはそれをひらかず、持ち主を見すえて説明を待った。

カールは言った。「よければ貸してもいいぞ。おまえも気に入るんじゃないかな。だが、その本と伯父さんのことは無関係だよ。これからきちんと説明してやるから。

チャールズ・フォートっていうのは、いまから二十年ほど前に死んだニューヨークのジャーナリストだ。変人か天才のどちらかだが、多くの人物が天才だったとみている——ベン・ヘクトやティファニー・セイヤー、カール・サンドバーグやシャーウッド・アンダーソンといったお歴々がな。彼らはフォーティアン協会を設立し、会誌を発行した。まだ続いているかどうかわからないが」

「何について書いた人？」ぼくは尋ねた。

「ほとんどあらゆることさ。フォートって男は、いわゆる正統とされている科学、特に天文学と気象学をばかげたものだと考えていた。どこかで道をまちがえて、われわれをおかしな方向へ導いたんだと。そしていろんな事例を集めた。情報元の大半は、ほうぼうから入手した新聞の雑報欄だが、どれも現在の科学者の主張にそぐわないせいで、適当にあしらわれるか、まるっきり無視されていることばかりだ。蛙の雨や魚の雨、不可解な出現と失踪について、人狼、宇宙船、大海蛇、地震に流星、火星人に人魚。胸おどる話題ばかりさ、エド。

ひとつ、比較的最近の例を挙げるか。例の空飛ぶ円盤の件さ。あれなんか、チャールズ・フォートにとっては最高のごちそうだったろうな。ああいった現象が、満足に説明されたためしがあるか？ないよな。フォートは著作で、そういう未解明の現象を山ほど紹介してるんだ。円盤と同じくらい不思議な、だれにも説明できないことを」

「とても興味深いね。で、アンブローズ・コレクターはどこに出てくるの？」

「そりゃ、フォートのちょっとした冗談さ。四作目かつ最後の著作、『野性の才能』のなかで、不可解な失踪事件について論じてるんだが、そこでカナダのアンブローズなにがしの失踪を取り上げてるんだ。とりわけ不思議な事件さ、ひとりの人間が着替え一枚持たずに、百万ドル以上も置いて消え失せたとなればな。で、ほんの軽い冗談だと思うんだが、フォートはその件に関連づけて、アンブローズ・ビアス失踪の件を書いてるんだ――百万ドルの男が失踪した数年前、テキサスで行方知れずになった作家のことを。そして、こう問いを発している。『何者かがアンブローズをコレクションしているとでもいうのか？』と」

「そこの部分を読んでみたいな」ぼくは言った。「ええと……四作目だったっけ？」ベッドに置いておいた、分厚い本を取り上げる。

「そう、『野性の才能』だ。そいつは全集で、フォートの著作が四作すべて一冊に収まってる。うしろには索引もあるから、アンブローズ・ビアスで引いてみろ。もういっぽうのアンブローズの苗字は忘れちまったから。もちろん、その本を持っていってもいいぞ」

「ありがとう、カール」

「しかし……いったいどういうわけなんだ？　そりゃあ、おまえの伯父さんの名前はアンブローズだが、アンブローズ・コレクターだなんてのは、ただのフォートの冗談だぞ。しかもずっと昔のな」

ぼくはカールに、アム伯父を会社の事務所からおびき出した電話の件と、電話の主が名乗った名前のことを話した。

カールは小さく口笛を吹いた。「そいつが、チャールズ・フォートを読んだのは確実だな。けど、シカゴにどれくらいフォートの読者がいるのか、考えただけで頭が痛くなるぜ。数千人ってところか？　ともかくその電話してきたやつってのは、しゃれこうべを見せびらかして笑うようなセンスの持ち主だな、きっと」

「そいつを見つけ出したら、そのセンスがどれほどのものか見てやるさ。皮膚をびりびり引っぺがして、まだ笑ってられるか試してやる」

言いながら立ち上がったものの、われながら芝居じみたふるまいだと思った。そこで尋ねた。「そういえば、ポーカーはどうだった？」

「まあ、芳《かんば》しくはなかったな」カールは苦笑した。「おまえから五ドルをすんなり借りられるような、うまい言い訳はないもんかね？　金曜まででいいんだが」

ぼくは五ドル渡したが、訊かずにはいられなかった。「じゃあ、占星術は撃沈したわけ？」

「いや、そんなことはないさ。午前零時までは十五ドル勝ってたんだ。あそこでやめてりゃよかったな。もう十四日だろ、木曜日の。たいしてついてない日だ」ドレッサーの上の置き時計を見やる。

「三時間しか寝られないから、よけいにきつい一日になりそうだ」

エステルが笑った。「それって、あたしたちに出ていけって言いたいんじゃないの？」

カールはにやりとした。「きみは別さ、エステル。好きなだけいていいよ」

けれども彼女は、ぼくのあとについて部屋を出てきた。

廊下でエステルは、ぼくの腕に手をかけた。「ごめんなさい、エディ」

なぜ謝るのかわからなかったので、そう尋ねた。

「アンブローズ・コレクターってのが、ただの本のなかの話だったなんて。手がかりになりそうだと思ってたのに」

「きみのせいじゃないよ、ステル。もう少し何かわかるかもって、期待してたところもあるけど……

まあ、なんだかんだでひとつはわかったんだし。起きぬけのせいで頭が働いてないから、あとで何か気がつくかもしれない。とにかく、会社に電話を入れて報告しとくよ」

階段を二、三段下りたところで、ふと迷った。電話じゃなく、もう会社へ行ってしまったほうがいいんじゃないのか？

エステルが言った。「とにかく電話してみたら？　スターロックさんに訊いてみて、いまやれることはないって言われたら、もっと眠ったほうがいいわよ。電話の番は、あたしが起きてやっとくから」

どうするとも決めかねたので、返事をせずに階段を下り、電話をかけた。ぼくの言葉をさえぎって、ジェーンが言った。「エド、社長がここにいらっしゃるわ。電話のベルが鳴ったので、詰所からいらしたの。いま代わるわ」

スターロックの声が聞こえた。「うとうとしてたら、電話の音が聞こえたんでな。で、どうだった？」

「骨折り損だったみたいです」カール・デルから得た、なけなしの情報を伝える。

「いまひとつだな」スターロックもそう言った。「わかったのは、アムをさらったやつがチャールズ・フォートを読んでたってことだけか」

「本の内容を人から聞いただけかもしれませんよ。エステルだって、チャールズ・フォートなんて聞いたことがなくても、アンブローズ・コレクターのことは耳にしてたわけですから」

「なあ、エド、そっちも気にはなるがな。もうひとつ、ほぼ確実なことがあるぞ。犯人が、アムの顔を知ってたってことだ。デルってやつは、そのアンブローズ・コレクターのことをエステル以外に話したのか？　たとえば、そこのアパートの住人だとか、エステル以外で。あの娘《こ》は除外してもよさそうだからな」

「除外していいですよ」ぼくは答えた。「そこはカールに訊いてませんでした。これから訊きます。それからどうします？　事務所へ行きましょうか？」

「来てもやれることはないよ。心当たりにはひととおり電話してみたが、収穫はなかった。警察にも、けっきょく一報入れといたんだ。あっちで何かわかったら、連絡をもらえるようにな。やつら、どうせ朝までは動きやしないだろうが」

「じゃあ、いつ行けばいいんです？」

「朝八時に来い。うちの連中にも電話で知らせて、三人は八時に出てくることになった。そのときまでに、仕事の割り当てを決めておく」

「本当に、ぼくがいまやれることはないんですか？」

「ない。じゃあ、また明日の朝八時にな、エド」

ぼくは階段を上った。エステルが、いちばん上の段に腰かけて待っていた。その隣に腰を下ろし、スターロックに言われたことを伝えた。

「よかったわ」彼女は言った。「じゃあ、会社へ行く前に、二時間くらいは寝る時間があるってことね。あたしが電話番をしてるから」

ぼくはかぶりを振った。「そんな気分になれないよ。いっそ起きてたほうがよさそうだ」

「わかったわ、エディ。起きてる手伝いをしましょうか？」

ぼくは笑った。エステルはぼくの肩に頭を載せ、言った。「おかしかった？」

「思い出したんだよ。アム伯父にさんざん、せっつかれていたことを」

「伯父さんて、勘のいい人よね」

「ぼくもそう思うよ」

彼女はささやいた。「あたしの部屋へ来る?」

「先に行っててよ。もうひとつ、カールに訊くことができたんだ」

ぼくはエステルにキスをした。彼女は足音をひそめて三階へ上っていき、ぼくはカール・デルの部屋をノックした。どうぞ、と大声が聞こえて、ドアに鍵がかかっていないことに気がついた。部屋のなかは真っ暗で、カールはベッドに入っていたけれども、まだ起きていたことは声音からわかった。

「ごめんよ、カール。でももうひとつ、訊かなきゃならないことができて。大事なことかもしれないんだ」

「いいよ、エド。入りな」

ぼくは部屋に入ったが、明かりはつけなかった。「さっきのアンブローズ・コレクターのことだけど、エステル以外のだれかに話した?」

「ううん……話したかもしれないな。おれがチャールズ・フォートを初めて読んだのは十年前、まだ十代のころだ。はっきりは憶えてないが、話したかもしれない」

「じゃあ、訊きかたを変えるよ。このへんのだれかに話したことは? ここのアパートの住人だとか、アム伯父を知ってそうなやつに」

「それならまちがいない、話してないよ。おれがシカゴに来たのは、たった一年前のことだ。このへんのだれにも話してない。エステルとデートした夜は、たまたまそこんところを読み返したばかりだったんだ。それまでは、何年間も思い出しもしなかったよ」

「わかった」ぼくは言った。「ありがとう。邪魔をしたね」

ドアを閉め、聞かれているとまずいのでまずは自分の部屋へ行き、少ししてからこっそりと三階へ上がった。

エステルの部屋のドアは開いていて、明かりもついていたが、彼女はそこにいなかった。ぼくは安楽椅子に身を沈め、脇に挟んで持ち歩いていたチャールズ・フォートの本をひらいた。廊下の奥からシャワーの水音が聞こえていた。あと数分は時間があるだろう。

索引でビアスを引き、カールの話していた一節を見つけた。カナダのアンブローズは、アンブローズ・スモールという名前だった。その男の失踪についての記述を読む。本当に、わけのわからない事件だった。さらに読みすすめる。


アンブローズ・スモールの調査にとりかかる以前から、私はこの一件に惹かれるものを感じていた。すでに述べたのとはまた別の〝偶然の一致〟とみえるものが存在したからである。そこになにかしらの意味がひそんでいると疑うのは、あまりにも不合理に思われる。しかし、だからこそ私は、数多くの経験に照らして真剣に考察してみることにした。アンブローズ・スモール失踪のおよそ六年前、かのアンブローズ・ビアスが行方をくらました。世界中の新聞がこぞって、アンブローズ・ビアスの謎を書きたてた。とはいえ、テキサスにおけるアンブローズの失踪と、カナダのアンブローズの失踪になんの関係があり得るというのか？　何者かがアンブローズをコレクションしているとでもいうのか？　これらの問いは、ある種の子供っぽさともみえるものを含むがゆえに、私の敬意と関心とを惹きつけてやまないのである。

ぼくは本を置いて、ひとつ鼻を鳴らした。子供っぽさ〝ともみえるもの〟とはどういうことだ？六年もあいだの空いた、一千マイル以上も離れたふたつの失踪事件を、ファーストネームが一致しただけで結びつけるなんて馬鹿としか言いようがない。この著者は頭がおかしいのか、それとも受けを狙っているのか？　あるいはその両方か？

けれども、考えてみれば本のわずか一節を、前後も読まずに評価する権利はない。著者のふだんのスタイルや、意図だってわからないのだから。

その直後ぼくは、チャールズ・フォートのことをすっかり忘れ去ってしまった。エステルが素足で、バスローブ一枚きりで戸口に現われたのだ。

エステルは「どうも、エディ」と言い、ドアを閉めて明かりを消した。すぐに膝の上に、彼女が乗っかってきた。バスローブは、ぼくのところに来るまでにいつの間にかなくなっていた。

第六章

スタークロックには朝八時に来いと言われていたが、ぼくが会社の事務所に着いたのは、七時半を回ったばかりのことだった。ジェーンは眠たげな顔で、黄色い電報用紙にタイプをしていた。タイプライターから用紙を引き抜き、交換台に電話をかけて、ビルの階下から〈ウエスタン・ユニオン〉の電報配達人を呼び出した。

「おはよう、エド」と言った彼女は、電報に向けたぼくの視線に気がついた。「〈カーソン探偵社〉への電報よ、クリーヴランドの。リチャード・バーグマンについて至急調査をして、結果を電報で知らせるように依頼するの」

「何か進展はあった?」

彼女はかぶりを振った。「まだ何も入ってこないわ。社長がおっしゃるには、こちらからいくつか釣り針を仕掛けたそうよ」

詰所のドアがひらき、ベン・スタークロックが目をこすりながら出てきた。「よう、エド。ずいぶん早いな。せっかく早く来たんだから、連中が来るまでコーヒーでもつき合え。全部終わったかね、ジェーン?」

「はい、社長」

「悪いが、九時までがんばってもらえるか?」

「ご入用でしたら、それより長くてもかまいませんけれども」

「職業紹介所へ連絡して、代わりをよこさせるまででいいよ。おそらく九時前には開いてないだろうが、早めに電話をかけてみたければ、そうしてくれ。いちばん優秀で、残業を嫌がらない者をよこすように言うんだ。最低限、伝言を受けられる人間を常時事務所に置いておきたいんでな、アムを見つけ出すまで」

「夜勤をしたほうがいいでしょうか、わたし?」

「きみに差し支えがなければ。しばらくは十二時間交替で頼めないか? いつまでになるかは定かじゃないが……長引かないことを祈るばかりだ」

「わかりましたわ」

「よし。じゃあ代わりの娘《こ》がやってきしだい、きみは帰宅してくれ。十二時間後、戻ってきて交替してもらう。さて、エド、ちゃっちゃとコーヒーを飲んで、八時までには戻ってくるぞ」

電話で言った件をカール・デルに尋ねたか、とスターロックに訊かれたので、カールから聞いたことを伝えた――シカゴに来てからは、アンブローズ・コレクターのことをエステル以外の誰にも話した憶えはない、と言っていたと。

ぼくはスターロックに尋ねた。「どうして速記秘書が、もうひとり必要なんです? 昼間のあいだは、デーンが受け持てばいいんじゃないですか?」ぼくが言ったのはデーン・エヴァンズのことだった。肩書こそ事務長だけれども、この会社に事務員は彼ひとりで、帳簿つけや請求書作りやらを担当している。

スタークが言った。「デーンの手は空けときたいんだ。臨時の仕事を山ほどやってもらう予定だからな。依頼人との相談やら、通常業務を続ける探偵の陣頭指揮やら。そうすれば、おれは心置きなくアムを捜すのに集中できる。ふだんの業務に加えてそれだけやれば、さすがにあいつも手いっぱいさ。これから来る娘に要領を教える暇くらいはとれるだろうが、その後は勝手知ったる仕事でも、その娘に手伝わせなくちゃな」

腕時計に目を落とす。「お、もう八時になるぞ。戻ろう」

階上の事務所へ戻ってみると、みんな勢ぞろいしていた。ただしミルト・イームズだけは、担当の件でミネソタまで出張していて留守だった。ジョー・ストリーター、エミール・クラッカ、アート・ウィーラン、そして（ジェーンの兄の）ビル・ロジャーズ。ぼく以外の、四人の探偵たちだ。それから、事務長のデーン・エヴァンズもいる。まだ誰も詰所へは行かず、こちらの事務室でめいめい、椅子にかけたり立ったたままでいたりした。

スタークが言った。「さて、もうみんな聞いてのとおりだ。しかし細かい点はまだだから、これから聞いてもらう。おまえたちをやみくもに動かすわけにはいかんからな。

まずはこれまでのいきさつを、エドから説明してもらおう。詰所へ行って聞いてくれ。そのあいだにおれは、警察に電話を入れてはっぱをかける」

ぼくが先に立って行く。探偵四人とデーン・エヴァンズも続いて入ってきた。昨日の夕方四時の電話のことから始めて、みんなにいっさいがっさいを説明した。

話しおえる前に、ベン・スタークがドアを開けた。けれども彼は、続けろと手で促して、終わるまで戸口にもたれかかっていた。

その後、おもむろに切り出した。「上出来だ、エド。言い落としはひとつもないだろう。ではみんな、まず訊くが、この件に関わりのありそうなことに心当たりのある者はいないか？　ひょっとしたら、という程度でかまわない」

誰も返事をしなかった。スターロックはしばし待っていたが、「わかった。だが何か思い出したら、どんなにささいなことでも、あり得ないようなことでも、そのままにはしておくな。すぐおれに伝えてくれ。おまえたちのだれかに、アムが何か言ったりしたかもしれん。何か、ともいえないほど、ちょっとしたことかもしれん。見当もつかないが」

全員を見まわす。「じゃあ、知っていることにはこだわらなくていいから、何か思いついた者はいないか？　提案でもなんでも」

またも返事なし。しかしややあって、ジョー・ストリーターが口をひらいた。「あんたもとっくに考えたことでしょうし、いまさら訊くのもどうかと思いますが。アムのやつは最近、敵を作るような案件を扱ってたんですか？」

「思いあたるふしはないんだが、ずっと考えてはいた。この件はデーン、話し合いが終わりしだい、おまえに引きついでもらう。勤務時間記録をたどって、アムが入社以来担当してきた仕事のうち、犯罪の臭いのするものを残らず洗い出してくれ。支払いをすっぽかして、車を乗り逃げしたやつの捜索の件までな。そこからそれぞれの資料を掘り出して、おれのデスクに置いといてくれ」

デーン・エヴァンズはうなずいた。

スターロックは続けた。「警察には電話で知らせた。いちおう失踪人課に一報入れて、登録だけはさせておいた。あっちへ報告が上がったとき、こっちへも連絡が来るようにな。

それからアンドルーズ警視にも電話をかけて、ひととおり説明し、ついでにちょっと無理を通させてもらった。もちろんこれは、殺人課の管轄じゃない――そうでないことを祈るが、ある男をよこすように言ったんだ。そいつはアムの友人なんでな。バセット警部といって、いまこっちへ向かってる」

スターロックはこちらをちらりと見た。「何か、こいつらから聞いておきたいことはあるか?」

「たいしたことじゃないはずですけど、ひとつ気にかかることがあって。だれか……ええと、今朝よりも前の時点で、アンブローズ・コレクターについて聞いたことは? もしくは、チャールズ・フォートのことを」

デーン・エヴァンズが言った。「チャールズ・フォートなら知ってるぞ、たぶん。『呪われた者の書』の作者じゃなかったか?」

「それは最初に書いた本だよ。アンブローズ・コレクターってのは、冗談だかなんだか知らないけど、最後の四作目の本に出てくるんだ。『野性の才能』っていう」

デーンはうなずいた。「そいつだったら、やっぱり知ってる。何年か前、『呪われた者の書』を読んだんだ。けど、アンブローズ・コレクターのことは聞いたことがなかった。ベン、もう資料の件にかかりますか?」

スターロックはうなずき、戸口からよけてデーンを通した。デーンは細身だが、あの巨体が邪魔していては、身体をよじらなければ通れなかっただろう。

「まず手始めはリチャード・バーグマンだ、〈グレシャム・ホテル〉四一八号室の。そいつには、ふたりついてもらおうと思う。ひとりが尾行、もうひとりが〝指さし役〟と聞きこみだ」

そう言ってジョー・ストリーターとエミール・クラッカを指さす。「ジョー、尾行を頼む。エミール、おまえが聞きこみのほうだ。昼勤のフロント係にエヴェレストというやつがいて、昨夜二十ドル摑ませておいたから、協力してくれる。うまくすればバーグマンがロビーを通ったとき、指をさしてもらえるはずだ。それが無理なら、おまえが部屋をまちがえたとか言って、四一八号室で顔を見てきて、ジョーにこいつだ、と指をさせ。その後は聞きこみをしてくれ。エヴェレストだけじゃなく、四一八号室担当のメイドまで残らず、聞き出せるかぎりを聞き出すんだ。そして、得られた手がかりを追え。いいな?」

立ち上がったジョーとエミールに、スターロックは続けて言った。「費用は行きがけに、デーンから受け取ってくれ。ひとり百ドルだ。メイドやボーイやらに、十ドル二十ドル摑ませることになっても、ほかのやつが知っていそうにない情報をもってるやつなら、出し惜しみはするな。それからエミール、バーグマンが外出したら、可能なら部屋のなかをちょっと見てこい。五十ドルくらいはずんでメイドをそそのかせ、ばれたらその娘《こ》は馘《くび》だろうが。まあ、おまえが何もかっぱらわないか、うしろで見張られはするだろうがな」

ジョーが尋ねた。「おれたちが着いたとき、もうそいつが外出していたら?」

「いや、それはないだろう。電話帳に載せていないほうの電話で警察と話している最中に、金を摑ませてやったエヴェレストからかかってきた。こっちの電話が終わるまで、ジェーンが捕まえといてくれてな。頼んだ件の結果を知らせてきたんだ、昨日四一八号室から、電話の発信があったかどうか。まあけっきょくなかったんだが、そのとき新たに依頼をした。担当のメイドと一緒に、バーグマンがまだ部屋にいるかどうか調べてみてくれ、と。エヴェレストは折り返しかけてきた。四階のそっち側担当のメイドに訊いてみたら、まだ部屋にいる、あそこの客は昼前にはめったに出かけない、と言われたそうだ」

エミール・クラツカはにやりとした。「二十ドル出した甲斐はあったようですね、ベン。フロントのほうでメイドに尋ねたあとなら、五十ドルなんて出さなくても、探偵バッジひとつでバーグマンの部屋に通してもらえますよ。美人なら、十ドルくらい渡してもいいですがね」

ジョーとエミールが出ていくと、ベン・スターロックはぼくに尋ねた。「何か思いつかないか、エド？　ビルかアートにやってほしいことでも」

アート・ウィーランが口を挟んだ。「ばかげた考えかもしれませんが、こういう線は検討したんですか？　アンブローズ・コレクターが、本当にいるかもしれないって」

「どういう意味だ、アート？」

「いかれ野郎ですよ、つまり。そのチャールズなんとかっていうのを読んだ、頭のいかれた野郎です。最近アム以外で、アンブローズって名前のやつが行方不明になったりしてないんですかね？」

スターロックは天井を仰ぎ、言った。「たしかに、ばかげてるかもしれん。だがアート、これでおまえの仕事は決まりだ。新聞社をいくつか回って、失踪人についての資料を集めてこい。市外のを集中的にな」

「わかりました。でもなんで、市外なんですか？」

「市内のことなら、もっと簡単に手早くわかるからさ。おまえの手をわずらわせることもない。バセットから失踪人課に依頼してもらって、連中の一覧表からアンブローズの名前を拾ってもらう。やつらなら数分の仕事だよ。しかし、アメリカ全土の失踪人一覧なんて存在しないからな、イリノイ州のものでさえ」

アートは「了解」と言って、出ていった。

「あとひとつだけ、思いついたことがあるにはある」スターロックは言った。「ビルよりも、おまえのほうが向いてそうな仕事だ、エド。おまえはもう、そいつと知り合いだからな。だから、ビルにやってほしいことがないいんなら――」

「ありません」ぼくは答えた。

「じゃあ、ビル、おまえは昨日やっていた仕事を続けてくれ。あれは昨日の時点でうちの最重要案件だったし、おまえはその担当だからな」

これでひとりは、〈スターロック探偵社〉のために稼いでこられるはずだ。スターロックはまちがいなく、アム伯父を見つけ出すことに全力を注いでくれている。その点については、ぼくに文句はなかった。

「それで、ぼくは何をすれば?」

「望み薄ではあるが、カール・デルをもう少し調べてみないか? そいつがまちがいなく信用できて、たしかに保険会社で働いていて、昨夜ポーカーをやっていたと言いきれるか?」

「言いきれません、どれも」ぼくは認めた。「職場に電話したりだとか、そういうことをしたこともないですし。でもなんの理由があって、カールがアム伯父をコレクションするっていうんです?」

「なんの理由がなんて、だれにとってもそうだ。それでも、だれかはやったはずなんだよ」

なんの理由が。答えなんてあるわけがない。少なくとも、ぼくの知るかぎりでは。「わかりました。まずはバセットを待ちましょうか?」

「そうしたいなら別だが、その必要はない。あとであいつに質問はされるだろうが、これまでの経過は、おれが全部説明できるからな。そのあとは午前中いっぱい、デーンが掘り出してくる資料につぎこむつもりだ。そういえば、おまえはアムのやつと、仕事の話をしてただろ?」

「大半が仕事の話でした」ぼくは言った。

「なんでもいいから、思い出せないか? アムが担当していた件で、こんな結果に……その、なんだ、こういう状況につながりそうなことを」

「ずっと考えてはいたんですが」ぼくは答えた。「去年アム伯父が、牢屋にぶちこむのに手を貸したやつはふたりいます、あなたもご存じでしょうが。ただし、両方ともまだ服役中です。ひとりは横領、もうひとりは偽造をやらかして――どっちも一匹狼で、ギャングの一員なんかじゃありません」

スターロックはうなずいた。「そいつらが、まだムショにいるのは確実だろう。まあ、バセットに調べてもらってもいいが。あいつなら一発だからな」

ぼくは詰所の電話を使い、〈ハリソン相互保険会社〉に電話をかけてみた。カール・デルはそこにいた。いま出勤してきたばかりで、これから集金に出るのだという。どこかで会えないかと訊いてみると、カールは答えた。「いいとも。おまえ、〈スターロック探偵社〉からかけてるのか? ループにある会社だったよな?」

そうだと答え、場所を教える。カールは言った。「じゃあ、たった数ブロック先か。どうだ、こっちまで来ないか? いま販促会議中なんだが、あと十分もすれば終わる。それからなら会えるよ。伯父さんのこと、何かわかったのか?」

「まだだよ」ぼくは言った。「会議が終わるまでに、近くに行ってるよ」

ちょうど事務所を出るところで、バセットが——殺人課のフランク・バセット警部が入ってきた。しばらくこの場にとどまっていたかったが、あいにくカールにすぐ行くと言ってしまった。ぼくは軽くあいさつだけして、またあとでと伝えた。

〈ハリソン相互保険会社〉に着いたとき、販促会議はまだ終わっていなかった。応接室で十分ほど待っていると、カールが出てきた。帽子をかぶり、ブリーフケースをさげている。「もっと話しやすいところへ行こう。専用の事務室は持ってないんでな」

エレベーターのなかで言う。「どっかで一杯やれるかな。昨夜は二時間しか寝てなくて、ポーカーでしこたま飲んだビールが抜けてないんだ。頭がぼうっとするから、目覚ましに一杯引っかけたい」

「あと一杯くらい、どうってことないだろうね」とぼく。

入った店はまだ開いたばかりで、客の姿はなく、カウンターの奥の隅っこでバーテンがひとりグラスを磨いていた。ぼくたちに酒とチェイサーを出すと、すぐに作業に戻っていった。ここはぼくのおごりだ。これからカールに言うことを考えれば、せめてこのくらいはしておきたい。しかもカールは、ぼくから五ドル借りている。つまり文無しに近いということだ。

カールは生《き》の酒をひと息に飲み干した。チェイサーに手を伸ばす前にひとつぶるっと身震いをして、わざとひどい顔を作り、「お茶もいいが、やっぱりおちゃけだな」とかなんとか、古めかしい駄洒落を飛ばす。それから続けた。「で、なんの用だ、エド？　やっぱり占星術のことが気になりはじめたか？　昨夜おまえが出ていってから、考えてみたんだ。伯父さんの生年月日は、勤め先の探偵社で記録してるはずだって。入社したとき、志望申込書を書いてるだろ。な？」

「書いたと思うよ」ぼくは答えた。「でも、その話をしにきたわけじゃないんだ。カール……その……」生まれて初めて、ぼくは完全に追いこまれた。カール・デルを調べてみないか、とスターロックに言われたときにはそこまで思わなかったのに、いまはばかげたこととしか思えない。あの話し合いのときには、カールが本当に保険会社に勤めているのか確証はなかったが、もうまちがいないとわかっているのだ。チャールズ・フォートの本のことをちょっぴり、一週間前にエステルに話したからといって、アム伯父の失踪に関わっていると考えるなんてめちゃくちゃすぎる。

「じゃあ、どの話だ?」カールがせっついた。

ぼくはもう、責任をスターロックへおっかぶせることにした。「ええと、その、ベン・スターロックが――うちの社長なんだけど、その人があんたを調べてこいって言うんだ。ばかげた話だとはわかってる、だけど社長が言うには、偶然じゃないかもって……なんというかつまり、犯人はアム伯父の顔を知ってて、チャールズ・フォートの例の一節を知ってたやつってことしか、ぼくたちにはわかってないんだ。あんたは、その両方の条件を満たしちまってるんだよ」

「だが、どうしてだ? なんだってこのおれが、伯父さんにそんな仕打ちをしなきゃならない?」

「ぼくにもさっぱりだよ。だけどそれを言ったら、ほかのだれにとっても同じなんだ、心当たりのあるかぎりでは。とにかく、スターロックはどうかしてるよ。だからいっそのことあんたにぶちまけて、確かめたほうが手っ取り早いと思ったんだ。率直な質問に、率直に答えてもらえるかどうかを。それだけさ、たぶん」

カールは低く笑った。「たまげたな、新しい手法だ。探偵小説もずいぶん読んだが、そんなやりかたで容疑者の口を割らせようとする探偵は初めてだぜ。で、何を知りたいんだ? アリバイか?」

「おもにそのへんだよ。昨日の午後、四時から五時までのあいだ、何をしてたか教えてもらえると助かるね。それと昨夜、どこでポーカーをやっていたのか」

「取引するか、エド」

「どんな取引？」

「金は一セントも出さなくていい。ただ、二分ばかり時間をくれ。おれはな、おまえの力になりたいんだよ、エド。伯父さんのことは好きだし、おまえのことも嫌いになりかけはしたが、やっぱり好きだ。おまえの質問に答えたところで、役に立ちはしないだろう。でも占星術を使う機会をくれれば、助けてやれるかもしれないんだ。


つまりこうさ。伯父さんのホロスコープを作るために、生年月日を会社から聞いてほしい。何かわかるとはかぎらないが、ともあれその可能性はある。生まれた時刻までわかれば正確さはぐんと上がるが、とりあえずは年と月日だけでもどうにかなる。それからおまえの生年月日もだ、そっちも参考になるからな。あと、だれか容疑者がいれば——おれのことはいいぞ、自分の生年月日はわかってるから——そいつの生年月日も、もしわかるのなら知りたい。だがまずは伯父さんのだ。どうだ？」

「いますぐに？」

「もちろん。早ければ早いほどいい。ここから電話してくれ」


ぼくはため息をつき、スツールから立ち上がった。「一セントも出さなくていいって言ったけど、もう五セントかかるじゃないか」電話ボックスへ行き、ダイアルを回す。

ジェーンはまだ交替していなかったらしい。デーン・エヴァンズを頼んだが、出てきたのはベン・スターロックだった。「ジェーンがおまえの声だというんでな、ちょっと割りこんだ。何かあったか？」

「いいえ。伯父の志望申込書を調べて、生年月日を教えてくれとデーンに頼もうと思っただけで。あとで説明しますけど、たいしたことじゃないです」

「生年月日だと？」スターロックは笑った。「なるほど。たしかカール・デルは、占星術に入れこんでるんだったな」

「はい。それで伯父の生年月日を教えなきゃ、質問に応じないそうです。ぼくも知らないんですよ、アム伯父はずっと、誕生日の話題を避けてたんで。何歳かは知ってるんですけど。教えてもらってもいいですか？」

「かまわんよ。ちょっと待ってろ」

ぼくはちょっと待った。やがてデーン・エヴァンズが応答して、伯父の生年月日を教えてくれた。

「用はこれだけか？　ほかにベンと話したいことは？」

「これだけだよ、デーン。どうもありがとう」

「そうだ、エド、そのおまえの知り合いが有能なら、そのうち会わせてもらいたいな。数当て賭博のくじの数字を選ぶのを、手伝ってもらえるかもしれない。このところどうにも、しくじりっぱなしでな」

冗談なのかどうかわからなかったが、とりあえず答えた。「わかったよ、デーン。それじゃあ」カウンターのカールのところへ戻り、いま聞いた年月日を教える。

「時刻は？」

ぼくは辛抱強く訊き返した。「生まれた時刻を書かせる志望申込書なんて、見たことある？」

「書かせるべきだよ」カールはつぶやいた。これは冗談ではない。

これ以上占星術についての議論に踏みこむのはまっぴらだったので、ぼくは急いで語を継いだ。

「さて、こっちは約束を果たしたよ。昨日の午後四時から五時までのあいだ、どこにいた?」

「アパートだよ、頭痛がしたんでな。真昼ごろに始まって、三時半くらいにはたまらなくなったんで、集金の受け持ち区域を離れて帰ったんだ。四時ごろアパートに着いて、しばらく眠った。夜の八時ごろに目が覚めて、そのときには頭痛も治まったんで、晩飯を食いに出かけたんだ。ポーカーの誘いの電話が来たのは、帰宅してからだ。で、行くことに決めて、おまえも来ないかと声をかけたんだよ」

「悪いけど、四時から五時までの話に絞ってよ。あんたが自分の部屋にいたことを、だれか証明できない?」

「そうだな……四時にアパートに帰ってたってことだけなら、ブレイディさんが証明できるよ。アスピリン錠がまだあると思ってたんだが、切らしててな。アパートに着いたのが……たしか四時数分前だった。部屋に帰って、頭痛薬が切れてたのに気がついて、一階へ下りて二錠もらったんだ。でもそれから八時までは、自分の部屋にひとりきりだった。証明なんて、どうすりゃいいのか」

「そのことをブレイディさんが証明してくれて、時間にまちがいがないとわかれば、あんたの疑いは晴れるよ。アム伯父をさらったやつは、四時少し前から……そのだいぶあとまで忙しかったはずなんだ。だから四時きっかりのアリバイが証明できれば、あんたは完全にシロだとわかるんだ。あとは、ポーカーのほうだけど」

カールは誘いをよこしたピーウィー・ブレインの住所と電話番号、それからポーカーをやった場所の名前と所番地を教えてくれた。さらにあと四人、ゲームに加わった者の名前と、そのうちふたりの住所も。残るふたりの住まいは、カールは知らないそうだった。

ぼくはそのすべてを書きとめた。もしかしたらスターロックが、調べてみようと言い出すかもしれない。でもぼくとしては、ブレイディ夫人ひとりに確かめれば、ことが片づくように思われた——カールがアスピリンをもらいに来た時間を、夫人が思い出せればの話だが。

あと少しばかり、〈ハリソン相互保険会社〉にいつから勤めているのかだとか、そういった質問を重ねる。大半は、スターロックに要求されたときに答えるためのものだ。ぼく自身は、カールのことをすでにほぼ除外していた。

もう一杯どうだと尋ねたけれども、カールは断わった。ぼくももう充分だったから、むしろありがたかった。そろそろ出たほうがよさそうだ、ハルステッド通りの西まで集金に行かなきゃならないからな、と彼は言い、今夜は早めにアパートに帰ってくるかとぼくに尋ねた。ホロスコープの件で会いたいのだという。何時になるかわからないと答えると、何時になってもかまわないから、帰ってきたらドアをノックしろと約束させられた。部屋の明かりが消えてても気にするな、と。

「仕事が終わったら飯を食って、午後六時までには帰る。それから今夜はどこへも出かけないで、ホロスコープ作りに集中するつもりだ。二時間もあれば、出せるかぎりの結果が出るだろう。それじゃあ、もう走っていかなくちゃな」

そう言って、実際に走りこそしなかったが、路面電車に乗るためにランドルフ通りを足早に目指していった。ぼくは銀行で金をおろそうと、反対の方角へ向かった。手持ちがだいぶ心もとなくなっていたし、何が起きてもいいように現金をたくさん持っていたかった。スターロックに、経費として請求するのは避けたかった。もうかなり出してもらっているし、これはスターロックよりも、ぼくがやらなければならないことだ。ほかの探偵の費用はまかなってもらってもいいが、自分のぶんは自分でなんとかしたい。当座預金の預金最低額をぎりぎり残し、二百ドルをおろした。これ以上は、債券を現金に換えなければならない。そのほうが便利だからと、口座も債券も共同名義にしていたのは幸いだった。

共同名義はアム伯父の発案だった。探偵社を持つのを目標に、金を貯めるにはそのほうが都合がよかったのだ。伯父はつねづね言っていた。「金を別々にしていたら、おれはとても貯めていられんよ、坊主。失《な》くす金の半分はおまえのものだと思えば、クラップス（サイコロ賭博の一種）なんかやめとこう、とこうなるもんな」ぼくにとっても同じことだった。使う金の半分はアム伯父のものだと思うと、スーツを新調するにしてもなんにしても、よくよく考えてからにしよう、とこうなるのだ。共同で貯めるようにすれば、ふたりとも使う金は少なく、貯まる金は多くなることがわかった。ぼくたちは、万が一なんらかの理由で別々の道を行くことになったら、貯めた金をきっかり半分ずつに分けることにした。これはずいぶん、ぼくのほうを優遇した取り決めだった。使う額は同じくらいでも、アム伯父の探偵社での稼ぎはぼくよりも上だったから――なにしろ伯父はベテラン探偵、かたやこちらは見習い同然なのだ。

銀行からはタクシーに乗り、アパートへ戻った。ブレイディ夫人のドアをノックする前に、ぼくたちの部屋へ行ってみた。アム伯父が帰ってきていないかと――けれども、何もかもぼくが部屋を出たときのままだった。わかりきったことだったが、確かめずにはいられなかった。

ブレイディ夫人は、部屋着姿でドアを開けた。眠たそうな顔だ。起こしたくはなかったんですが、と言うと、夫人は言った。「いいのよ、エド。あと一時間は早く起きるべきだったの。もう朝の九時半だもの。伯父さんのこと、何かわかった？」

「いいえ、まだです。ちょっと訊きたいんですが、昨日の午後、カール・デルが帰ってきたのはいつのことでした？」

「エド、あなた昨夜は、カール・デルが帰ってくるのを待ってたんじゃなかった？　どういうことなの？　あの人が、伯父さんのことに関わってるかもしれないの？」

「そうは思ってませんよ」とぼく。「でも、なんでも徹底的に確認しておきたいんです。何時に帰ってきたか、わかりますか？」

「そうね……帰ってきた時間は、正確にはわからないわ。でも、アスピリン錠をもらえないですかって、ここへ来た時間はわかるわよ。四時だったわ」

「はっきりわかるんですか？」

「ええ。わたしね、ラジオの続きもの番組をふたつ夕方に聞いてるの。三時半からのと、四時からのをね。カールが来たのはちょうど最初の番組が終わって、コマーシャルや局名のアナウンスが流れてるときだったのよ。急いでアスピリンを持ってきたわ、ふたつ目の出だしを聞きのがしたくなかったから——で、ちゃんと聞きのがさなかったのよ」

「それなら、カールについてのさっきの質問に、もっとはっきり答えられますよ。カールは、アム伯父をさらっていません。それをやった人間が、四時にここにいたはずがないんです。うちの会社の入っているビルの前か、〈グレシャム・ホテル〉の前か、その二地点のあいだにいたはずなんですよ。しかも、二地点のあいだというのは考えにくいんです。どの経路をアム伯父がとるか、犯人には確証が持てないんですから」

「ほっとしたわ、エド。そりゃあ、カールのことを特別好きなわけじゃないけど、うちを借りてる人が……その、悪い人だなんて、考えるのも嫌だもの」

ぼくは会社へ戻った。

スターロックはデスクの向こうで、組んだ手に頭をあずけていた。向き合う椅子に腰を下ろす。

「進展はあったか?」

「ないです。カール・デルはシロでした。四時にアリバイがあったので」

「そのアリバイはまちがいないのか? 四時っていうのは、どの程度正確なんだ?」

ぼくはひととおり説明した。スターロックは言った。「なるほど。じゃあその線は、完全に消せるわけだ。家主のご婦人が、グルになっていなければ。おれはその女《ひと》を知らんからな。どうだ、あり得ない話か?」

「あり得ませんね」

「じゃあ、それを信じるぞ。となると、ポーカーのほうのアリバイを洗っても無駄ということか。しかも嘘をついてるなら、ポーカー仲間の名前やら住所やら、電話番号までおまえに伝えたりはしないよな。よし、カール・デルの線はすっぱりと消して、忘れるとするか。そういえば、さっきまでバセットが来てたぞ」

「ちょうどぼくが出るとき、来たんですよ。デルと約束していなければ、ここに居残っていたんですが。でもあなたが、全部説明してくれると思ったので」

スターロックは組んだ手をほどかずに、ひとつうなずいた。「全部説明したよ、忘れてたことまでな。見込みはほとんどないとはいえ――」

ふいに言葉を切り、考えこんだ。ぼくが促すと、やっと口をひらいた。「バセットは、四一八号室に泊まってるやつのことを少しばかり知ってたんだ。リチャード・バーグマンのことを。やはり、数当て賭博がらみの男だそうだ。数当て賭博って知ってるか？　やったことは？」

「少額で何回かなら。本腰は入れませんよ、割に合わないとわかってますから」

「やるやつはほとんどみんな、少額で賭けるようだぞ。塵も積もればなんとやらだ。近ごろじゃ、十億ドル規模の市場になってるらしい。どの数字が買いか、予想表を売って暮らしている連中までいるとか」

「で、それがなんの手がかりになるんです？　バーグマンが、その数当て賭博の関係者だってことが判明しただけですか？」

「いや、そうじゃない。数日前のある一件に、わずかながらつながってるんだ。オーギー・グレーンって知ってるか？」

「南ステート通りで、ナイトクラブを経営してるという？」

「そう、ただしナイトクラブは隠れ蓑《みの》の副業だがな。あの男の収入からすれば、クラブからのあがりなんて微々たるもんだ。やつの正体は数当て賭博の胴元さ、シカゴでも五指に入る大きさの。ただ実際に仕切ってるのは、トビー・デイゴンという男のようだ。おっかない野郎さ、ついでに言えば。

　今週の月曜、オーギー・グレーンとトビー・デイゴンは連れだってここへ来た。仕事を依頼するためにな。最初のうちは悪くない話に思えたんで、引き受けようかと思った。おれはアムを、その仕事につけるつもりだった――うちでいちばんの探偵を、との希望だったからな。それでアムを詰所から呼んで、面談に同席させた。だが、落ちついて考えてみて、やっぱり断わることにしたんだ。やつらはお気に召さなかったようだが」

「断わった理由は、アム伯父に関係のあることですか?」

「いや、関係ない。アムはほとんど喋らなかった。すぐ動けるように、話を聞かせてただけだからな。連中は、断わられて面白くなかったようだ——少なくともトビー・デイゴンは。しかし本気で腹を立てるとしたら、相手はおれであって、アムじゃない。あれは、おれのミスだった。首を突っこめる仕事じゃないと、すぐに気がつくべきだったんだ。やつらが話を持ちこんだときにすぐさま断わってりゃ、あんなにこじれなかったはずだ」

「その仕事って、なんだったんです?」

「何者かに賭博の儲けをちょろまかされてるんだが、その手口がわからないんだそうだ。オーギー・グレーンが言うには、ここのところずっと、本来の計算よりも多くの払戻金を支払わされてるらしい。といっても、破産するほどじゃない。それどころか、損をさせられたってほどでもない。とはいえ、儲けが減っているのは確かだ。グレーンは八百長を疑っていた。どこのどいつかが、自分の思いもつかない手口でやらかしてるんじゃないかと。そんなわけで、探偵をひとりふたり調査によこしてほしいと言われた。特に、自分のところのくじ売りを見張っててほしい、と」

「そんなことなら、部下を使えばいいのに」

「探偵社のほうが要領を心得ているだろう、と思ったそうだ。それから正直に打ち明けていたが、部下たちよりもうちのほうが信用できるそうだ。もっともな話だがな。

ともかくうちとしては、汚れ役もしなくてすむ仕事だ。違法すれすれのことはやるはめになるかもしれんが、そんなのは警察だってやってることだ。しかもグレーンは、収穫のあるなしにかかわらず、通常料金を払うと申し出てきた。原因を突き止めれば、上乗せもたっぷりはずむと。はじめは悪くない話に思えた。だが話しているうち、どういうことに首を突っこもうとしてるのか、だんだんわかってきたんだ」

ぼくはうなずいた。「つまり、こういうことですよね。そのイカサマ野郎を見つけてやったら、連中は連中なりのやりかたで、犯人をもてなすはずだ。そしたらうちは、被害者の情報を連中に与えたってことで、事前共犯に問われるかもしれない」

「おまえのほうが賢いな、エド。おれは気づくまで二十分かかった。そのころにはやつらは、引き受けてもらえるものだと思いこんでいた――もちろんおれも、言質は取らせなかったが。しかしやっぱり、あの一件とアムのことが結びつくとは思えない。ただ――」

「ただ、なんです？」

「ただ、やつらがアム個人に接触して、会社に隠れて引き受けてくれと持ちかけていれば話はまた別だ。連中がそんなことをしても、アムが承知したとは思えないが」

「承知するわけがないですよ。接触されたって、断わったはずです。アム伯父があなたに黙って依頼を引き受けるなんて、あり得ません。たとえ汚れ仕事でなくても。それは考えなくてもいいですよ」

「おれもバセットにそう言ったし、あいつも同感だと言ってたよ。シカゴじゅう探したって、おまえの伯父さんほど律儀な男はいないからな。ただバセットに、数当て賭博がらみの仕事を受けたことがないかと訊かれたんで、やつらの依頼のことを思い出してな。念のため伝えたんだ。あいつがそう訊いてきたのは、おれが四一八号室のリチャード・バーグマンの名前を持ち出したからだ。数当て賭博の関係者だ、と思いあたったらしい」

「バーグマンについての報告は、もう来たんですか？」

「エミールが電話をよこした。やつはまだ部屋にいるそうだ。エミールはエヴェレストから借りたマスターキーを持って、酔いどれ客が部屋をまちがえたふりをして、やつの部屋に入りこんだ。持ってた鍵で、たまたまドアが開いちまったって感じでな。バーグマンは、起きたばかりの様子だったそうだ。いまエミールはロビーの隅に隠れて、バーグマンが来るのを待っている。やつが来たらジョーに指さしで知らせて、ジョーが尾行する。その後、またエミールから報告が来るはずだ」

「バーグマンが数当て賭博に関係あろうとなかろうと、アム伯父がさらわれたことと関わりがあるとは思えませんよ。もしも関わってるなら、あなたとの電話で偽名を名乗っておいて、部屋番号だけ正しく伝えるわけがない。アム伯父を部屋の前まで来させる気がないのなら、なおのことです」

スターロックは苦い顔をした。「同感だ、エド。まずまちがいなく、バーグマンは今回のことに無関係だろう。ほかに手がかりさえあれば、ふたりも探偵をつけなかったんだが」

「バセットはどうするって言ってました?」

「オーギー・グレーンとトビー・デイゴンの身辺を洗って、バーグマンのこともう少し調べてみるそうだ。警察組織を動かすには、しち面倒な手順も踏まなきゃならんしな。おまえの話も聞きたいが、戻りがいつになるかわからないから、ときどきこっちへ電話を入れてみるそうだ」

「電話が来るまで、ぼくにできることはないですか?」

そう尋ねると、スターロックはふいにぼくを見すえた。「思いつかないんだよ、エド。できることなんて、ひとつもな」

第七章

スターロックはやにわに椅子から立ち上がり、つかつかと窓へ近寄って、しばらく外を見つめていた。やがて背を向けたまま、口をひらいた。

「いいかげん、自分に愛想が尽きそうだ。おれとおまえを入れて、探偵が六人も動ける状態だっていうのに。うち三人にはなんの当てもなくて、ふたりは関係なさそうな男の身元調べ、残るひとりは、消えたアンブローズたちの情報探しに新聞社めぐりとは！　手がかりらしきものをおまえに調べさせても、二時間足らずで見当違いだったとわかる始末だ。うちの会社はいま、岩かなんかに乗り上げた車そっくりだな。タイヤばっかり必死に回って、一インチも進みやしない」

「同感です、正直なところ」ぼくは答えた。

「おまえにやれることが、ひとつだけあるぞ。昨夜はろくに寝てないよな？」

「二時間くらいです」

「だったら寝ておけ。いずれ状況の変化は来る。来るのは今夜かもしれんし、来たら四十八時間くらいぶっつづけに、寝ないで働くことになるかもしれないぞ。ほかにやれることのないうちに、寝だめをしておけ。ブラックジャックで自分の頭をぶん殴ってでも」

眠る気にはなれなかったが、スターロックの言うことはもっともだった。

「詰所に簡易ベッドがある。おまえが出てるあいだに運び入れさせた。いま使うことは考えてなかったが、使ってもかまわないぞ。アパートへ帰る手間が省けるだろ」

「はい」

「ベッドを置いたのは、今後は二十四時間体制でいこうと思ったからだ。事務室のほうで二十四時間つねに、ひとりは電話番をしておく。そのうえで、おれかおまえ――両方とも出かけてるときは探偵のだれかが、詰所に控えておくんだ。いつ何ごとが起きても、すぐ動けるようにな。いまからおまえが寝るのなら、今夜の夜勤に回してやる。だから寝てこい」

ぼくは詰所へ行って上着と靴を脱ぎ、簡易ベッドに横たわった。が、一、二分であることを思いついて、スターロック専用の事務室へ取って返した。スターロックは、ぼくが三十分ほど前に会社へ戻ってきたときと同じく、椅子にもたれて組んだ手に頭をあずけ、考えこんでいた。

「思いついたことがあるんです。もしも――」ぼくは唾をのんだ。「――アム伯父が昨夜、殺されたとしたら。犯人はシカゴ市外で、遺体を捨てたかもしれません。たぶん、二百マイルくらいの範囲内で。もっと遠くかもしれませんが、とにかくどこでも、そこの町の朝刊に載ると思います。これから行って、周りの町の朝刊をかき集めてきていいですか。万が一ってことがあります」

「警察の仕事だよ、それは。バセットがちゃんとやってくれる。新聞なんて集めずに、印刷電信機《テレタイプ》で直接現地から報告を受けてな。おまえが動いても、時間の無駄だ」

ぐうの音も出ない正論だ。ぼくはまた詰所へ戻り、簡易ベッドに身を横たえた。考えまいとすればするほど目が冴える。だから頭のめぐるままにしていると、しばらくしてようやく解放された。

目が覚めたのは午後二時だった。腹が減っている。思えば朝八時前にスターロックとコーヒーを飲んだとき、ドーナツをひとつ食べたきりだ。靴を履き、上着をはおってスターロックの事務室へ向かう。

スターロックは言った。「眠れたようだな、エド。なによりだ」

「進展はありましたか?」

「ううむ……進展とまではいえないが、さっきバセットから電話があった。市警本部にはっぱをかけるので、時間の大半を食ったらしい。型どおりの処理ですませないよう、失踪人課を説得したりな。それから、トビー・デイゴンに会ってきたそうだ。オーギー・グレーンにも会おうとしたが、まだ出てきてなかったようだ。朝の遅い男らしい」

「トビーはどうだったんです?」

「アリバイがあるようだ――当人の話によれば。まだ裏は取れてないが、不審な点は見当たらないそうだ。急ごしらえのアリバイにも見えないと。どうもふたりとも、無関係に思えると言っていた」

「リチャード・バーグマンのほうは?」

「ああ、エミールからの報告はあった。バーグマンは正午にホテルを出たそうだ。エミールが指をさし、ジョーが尾行している。ジョーからの報告はまだ来ない。バーグマンを追いきれなくなるか、ホテルへ戻るまでは来ないだろう」

「戻ってくるんですか?　チェックアウトしてないってことですか」

「ああ、していない。バーグマンがホテルを出たあと、エミールがまた部屋に入りこんで調べてみたが、めぼしいものは何もなかった。身分証明になるものがあったとしても、本人のポケットのなかだろう。部屋には、でかいグラッドストーン鞄に詰めこまれた服しかなかったそうだ。昨夜エヴェレストから聞いた以上の情報は、何も手に入らなかった。エミールは市警本部へ向かった、あっちの様子を聞くために」

「収穫なしですか」ぼくは思わず口にした。「やっぱり、バーグマンが関係あるとは思えないですね」

「残念ながら同感だ。ちっ、せめてもう少し、手がかりらしいものがあれば——ああ、そうだった。おまえの友達がさっき来たぞ。エステル・ベックが」

「電話じゃなくて、ここへ来たんですか?」

「来たよ。自分にもできることがないかって。どうせ昨夜仕事を辞めたから、使える場所があったら使ってくださいってさ」

「そうですか」ぼくは考えこんだ。「オーギー・グレーンの線はまずないんでしょうが、そいつのナイトクラブでウェイトレスをひとり増やさないですかね?　だめでもともとだし、何か摑んでくるかも」

「おれもそう言ったよ、彼女に」

「じゃあ、もう行ったんですか?」

「まだ早すぎる。夕方ごろ、開店の準備が始まってからだ」スターロックは肩をすくめた。「まあ、何も摑めやしないだろうが、彼女が仕事を探してて、それが見つかるんならちょうどいい。美人だよな、あの娘《こ》」

「バセットには、いつごろ会えそうですか?」

「また電話をよこすそうだ。おまえがここにいれば代わるし、外出中なら会う時間を決めといてやる」

「外出して何をすればいいんです？　やれることがあるんですか？」

「腹を満たしてこいよ。もう二時過ぎだし、昼飯はまだだろ。食いたくないのか？」

ぼくはしぶしぶ、食いたいと認めた。角の軽食堂へ行き、腹を満たす。戻ってみると、〈ウエスタン・ユニオン〉の配達人が着いたところだった。

スターロックが電報をひらき、言った。「クリーヴランドからだ」ぼくはうしろへ回って、スターロックの肩越しに文面を見た。

チョウサタイショウシャノ　ジュウキョ　コノマチニアルモ　タイハンハ　リョコウチュウ
カズアテトバクト　カンケイアリ　オオテシンジケートカンノ　レンラクガカリト　ミラレル
ゼンカニツイテ　一〇ネンカラ一五ネンマエ　トバクザイヨウギデ　キソサレ　スウケンノ　ソイ
ンノウチ　二ケンニツキ　ユウザイ　タダシバッキンノミ　フクエキニハイタラズ　ココ一〇ネン
カンニツイテハ　タイホレキナシ
セイカツテイドカラ　スイソクスレバ　ネンシュウハ　一マンカラ　二マンドル
ゾッコウスルカ？　ゾッコウナラ　ホウシンオシエヨ
カーソン

スターロックは顔を上げてぼくを見た。「調査を続けさせるべきだと思うか？　カーソンも訊いてきてるが——続行なら方針教えよ、だ」

「どうでしょうね。バーグマンがどっかにつながりがあっても、クリーヴランドでこれ以上のことがわかるかどうか」

「そうだな。だが連絡係とはなんのことなのか、もう少し知りたい気もする。やつに電話してみるか。電報よりそのほうが教えやすいだろう」スターロックは声を上げた。「モード」

事務室を見まわすと、代わりの娘がジェーンのデスクについていた。「こっちはエド・ハンター。エド、モード・ディヴァーズだ。電話をかけてくれ、モード。オハイオ州クリーヴランドの〈カーソン探偵社〉へ。クロード・カーソンを出すように頼む」

モードはぼくに会釈して「はい、社長」と答えると、電話にかかった。

「おまえの外出中、バセットが電話をよこしたぞ。これから夜近くまで、もろもろの手続きに縛られなきゃならんが、今夜のうちにおまえに会っておきたいそうなんでな、夕飯の約束をしておいた。〈ブラックストーン・ホテル〉のロビーで午後六時。酒の二、三杯と、うまい食事でもおごってやれ」

「ええ」

モードが言った。「つながりました」

「わかった」とスターロックは、デスクの受話器を上げた。「エド、聞きたいならあっちの電話を使え。あとで説明の手間が省ける」

ぼくはモードのデスクの端に腰かけて、受話器をとった。スターロックの「もしもし」という声と、「カーソンですが」という声が聞こえた。

「スターロックだ、クロード。そっちからの電報についてだが、ひとまずこれで充分だ――いずれきっと、役に立つだろう。だが、細かな点をちょっとばかり補足してほしい。この連絡係ってのはどういうことだ？　何か臭うのか？」

「ベン、おれの見たところ、そいつは独力で商売してるぜ。特定の大手シンジケートの専属じゃなく、どの数当て賭博のシンジケートでも雇えるわけだ。うちの情報屋の話じゃ、顧客の大物連中からそれぞれ月に五十ドルほど、それからもっと小口の収入も得ている。そいつの仕事はな、いわば見張りなんだ。連中が互いのシマに踏みこまないようにするための」

「手段は？　殺し屋でも味方につけてるのか？」

「いや、そういうんじゃない。道義がどうのこうのと、説得をするだけさ。どっかの組織が別のところにちょっかいを出したり、相場より高い配当率で商売しようとしたら、言いふくめてやめさせるんだ。そいつの言葉には重みがあるぜ。本人に力があるわけじゃないが、集めようと思えば集められるからな、その――」

「ごろつきどもを？」

「ビジネスだよ、そこはやつらも。おいたをしたやつに文句のある業者連中を、集められるってわけなんだ。で、その連中が圧力をかける。経済的圧力と呼んでもいいかな。殺し屋なんかよりよっぽど効果的だぜ、長い目で見れば」

「具体的にはどうやるんだ、クロード？　呑みこみが悪いようですまないが。だいたいはわかった気もするけどな、もっと嚙みくだいて教えてくれ。たとえばおれが、ここシカゴで数当て賭博の胴元をやってたとする。で、おいたをしでかす――相場よりも高い配当率をつけて、不当競争をやらかすわけだ。すると、おれはどうなる？　こいつが言いふくめてやめさせようとしてきても、おれが嫌だと断わったら？」

「おまえはつねづね、警察へ目こぼし料を払ってるだろ？　シカゴのほかの胴元たちも、全員が払ってる。その金額を合計すれば、おまえの支払い額よりずっと多い。つまりそれだけ、警察に顔がきくってことだ。連中は金の力をたてに、圧力をかけてくる。おまえの払った目こぼし料は、もはや効き目がなくなる。おまえの雇ってるくじ売りが、しょっちゅう挙げられるようになる。罰金をよけいに支払わされる。事務所がガサ入れを食らって、さらに高額の罰金を払うはめになる。上得意が因縁をつけられたり、あそこは破産寸前で、一発当てても全額支払ってもらえないとか、ありもしない噂を流される。おまえはだんだん、経済的に困窮してくる。思慮分別がいくらかでもあれば、もうおいたをしようとは思わないだろう」

「なるほどな。おれたちの調査対象者は、けっこうな切れ者のようだ」

「切れ者さ。限度だってわきまえてる」

「たいした仲裁屋だな。いや違う、業者間の折衝役か。じゃあ、荒っぽいことには首を突っこみそうにないと、おまえはそう思うんだな?」

「突っこむもんか。突っこまずにすめば安全なんだ。荒っぽいことを防ぐのが仕事なんだから。胴元どもの間柄は……そうだな、禁酒法時代の密売組織よりも円滑にいってるぜ。当時の連中にもそういう役目のやつがいれば、助かった命がたくさんあるんじゃないか。といってもまあ、ああいう手合いの命だが」

「とうてい、年収一、二万ドルで収まる仕事とは思えないぞ」

「かもな。電報にも書いたが、あくまで生活程度から推測しただけだからな。実際には五万、あるいは十万稼いでるが、分別があるから派手に使わないだけかもしれん。あまり羽振りがよくちゃ、ごまかしをやってると客に疑われるおそれがある。いったん疑われたらおしまいさ。そして、暴力ざたに巻きこまれるのもご法度だ。収拾がつかなくなったら、商売もおじゃんだ。だからむしろ、全力でそうなるのを防ぐはずだよ」

スターロックは答えた。「よくわかったよ。ありがとう、クロード。あとで請求書を送ってくれ。ただし、手心は加えてくれよな。今回は外からの依頼じゃないんで、費用は会社持ちなんだよ」

受話器を置き、こちらへ向きなおる。

「どう思う、エド?」

「ますます、あり得ないと思いましたよ。いったいどこをどうしたら、バーグマンがアム伯父をさらったりするっていうのか。かりにさらうとしたって、正しい部屋番号をこっちへ伝えるなんて、いちばんやりっこないことでしょう。ぼくはもう、バーグマンは除外してもいいと思います。ジョー・ストリーターとエミール・クラッカが、何か手がかりを見つけてこないかぎりは」

スターロックは深いため息をついた。「頭が痛いのは、怪しいやつがただのひとりも見つからないことだ。グレーンとデイゴンがいるにはいるが——それこそ、ほとんどあり得ない。やつらの怪しい点は、うちの探偵社でアムに会ったってことだけだ。それだって、話をしたのはおれで、アムは黙って聞いてただけだ。しかしやっぱり、個人的に依頼をされた可能性は——」

「そうされたって、アム伯父なら断わりますってば。まちがいありません。だいたいそんなの、伯父ひとりを狙う理由になりませんよ——ともかく誘拐だなんて」

「それでも、その線も考えてみるべきだ。たったいま、バーグマンについてわかったこと——そのへんを少し考慮してみろ。そのうえで、おまえがおれと同じ結論にたどりつくか、だ」

ぼくは考慮してみた。そして言った。「こういうのはどうです。オーギーとトビーは、当然バーグマンのことを知っているでしょう。そいつらがアム伯父を狙った線があるなら、バーグマンを狙った線だってあり得ます。部屋番号をこっちへ知らせて、バーグマンを陥れようとしたのかも。ただ、この考えには大きな穴があります。パトカーだって通せるくらいの」

「どんな穴だ？」

「そいつら自身も陥れてしまうことですよ。今回の件にバーグマンを結びつけようとして部屋番号を教えたりしたら、数当て賭博や、アム伯父と自分たちの接点まで結びつけてしまう。直接つながる手がかりにはならないにしても、バーグマンがシロで連中がクロなら、より危険になるのは後者です」

　スターロックは、おかしくもなさそうに笑った。「要するにこうだな、エド。おれたちが調べようとしてることは、アムの身に起きたこととは無関係としか思えない。それでもほかに調べることもないから、どのみち調べるしかない」

「ぼくが行って、直接当たってきましょうか？　オーギー・グレーンとトビー・デイゴンに」

「バセットと会うまではやめておけ。会っても状況が変わらなくて、おまえがナイトクラブへ行きたい気分だったら、そのときは止めやしないが」

「それまで何か、することはないですか？」

「ないよ、残念ながら。とはいえ暇をもてあましてちゃ、おまえはおかしくなっちまいそうだからな。だからほら、この資料の山を持っていけ。アムのやつが担当した案件だ。おれも目を通して、何も見つからなかったんだが。おれの邪魔にならないように、こいつを詰所へ持っていって、おまえも目を通してみろ。それから昨夜は、服のまま寝たんだろ？」

「そうですね……まあ」

「じゃあ午後四時までにここを出て、アパートへいったん帰って身ぎれいにして、それからバセットと会いに行け。汚れてるわけじゃないが、〈ブラックストーン・ホテル〉のダイニングルームへ行って、ナイトクラブへも行くつもりならな」

「名案ですね。新調したクレープ・デ・シンの夜会服をお披露目しましょうか？」

「いいから、とっとと出ていけ」

ぼくは資料の山を抱えて、とっとと事務室を出た。詰所で四時までそれと睨めっこしていたが、ひょっとしたら、と思わせるものさえひとつも見つからなかった。

スタークは相も変わらず事務室で、手を頭のうしろに組んで、何もない宙を見つめていた。

「どうです？」

「言うのもおっくうだがな。エミールが帰ってきたが、親しいお巡りから聞いてきたっていう話は、クリーヴランドから入手した情報と大差なかった。実質は同じか、もう少し粗めってところか」

「じゃあ、〈カーソン探偵社〉に頼んだのは金の無駄だったわけですか」

「いや、そうとも言えんさ。情報源がふたつのほうが、信憑性が増すだろ。さて、今夜の段取りはこうだ。エミールはいったん帰宅させた、午後九時にここへ戻ってくるように言ってな。それからは詰所で仮眠をとりながら、待機してもらう。それからジェーンが、やはり九時にここへ来る。昼間たっぷり睡眠をとっただろうから、ばっちり起きて電話の応対をしてくれるはずだ」

「エミールは眠るんですかね、本当に？」

「だれがだれに何をしようが、かまやしないさ。ひとり起きていてくれればな。ふたりの来る九時まではは、おれがここに詰めている。その後は帰宅して、下着をかなぐり捨ててひとっ風呂浴びる。で、何か起きたときに備えて、電話をそばに置いて寝る」

「それで、ぼくは？」

「おまえはひとりで動け。バセットと会っても特に何も思いつかなかったら、アパートへ帰ってカール・デルのホロスコープの様子を見てこい。そんなものだって、いまのおれたちと比べればどっこいどっこいだろ」

「あっちが上かもしれないですよ」とぼく。「了解。じゃあそのあと、ナイトクラブへ繰り出しますよ。ほかに、こうしろってことは？」

「早く帰れ、ってだけだな」

ぼくはアパートへ帰った。風呂に入り、ひげを剃り、一張羅のスーツを身に着ける。てきぱきやったので、支度を終えてもまだ五時だった。そこで三階へ上がり、エステルが帰っているかどうか確かめた。彼女は帰っていなかった。

誰かと喋りたい気分だったので、二階へ戻ってカール・デルの部屋へ行ってみた。それからチェスター・ハムリンの部屋へも。ふたりとも留守だったが、一階への階段を下りはじめたところで、帰宅したカールと出くわした。

「ただいま、エド。何かわかったか？」

ぼくはかぶりを振った。

「ちょっと早く帰ってきたんだ」カールは言った。「もう夕飯はすませたから、すぐにとりかかれるぞ。それほど時間はかからないよ。しばらくアパートにいるつもりか？」

ふたりでカールの部屋へ行く。ぼくは答えた。「そんなに長くはいないよ。約束があるんだ」

「そのあとで、ここへ戻ってくるのか？」

「うん」

カールは書き物机の上を片づけると、本棚から占星術の本を何冊も抜き出しながら言った。「エド、すでにわかったことがあるぞ。昼のうちに、ブリーフケースにいつも入れてあるポケット版の天体暦を覗いて、ざっと計算してみたんだ。そしたらな、伯父さんにはグランドトラインがあったんだよ」

「いいこと、それ？」

「すばらしいことさ。まちがいなく、伯父さんは無事だよ。悪いこと――本当に悪いことは、グランドトラインを持つ人には起こらないんだ」

「つまり、永遠に生きるってこと？」

カールは笑った。「いいさ、疑いたいなら疑うといい。慣れてるんだ。さあ、本格的に始めるから、座って本でも読んでてくれ」

読む気にはなれなかったので、ぼくはアパートを出た。ループをぶらぶら歩いて、うまいこと約束の時間の十分前に着いた。けれども、バセットも同じくらい早く、ぼくが着いてから一、二分で姿を見せた。

バセット警部の見た目は、〈ブラックストーン・ホテル〉のロビーには少しばかり場違いだった。といっても、いかにも警官でございい、という風貌のわけではない。どちらかというと薄給の帳簿係か、葉巻屋の店員といった感じだ。ちょうど平均くらいの背丈に、ぼくと同じくらい軽そうな身体。褪《あ》せた赤毛に、薄く散ったしみ。鼈甲《べっこう》縁の眼鏡の奥の目が、疲れはてたように潤んでいる。数週間はろくに眠れていないような印象を受けるが、この男の目はいつもこんな感じだ。

「よう、エド」と言ったバセットは、ぼくの訊きたいことを察してすぐにつけ加えた。「状況に変化はない。まっすぐダイニングルームへ行くか、それとも先に一杯やるか？」

「先に二、三杯やりましょう。会社持ちなんで、ただですよ」勘定のことであれこれ言い合いたくないので、そう思わせておくことにした。ぼくに経費を請求する気がないと知ったら、きっとあれこれ言ってくるだろう。

ロビーを通り、バーに入った。

エステルがカウンターのスツールに腰かけて、ほっそりした脚のグラスを手にしていた。近づいて話しかけようとしたとき、たまたま彼女が顔を上げて、カウンターの奥の鏡のなかで目が合った。エステルはわずかにはっとして、気づかないほどかすかにかぶりを振ると、横を向いて隣の男に何ごとかを話しかけた。

そこで立ち止まらず、男の顔を見ないようにしてふたりのうしろを通り抜け、カウンターの向こう端へと向かった。バセットは、ぼくのあとからついてきた。ちょうどエステルたちのうしろを通りすぎたとき、バセットの声が背中で聞こえた。「よう、オーギー」

ぼくは歩みを止めず、警部も足を止めないことを祈った。警部は足を止めなかった。

第八章

ぼくは別のカップルのうしろを通りすぎ、安全な距離をとってから、ようやく腰を落ちつけた。バセットも隣に座って、予想どおりのことを言ってきたが、向こうに声の届くおそれはないから問題はなかった。

「ありゃあオーギー・グレーンだ、エド。ベンのやつが、おまえの伯父さんの失踪に、もしかしたらやつが絡んでるのかもしれないと言っていた。おれ自身は、そうは思っていないが。やつと話しておくか?」

「まだやめときます」ぼくは答えた。

「そうか。やれやれ、しかしいい女を連れてるもんだ。あんな女の隣に座るにゃあ、さぞかし金がいるんだろうな」

ぼくは、笑って芝居がかったもの言いをしてやりたかった。「おっしゃっているご婦人は、ぼくの愛しているかたですよ!」と。でも、そんな風にふざけても別に面白くもないし、そもそもエステルを愛しているかどうかは、自分でもはっきりわからないのだ。

そういうわけで、これだけ言った。「あれがエステル・ベックです。だからいまは、オーギーと話したくないんですよ」

バセットは小さく口笛を吹いた。「ベンが言ってた娘《こ》のことか？　おまえとアムと、一緒に住んでるっていう」

「ベンが言った娘です。でも、一緒に住んでるってのは正確じゃないですね。それじゃまるで……なんて言うんでしたっけ？　一妻多夫？」

「揚げ足をとるなよ。一緒の建物ってことだ」

すでに別のことに気をとられていたので、ぼくはただうなずいた。エステルとオーギー・グレーンがこのホテルのバーへ来たのは、ただの偶然だろうか。それともベン・スターロックからぼくの予定を聞いて、わざとここへ来たのだろうか――オーギーと一緒のところをぼくに見せるために。あとでスターロックに尋ねてみようと思った、単なる好奇心からだが。

バーテンが注文をとりに来た。バセットがコニャックを頼んだので、ぼくも同じものにした。酒を注ぎおえたバーテンが向こうへ行ったのを見て、ぼくは言った。「すぐに飲んでしまえるものを頼んでくれて、ありがたいですよ。さっさと出ましょう」

「かまわないが、さっきは二、三杯って言ったじゃないか。いまさらそりゃないぜ」

「二杯目からは別の店へ行って、ここのホテルでは食事もやめときましょう。ステルとオーギーもぼくらみたいに、このあとダイニングルームへ移るつもりかもしれない。あのふたりを避けたいんです」

「でも、なぜだ？　ここでオーギーと会ったって、別にかまやしないんじゃないのか？　あの娘が正体を隠して雇われてたって、互いに喋らなきゃいいだけだろ」

「ぼくとエステルが知り合いだと、万が一にもやつに気づかれたくないんですよ。彼女が危なくなるかもしれませんから。ここで飲もうと、エステルのほうから誘ったのかもしれない。しかもここへあんたが来た。あんたが伯父の件を追っていることは、やつも承知している」

「それはそうだが、しかし――」

「自分はこの女に、ここへおびき出されたんじゃないのか――やつはそう考えるかもしれません。あんたがここへ来ましたから。だからさっき、ふたりのうしろを通りすぎたとき、あんたが足を止めて話しこんだりしなくて助かったんですよ。ぼくが一緒にいることにまだ気づいてないと思いますが、もしも気づかれて、あとあとぼくの素性を知られたりしたら――」

　バセットは口元を歪めた。「わかった、わかった。おれはハンバーガースタンドでもけっこう。だが、ここでうまい飯を食う口になっちまってたからな。こんなことなら、先にダイニングルームへ行けばよかった」コニャックをひと息に飲み干す。

　ぼくは笑ってみせた。「今夜のところは、ハンバーガーはよしときましょう、フランク。ここから一ブロックのところに、フレンチレストランがあります。ここよりずっと高いところです。酒も飲めますよ。ぼくは行ったことがないんですが、アム伯父が一度依頼人と行って、それ以来ずっとほめちぎってるんです」

「フィレミニョンステーキを頼んでもいいのか？」

「もちろん。ホイップクリームを乗っけたっていい。ともかくここを出ましょう、別々に。さっきはちょうど、あんたが話しかけたときに通りすぎましたから、ぼくが一緒にいることには気づいてないはずです。だから先に出てください。少ししたら、ロビーで落ち合いましょう。呼び止められないかぎり、足を止めないで」

バセットはうなずいて出ていった。エステルの隣の男は、幸いなことに振り向かなかった。ぼくは三十秒待ち、釣り銭をポケットに入れて、警部のあとへ続いた。通り抜けざまに男の顔を、カウンター奥の鏡で正面から見ることができた。向こうはこちらを見ていなかった。オーギー・グレーンは、ぼくの予想とはまるきり違う男だった。やや肉づきのよいほうだが、肥満しているというほどではない。頭頂部がやや薄くなっているが、禿げているというほどではない。年齢は四十がらみ、アム伯父と同じくらいで、伯父のように陽気な丸顔の持ち主だった。闇商売で稼いでいるどころか、ナイトクラブの経営者にも見えない。人のよさそうな男だった。

ぼくは無事に、ふたりのうしろを抜けた。と思ったら、エステルが鏡のなかのぼくに気づいて、さっと振り向き、言った。「エディじゃないの」ぼくはやむなく、足を止めて振り返った。彼女の腰かけているスツールを、だるま落としみたいに蹴り飛ばしてやりたくなった。

エステルは続けた。「エディ、あたしの新しい雇い主を紹介するわ。あたしね、〈ブルー・クロコダイル〉でシガレット・ガール（ナイトクラブなどのタバコ売りの娘）をやることになったの。こちらグレーンさん、店のオーナーよ」

オーギーがこちらを向いて、片手を差し出した。「どうぞよろしく。苗字を伺っていなかったかな？」

それは当然で、まだ誰も口にしていなかった。おそらくエステルは、ぼくが嘘の苗字を名乗ると思ったのだろう。けれどもそれをすれば、あとで正体がばれたとき、エステルがなおさら危険になる。だったら本当の苗字を言ったほうがいい。

それでぼくは、本当の苗字を言った。オーギーがどう感じたかはわからない。丸顔にはなんの反応もうかばなかった。もっとも、ハンターなんてのはありふれた苗字だ。かりに、わずか一時間前に警部がアンブローズ・ハンターについて質問していたとしても、そのこととぼくを結びつけるとはかぎらない。

時間に遅れるとかなんとか言い訳をして、その場を離れた。エステルがうしろから大声で、暇があったらあとで店に寄ってね、と言った。

バセットはロビーで待っていた。ぼくは顔をしかめてみせ、いまの顛末《てんまつ》を話して聞かせた。

警部は言った。「どうってことないと思うぞ、そんなのは」

「ぼくにとってはそうですけど、エステルは店にもぐりこんで探ってくれるんですから。ぼくのことがばれたら、エステルが厄介なことになりますよ。見つかるものも見つからなくなる」

「それはわかるが、どのみち〈ブルー・クロコダイル〉では何も見つからんと思うぞ。そのへんはおいおい、食いながら話すが――で、どうだ、もうここで食ってもいいんじゃないのか。それとも本当に、そのフラ公のレストランのほうが上等なのか?」

「どうですかね。でも、とにかく向こうにしましょうよ。あんたと食事してるところをオーギーに見られたら、それこそ泣くに泣けない。さっき避けようとしてたことだって、ばれちまいますよ」

ぼくたちはフレンチレストランへ行った。カウンターのある店だったが、迷わずテーブル席を選び、ウェイターに酒を注文した。

バセットが切り出した。「おまえに少し質問したい、エド。おれたちがこうして会っている原因についてだ。だがその前に、現時点で摑んだことを説明しておく。といっても、手がかりらしいものはかけらも見つからなかったんだが。

まず、さっきのオーギー・グレーンのことだ。おまえと会う前に話を聞いてきたが、あいつはシロだと思う。昨日の四時ごろのはっきりしたアリバイはないが、そのへんはたいした問題じゃない。そもそも、殺しをやるようなタイプじゃない。やってる商売のわりには人のいいやつだ。たしかに、ベン・スターロックへ依頼を持ちこんで、時間ばかりとらされたあげくに断わられたときには、少し腹も立てたらしいが、それだってもっともな話だ。アムのことは、ぼんやりとしか憶えてなかった。探偵が面談に同席していたことは憶えてたが、おれが持ち出すまでアムの名前も忘れてたほどだ。会社に内緒でアム個人に接触するなんて、やるわけがないと言っていた——探偵ひとりで、どうこうなるような仕事じゃないと。嘘は言ってないと思うぜ、あれは」

納得のいく話だ。ぼくも嘘ではないと思った。

「わかりました、オーギーは除外しましょう。けど、もうひとつ気になるんですが。エステルがこっちのスパイだとばれても、危険はないものなんですか?」

「ないよ。せいぜい馘《くび》になるくらいだが、そこまでだってされるかどうか。今回の件にオーギーが無関係で、おれも疑ってないとなればなおさらだ」とバセットは、急ににやにやしはじめた。「おれだって、あの娘《こ》に探りを入れてもらいたいよ。楽しいだろうな、相手の魂胆に気づいたとしたって。おれなら馘になんかしないね。乗せられたふりをしておくさ」

「そのあたりは置いといて、オーギーに話を戻しましょう。エステルは、やつと一緒でも安全ってことですか?」

「彼女が安全でいたいと思うかぎり、安全さ。つまりやつに殺されたり、襲われたりする心配はないってことだ。まずまちがいなく、言い寄られはするだろうが。やってみない男はいないだろ、あの娘なら」

「なるほど」とぼくは言い、エステルがオーギーの信頼を勝ちとるためにどこまで踏みこむつもりかは、考えないようにした。考えるのが怖かったのかもしれない。

警部は続けた。「ところでもうひとりのほう、トビー・デイゴンってやつは、まったく別の種類の男だ。あいつを信用しろってのは、さっきのホテルをぶん投げてみせろってくらいに無茶な注文だ。あいつのことは何も知らんが、あれは人殺しだ。賭けてもいい。あれは人殺しの目だ。

だがやつは、オーギーの下で働いてる。しかも見たところ、オーギーがしっかり手綱を締めて、手荒なことをやらせないようにしてるようだ。オーギーの命令で、アムに何かをした線はおそらくないだろう。しかし、アムに個人的な恨みをもっていたとすれば――」

「そいつに話を聞いてきたんでしたよね?」

「ああ、聞いてきた。やつにはアリバイがあった。調べてみたが、どうも穴はなさそうだ。しかもやつが、アムを個人的に恨んだとは考えられない。動機が見当たらないからな。そもそも、アンブローズ・コレクターなんて冗談を考えつくほど気のきいた男とも思えない。なんであれ、凝ったことをするようなやつじゃないんだ。おまえも会ってみればわかるさ」

ぼくはため息をついた。「わかりました。聞けば聞くほど、見込み薄に思えてきました。あとはなんでしたっけ? リチャード・バーグマンですか。そっちはどうです?」

「そっちのほうがさらに見込み薄だよ、エド。そいつがアムに何かする理由を、ひとつでも思いつくか? バーグマンは、アンブローズ・コレクターを名乗った男が部屋番号を言う必要に迫られて、適当にでっち上げた四一八号室にたまたま泊まってた、それだけのことだろう。アムを部屋まで来させなかったんだから、どの部屋番号を言おうがおんなじさ。だからこそバーグマンは、完全にシロだと思う。わざわざ好きこのんで、自分の部屋番号を言うわけがないだろう?」

ぼくはうなずいた。それでどうすれば、と尋ねようかとも思ったが、答えはわかりきっていた。どうもこうも、このままあがきつづけるしかないのだ。

夕飯の前に、もう一杯やることに決めた。だが注文したとたん、やるべきことを思い出した。「会社に電話を入れてきます。ここに移ったことを教えなきゃ。何かあれば、〈ブラックストーン・ホテル〉へ連絡が行くはずですから」

電話ボックスへ行き、ダイアルを回す。聞き憶えのない声が出たので、番号をまちがえたかと思った。いや、これはジェーンの代わりの娘だ。ジェーンはまだ、しばらくは出てこないはずだ。ぼくは名乗って、スターロックがいるかどうか尋ねた。

「いらっしゃいますわ。いま電話中です。このままお待ちになりますか?」

待つと伝えて、待っていた。やがてスターロックの声が聞こえた。「エドか? ちょうどもういっぽうの回線に、おまえあての電話がかかってきたんだ。カール・デルから。そっちはバセットと会ってる最中だから、面倒をかけないように用件を聞こうとしたんだが、どうしてもおまえに直接話したいそうでな。それで——」

「アパートからかけてよこしたんですか? ですよね、きっと。ぼくが出たときもアパートにいたんで。もしそうなら、この電話が終わったらすぐかけるから、電話のそばで待っててくれと伝えてください。すぐにかけなおします」

「わかった」とスターロックは言い、三十秒ほど電話口を離れて、また戻ってきた。「すぐかけたほうがよさそうだぞ。どういうわけか、ひどく興奮してる」

「占星術ですよ」ぼくは言った。「アム伯父の生年月日に水星の子午線通過を加えて、伯父の現在地の緯度と経度を割り出したんでしょう、たぶん。でもとにかく、電話してみますよ。ところで電話を入れたのは、連絡先を知らせるためなんです。〈ブラックストーン・ホテル〉じゃなく、マディソン通りの〈シェ・ジュリアール〉で食事することになって」

「かまわん、どんと行け。新しい展開はあったか?」

「エステルが〈ブルー・クロコダイル〉で、シガレット・ガールの口を見つけました。それだけです。どうもオーギー・グレーンが、個人的に雇ったみたいですね。〈ブラックストーン・ホテル〉で、ふたりでカクテルを飲んでましたし」

「ああ、それでおまえらは、ホテルで飯を食わなかったのか。エステルって娘は、ほんとにありがたいな。常勤の女探偵として雇いたいくらいだ」

オーギーにぼくを紹介するという、さきほど彼女がやらかしたへまの話をすれば、スターロックの気持ちが薄れることはまちがいない。けれども、電話でそこまでは踏みこみたくなかった。オーギーと喋ったことで問題が起きたなら別だが、そうでなければ説明してもしょうがない。だから、カール・デルに電話したあとはバセットのところへ戻るとだけ伝えて、電話を切った。

アパートへ電話をかける。カールはたしかに、電話の前で待っていたにちがいない。すぐさま出て、まくしたてた。「エド、すごく大事なことなんだ。電話じゃ話せないから、これからすぐ会えないか?　おまえの上司に、警察の人間と飯を食ってる最中だって聞いた。タクシーを捕まえて、いまからそっちへ向かってもいいか?」

なるほど、だいぶ興奮している。ぼくは言った。「そんなに急ぐことなのかい、カール？　食べおわったらすぐ戻るよ。それか、いま話してもらうか」

「それは……電話では話したくない。でも大事なことなんだ、エド。大事なことかもしれないんだ。占星術とも違うんだ、正確には」

「どういうこと？」

「その……ラッキーナンバーに当たったんだ。だから、あることを思い出した。おれにあれを思い出させたんだから、ラッキーナンバーだったんだ。おまえ、いまどこだ？　会って説明させてくれ」

何か思い出したというのなら、きっかけがたとえ占星術であれ、聞いておきたい。大事なことではないとわかったら、一杯おごってやって、帰るように促すだけだ。ぼくは言った。「〈シェ・ジュリアール〉だよ」

「マディソン通りのだな？　タクシーを捕まえて、十五分で行く」

「一杯頼んどくよ。何がいい？」

「なんでもいい。任せた」電話の切れる音が聞こえた。

テーブルへ戻り、バセットにことの次第を説明した。警部は言った。「役に立つことだといいな。そうだ、カール・デルはシロだと調べ出したのはおまえだと、ベンのやつから聞いたんだが。そいつはなぜシロなんだ？　どういうわけで、それがわかった？」

ぼくは昨日の午後四時直前に、カール・デルがアパートに帰ってきて、ブレイディ夫人の部屋を訪れたことを話して聞かせた。それから、ブレイディ夫人が正確な時間を把握していたわけも。

「なるほど、そりゃあシロだ」バセットは言った。「アンブローズ・コレクターは、少なくとも四時数分前から、しばらくは大忙しだったはずだ。まあ、実際はもっと前からだろう」

「どうしてそう思うんです？」

「アムが会社へ戻ってきた直後に、電話をよこしてるんだ。そうでなけりゃ無理だろうさ。そいつはアムを尾《つ》けてきたか、ビルのエントランスを見張っていたにちがいない」

「でしょうね」とぼくは言い、腕時計に目を落とした。「もう六時半を少し過ぎましたから、じきにカールが来ると思いますよ。そろそろお代わりでもどうです？　カールに一杯頼んどく約束なんで」

ウェイターに目で合図をして、今度は三人ぶんの酒を注文した。カールには、いちかばちかコニャックにしておいた。ともあれ、これなら氷を入れられることはないから、カールの到着が少々遅れたとしても、溶けて薄まる心配はない。

バセットが言った。「飯を注文するのは、そいつの話を聞いてからにするべきだな。とはいえ、腹が減ったぜ。ここで無事に飯が食えりゃ、ありがたい――と言いたいところだが、無事に食えないほうがありがたいんだよな。飯も食ってられなくなるほど、重要ってことなんだから」

ぼくも同感だったが、こう提案した。「いまのうちに、ぼくへの聞きこみを始めてもいいんじゃないですか？　どのみち待ってるだけなら」

「そうだな。おれが何を聞きたいか、だいたいの見当はつくだろ。思いつくまま話してくれ。気になる点があれば、途中で尋ねるから」

バセットが何を聞きたいか見当はついたし、話しても捜査の役に立たないことはわかっていた。それでもぼくは、話して聞かせた――わずかながら知っている、アム伯父の若いころのこと。ぼくたちが一緒に暮らすようになった、というか、何をするにも一緒になったのは、ぼくの父の死がきっかけであること。カーニバル時代や、シカゴへ来たいきさつのこと、それから友人たちのこと。仕事以外での過ごしかた――さらには、仕事での過ごしかたまで。

バセットはいくつか質問を挟み、ぼくは答えられるかぎり答えた。ややあって、警部はかぶりを振った。「どうにも、手がかりにはなりそうもないな。そうだ、もうそろそろ、カールってやつが来る時間じゃないのか？」

腕時計を見ると、七時十五分になっていた。「何かの事情で遅れたのでなければ、とっくに来ててもいいはずなんですが。すぐにアパートを出なかったのかもしれません。さっきの口ぶりじゃ、急いで飛び出してきそうでしたけど。しかも、タクシーを捕まえるって言ってましたし。もう一杯飲みますか？」

「いや、食いものを入れるまではやめておく。ちょっと効いてきたからな。ここの場所はちゃんとわかってるのか？」

「わかってますよ。〈シェ・ジュリアール〉だって言ったら、『マディソン通りのだな？』って言ってましたから」

「アパートに電話をかけて、出たかどうか確認したらどうだ？」

いくらなんでももう出ただろうとは思ったが、電話のところへ行ってブレイディ夫人にかけてみた。夫人はずっと、カールを見かけていないそうだった。二階へ声をかけてもらったが、返事はなかった。アム伯父のことが何かわかったかと訊かれたので、何もわからないと答えた。

電話ボックスは表口《おもてぐち》のすぐそばにあった。電話を終え、そこのドアに近づいて、ガラス越しに外を覗いてみた。カールの姿が見えないかと思って。

テーブルへ戻り、バセットに言った。「カールはもういませんでしたが、ブレイディ夫人は姿を見なかったので、いつごろ出たのかわからないそうです」

「それなら、じきに来るだろうな。ああ、くそ、腹が減った」

「注文しちまいましょうよ。カールが追いかける価値のある手がかりを持ってきてくれて、すぐに動く必要が出てきたら、夕飯代くらいどうでもよくなるんですから。ぼくへの聞きこみはもう終わりですか?」

「いまのところ、思いつくかぎりは。いま何時だ?」

腕時計を見た。「七時二十六分です。カールと話してから、もう一時間にもなる。三十分もあれば、歩いてでも来られるはずですよ」

バセットはため息をつき、立ち上がった。「確かめてみるか。万が一事故かなんかに遭っていたら、そろそろ報告が上がっているかもしれん。だが、まさか気が変わっただけじゃないよな。そいつは、信用できるやつなのか?」

「よく知ってるわけじゃないですけど、いいかげんなことを言う男じゃないと思ってたんですが。しかもさっきはすごく興奮して、ほんとに重大な話なんだって口ぶりだったし」

バセットは電話ボックスへ行き、なかへ入った。その電話は、ずいぶん長く思えた。二分か三分経ったころ、受話器を手にしたまま顔を出し、ぼくに来いと合図した。

ぼくは飛んでいって、尋ねた。「アム伯父のことが、何かわかったんですか? それとも――」

「違う。カール・デルの人相風体を教えてくれ」

「身長は五フィート十一インチ。三十歳未満、痩せ型、少しウェーブのかかった茶色の髪、茶色の瞳。

午後五時の時点で明るい茶のツイードのスーツを着てたんで、着替えはしてないと思います。淡い青のシャツに、濃い青の単色のネクタイ――」

「もういい」警部がさえぎった。「もう充分だ」

電話ボックスのなかへ引っこんだが、ドアは閉めなかった。声が聞こえてくる。「そう、そいつですね。カール・デルです、Kで始まるほうのカール」アパートの所番地を伝え、続ける。「はい。いま、身元確認のできるやつがここにいますので。死体はどこです？……わかりました、これから向かいます。ですがその前に、ガイシャの自宅へ寄ってからにします。なんであれ、早いところ調べておきたいので。たぶん、そっちと同じくらいに着きますよ」

バセットは電話を切った。

ぼくは訊いた。「事故ですか？」

彼はかぶりを振った。

第九章

詳しいことは尋ねないまま、ぼくは酒の勘定をすませた。〈シェ・ジュリアール〉を出て、タクシーに乗りこむ。

バセットが口をひらいた。「最初は交通課に照会したんだが、該当しそうな事故はなかった。それで、うちの課にかけてアンドルーズ警視に直接、ここ一時間で何か報告が来てないかと尋ねた。すると、ちょうど上がってきたところだった。駐車中の車内で、男の強殺死体が見つかったと。ハワード通りでな」

「ハワード通りですって！」ぼくは驚いて訊き返した。ループとは逆方向、うちのアパートから北へ車で三十分もかかるところだ。

「ああ。車の後部座席の床に倒れていたそうだ。拳銃の台尻か、金槌かジャッキの柄か、ともかく硬くて重いもので頭部を殴られてな。財布はなかった。手がかりは人相風体と、ベルトのバックルに刻まれたDの飾り文字くらいだ。それと、クラクションがけたたましく鳴っていたそうだ」

「でも、本当にカールにまちがいないんですか？　シカゴほどの大きな街なんですから、あの程度の特徴が一致するやつなんて、それこそいくらでも」

「身長と体重、年齢くらいならそうだろう。だが服装まで一致してるんだぞ。明るい茶のツイードのスーツ、淡い青のシャツに、濃い青の単色のネクタイだ。それにベルトのバックルには、Dの文字まで入っていた。しかも、カール・デルは行方不明なんだ。現実的に考えろ、エド。見つかった死体はそいつだ」

ぼくにも本当はわかっていた。どこかに穴がないか探していただけだ。そして、さっきバセットが言ったクラクションのことを思い出した。「クラクションがけたたましく鳴ってたって、どういうことです？」

「ホーンボタンが引っこんで戻らなくなってたんだ。理由はふたつ考えられる。死体を市外へ運び出そうとしていた犯人が、交差点を横切るか追い越しをかけるってときに、クラクションを鳴らして、ボタンが戻らなくなってしまった。で、死体を乗せてるのに鳴りっぱなしじゃまずいから、慌てて車を道路脇に乗り捨て、走って逃げた――これがひとつ目。ふたつ目だが、まずは犯人が車をそこに停める。そして、なんらかの事情ですぐに死体を見つけてほしくて、車を降り、車内に手を突っこんでボタンを押しこみ、戻らなくなるようにしてから、その場を立ち去る」

「危険ですよ、そんなの。クラクションを鳴らしっぱなしじゃ、車から立ち去るところをだれかに目撃されるかもしれない」

「殺人なんてのは、そもそも危険なもんさ。犯人がわざとボタンを押しこんだのなら、そうするだけの事情があったんだろう。だがホーンボタンは、車で死体の始末に行く途中、たまたま引っこんじまったんだと思うぞ。だから途中で、捨てて逃げなきゃならなかったんだ」

「ナンバーの照会は？」

「まだすんでないが、これからやるさ。しかしおそらく盗難車だろう。犯人の車なら、いくらクラクションが鳴りっぱなしでも、死体を乗せたまま置き去りにするはずがない。自分の車なら乗り捨てたりせず、なんとか音を止めようとするだろう。だれかに後部座席を覗かれる前にな」

「事件の担当はだれになるんです？」

バセット警部は答えた。「おれだよ。さっきアンドルーズ警視と話したとき、デルって男はおれが追ってる件の関係者だと伝えたんだ。そしたら『了解した、おまえに任せる』そうだ。もともとおれは、伯父さんの件では非公式に動いてただけだからな」

「どうして非公式なんです？」

「おれは殺人課だぞ。アムの件は失踪人課の担当だ。いまのところ――」

バセットはふいに口をつぐんだ。いまのところ、死体が見つかっていないから、と言いかけたのだろう――あくまでも〝いまのところ〟だ。

タクシーは順調に進んだ。ぼくたちは、アンドルーズ警視が向かわせた警官が着くよりも先にアパートに着いた。

ブレイディ夫人の部屋へ行く前に、二階へ上がる。カールの部屋のドアは閉まって、鍵がかかっていた。バセットが肩をぶつけてドアを破ろうとしたが、ブレイディ夫人が合鍵を持っているから、錠を壊す必要はないと言って止めた。ぼくは、伯父とぼくの部屋を覗きに行った。なぜなのかはわからない。アム伯父がふだんどおりベッドで寝ていたり、お気に入りの椅子で新聞を広げている姿を見られるとは、もうさすがに思っていなかった。部屋はやはり、ぼくが出たときのままだった。

階段を下りかけたバセットが振り向いた。「来いよ、エド」ぼくは言った。「ちょっと待っててください。チェスターがいるかどうか確かめます。何か知ってるかもしれません」

チェスター・ハムリンの部屋のドアをノックする。返事はない。ドアノブに手をかけてみると、鍵はかかっていなかった。室内に首を突っこんで見まわす。部屋の主の姿はなかったが、帽子と上着がベッドに放り出してあった。おそらく帰ってきてはいるが、廊下の奥のバスルームあたりへ行ったのだろう。このぶんなら、ブレイディ夫人に会って合鍵を借りてくるまで、出かけられる心配もなさそうだ。ぼくはバセットについて階段を下り、夫人の部屋をノックした。

ドアが開いた。ぼくは最悪の用件からすませてしまおうと思った。「ブレイディさん、よくない報せです。カール・デルが死にました」

夫人の顔色は、いままで見たなかではいちばん蒼白になった。けれども、それ以外の点では冷静に受け止めてくれたようだ。「それって、もしかして……」

ぼくはうなずいた。言いよどんだ続きは察しがついた。殺されたの?と言いかけたのだろう。夫人のほうでも、ぼくが察したのを察した様子だった。「こちらはバセットさんです、警部の。カールの部屋の鍵を借りてもいいですか?」

「いいわ、もちろん」合鍵の保管場所は、出入口のすぐそばにある鍵掛けだった。夫人はその場を離れなくても、手を伸ばすだけでこと足りた。

「カールを最後に見かけたのはいつですか?」

「ええと……今朝あなたに訊かれたけど、そのときよ。昨日の夕方四時、アスピリンを渡したとき。今日は一度も見かけてないわ」

「さっき一時間半くらいいたはずなんですよ、アパートに。午後五時に会ったんです。ぼくが出ようとしたら、カールが帰ってきて、そのまま占星術とやらにとりかかって。六時半くらいには、まだいたはずなんです。電話で話しましたから」

「見なかったわ、エド。ほとんどキッチンにいたから、見かけるわけがないんだけど。そこの電話で話したの？　わたしは出なかったわよ」

「カールが出たんです。電話の前で、ぼくがかけてくるのを待ってたんで。というのも、うちの会社にカールが電話をよこしたところへ、ちょうどぼくが電話を入れて——こんがらがりますね、これは。とにかくベルが鳴るやいなや、カールが電話をとったんで、聞こえなかったんだと思います」

「そうね。一度くらいのベルじゃ、気がつかないと思うわ。チェスターなら、カールと会ったかもしれないわよ。訊いてみる？　いまここに来てるのよ。さっきまで一緒に夕食をとってたの。キッチンでお皿を拭いてるわ」

「ぜひ。チェスターの話も聞きたかったんで、さっき二階で捜したんですよ。でもその前に——どのくらいのあいだ、彼はここにいるんです？」

「そうね、一時間くらいになるかしら。お客さんがパーチをくれたんですって、立派なのを二尾も。自分じゃ料理できないって、部屋へ戻る途中でここに寄って——」

「それはいつのことです？」

「だから、一時間くらい前のことよ。よかったら二尾ともあげますって言うから、食事をすませたかどうか尋ねたの。わたしもちょうど、夕食の支度を始めたばっかりだったから。まだだって言うんで、ふたりぶん調理したの」

　ぼくは腕時計を見た。七時四十五分。チェスター・ハムリンが一時間ここにいたのなら、カールの他殺体が発見された車を運転していたことはあり得ない。疑う理由は何もないが、住まいの隣がぼくらの部屋、反対隣がカールの部屋である以上、アリバイを証明しておいたほうが本人のためになる。こちらとしても、いらぬ勘ぐりをしなくてもすむ。

「まるまる一時間で、まちがいないですか？」

「そう言われると……時計を見てたわけじゃないし、見たとしても憶えてないわ。でも一緒に調理をして、食事をして、食後のコーヒーを飲んで、皿洗いをしたら――皿洗いはまだ終わってないけど、一時間近くはかかるわよ」

「どうも」ぼくは言った。「なかへ入ってチェスターに、カールと会ったか尋ねてもいいですか？」

「ええ、どうぞ」夫人のわきを通り、ぼくとバセットは室内へ入ってキッチンへ向かった。チェスターは夫人のエプロンをつけて、ふきんを手にしていた。

「よう、エドじゃないか。例の写真を現像したぞ、おまえがトロンボーンを吹いてるやつ。いい出来映えだから、あとで見せてやるよ。伯父さんのこと、何かわかったか？」

ぼくはかぶりを振った。「カールを見なかった？」

「え、まだ帰ってこないのか？　昨夜も待ってたんじゃないのか？」

「昨夜は会ったんだよ、カールが帰ってきてすぐ。今日になってから、カールを見てない？」

「見てないな。なぜだ？」

「アパートへは何時に帰ってきた？」

「そうだな……一時間くらい前か。正確にはわからないが。なんなんだ、エド？　何かあったのか？」

「あったよ。カールが死んだんだ。こっちは、殺人課のバセット警部。何が起きたのかは、いま調べてるところ。一時間前に帰ってきたとき、いったん二階へ上がった？　それとも直接ここへ来た？」

「ええと、両方だ。二階へ上がる前に、ここへ寄ったんだ。今日もらった魚を渡そうと思って。そしたら、一緒に食べないかと言われたんで、応じたんだ。だがその前に、部屋へ行って上着と帽子を置いてきた」

「部屋の鍵はかけなかった？」

「ああ、かけなかったと思う。アパートの外へは出ないと思ったから」

「それから、ずっとここに？」

「そうだ。ずっとここにいる」

ドアをノックする音が聞こえた。殺人課の刑事ふたりが到着したのだ。バセットとふたりで廊下へ出て、バセットがぼくを紹介した。刑事たちの名前は、ジェリー・ディックスとトム・キーズといった。

「よし」バセット警部が言った。「まずは身元検分をすませよう。ジェリー、エドを乗せていって、確認してきてくれ。おれとトムは、二階へ上がってデルの部屋の捜索にかかる」

ジェリー・ディックスの車に乗って、死体の運びこまれたハワード通りの葬儀屋へ行った。それはたしかに、カール・デルだった。確認書類にサインをすると、またディックスの車で戻ってきた。

二階へ行ってみると、バセットはもうひとりの刑事と手分けして、カールの本棚の本を一冊一冊あらためていた。顔を上げた警部に、ぼくはうなずいてみせた。

「何か思いついたか、エド？」

「夕食はどうしますか？」ぼくの食欲は葬儀屋に置いてきてしまったが、バセットは飢え死に寸前にちがいない。

「〈ブラックストーン・ホテル〉で食いそこねたとき、けっきょくはこうなる予感がしたよ。ハンバーガーを買ってきてくれないか、そのへんのどっかで」

「わかりました」ディックスとキーズにも尋ねたが、すませてきたとのことだった。

角の向こうの店から買って戻ると、バセットはまだ本棚の本をめくっていた。けれども、ふたりの刑事はいなくなっていた。

バセットはハンバーガーをひとつ袋から摑み出し、ベッドの端に腰を下ろすと、ひと口がぶりと嚙みついた。そして、遠回しに感想を述べて、語を継いだ。「キーズが家主のご婦人に、デルについて憶えてることをすべて喋ってもらった。チェスター・ハムリンにも話を聞いたが、ろくに何もわからなかった。デルとは、ほんの浅いつき合いだったらしい」

「ぼくも似たようなものですよ。カールのことを、それほど知ってたわけじゃないです」

「そのあたりは、あとで聞くさ。ジェリーのやつは、それ以外のここの住人の聞きこみだ。さて、何か摑めるかどうか――ふだんのデルの様子とか、今日の動きだとか」

「午後六時半、ぼくと電話をした時間までは、特に変わった動きもなかったと思いますよ。今朝九時ごろ、カールと会ったんです。その後カールは、集金の受け持ち区域へ行って。調べるなら、顧客の住まいに当たればわかるはずですよ。

そして午後五時、アパートへ帰ってきたんです。ちょうど出くわしたんで、まちがいありません。カールはもう夕食をすませていて、すぐにホロスコープでの占いを始めました。おそらく六時二十五分前後まで、それに没頭してたんだと思います。うちの会社へ電話をよこすまで。それとちょうど同時に、ぼくも〈シェ・ジュリアール〉から電話を入れたわけですが。そしておそらく、すぐにアパートを出たはずです。だって彼の遺体は、ここから車でたっぷり三十分かかるところで、七時二十分に発見されたんですから。車に乗せられて殺された時間も含めたら、ぼくと電話で話したあと、ここでぐずぐずしていたわけがないんです」

バセットはうなずき、ふたつ目のハンバーガーに手を伸ばした。「それから、もうひとつ。車についての報告が上がってきた。ここからわずか一ブロックの地点で、盗まれたやつだった。正確な盗難時刻はわからない。所有者は五時に駐車して、八時まで気がつかなかったそうだ。おまえ、さっきのチェスター・ハムリンってやつのことは、何か知らないのか？」

「それほどは。なんかのセールスマンで、写真が趣味ってことぐらいです。それと、カール・デルの件の犯人ではないってことと。なにしろ犯人が、十マイル近く離れたハワード通りで車を乗り捨てたとき、ブレイディ夫人と夕食をとってたんですから。チェスターは、本当のことを言っているのであれば——疑う理由もありませんが——カールがアパートを出てから、十五分くらいあとに帰ってきてるんです。でも、かりにあれが嘘だったとしても、やっぱりチェスターのアリバイは完璧ですよ」

「絶品のフィレミニョンだぜ、こいつは」バセットはつぶやいた。「この部屋はくまなく調べた、壁に張られたメモまでな。だが、けっきょくはっきりしたのは、カール・デルが保険の外交員をしてて、占星術が趣味だったってことだけだ。見つかった手紙から判断すれば、いちばん近い身内はデトロイトに住んでる独り身の叔母だ。これは〈ハリソン相互保険会社〉で保管していたカール・デルの情報に一致する。さっき、そこの支店長にちょっと職場へ出てきてもらったんだ。で、うちから行かせたやつが、デルの志望申込書をチェックした」

「ほかに新しい情報は？」

バセットは肩をすくめた。「めぼしいものは何もない。おまえ、デルの年齢を若く見積もりすぎたな。あいつは三十四歳だった。結婚歴はない。それなりの蓄えが、十年および二十年満期の養老保険で積み立てられていた。勤め先の会社のな。保険金の受取人はデトロイトの叔母になってるから、デルが死んで得をするのは、その叔母だけに思える。とはいえ、犯人かというと疑問だが」

「ぼくもそう思います」

「住まいがデトロイトとなれば、なおさらだ。さっき市警本部の者が長距離電話をかけて、甥っ子が死んだことを知らせた。こっちへ向かってるそうだ、葬式の段取りやらのために。ところで、いま何時だ？」

「九時十五分です」答えてから思い出した。スターロックが事務所に詰めているのは、午後九時までだったはずだ。電話をかけて、状況を伝えるのをすっかり忘れていた。カール・デルが殺されたことさえ知らせていない。

バセットに事情を伝え、一階へ下りて会社に電話を入れる。ジェーンが出たので、スターロックはどうしたかと尋ねた。「たぶんもう、ご自宅に着かれたころだと思うわ。わたしが予定より三十分早く、八時半にここへ来たから、そのときに出られたの。まっすぐ帰られたのなら、そろそろ着いてらっしゃるはずよ」

自宅のほうに電話をしてみると、スターロックが応答した。カール・デルの件を説明する。「これからまさに、下着をかなぐり捨ててひとっ風呂浴びようとしてたところだ。急いでとりかかる用事がなければ、風呂に入っちまってから会社へ戻って――」

「その必要はないと思いますよ」とぼく。「つまり、会社へ戻る必要はないってことです。いまのところ、やれることは何もないでしょう——警察がやってくれてますから。バセットが事件の担当になって、部下たちが動いてるんで」

「おまえはいま、何をしてる？」

「バセットの邪魔をしてるだけですよ」

「だったら、タクシーを拾ってうちへ来い。就寝前にひととおり聞いて、ひと晩寝て考えてみたいからな。おまえと話し合って、今夜のうちにやれることが何もうかばなかったら、少し眠るさ」

「わかりました。バセットに言って、すぐ出ます」

「フランクのやつと話すんなら、伝えといてくれ。新しい展開があった——うれしくない展開だが。リチャード・バーグマンはシロだった、アムの件については」

「どこからの情報です？」

「ハーバーマン判事からだ。バーグマンは昨日の午後、数当て賭博のくじ売り二名が捕まったっていうんで、裁判所で保釈手続きをしていたそうだ。いわば胴元どもの代理だな。ときたまその手の隠蓑《みの》を務めて、収入源のひとつにしてるわけだ」

「どうやってそれがわかったんですか？」

「ジョー・ストリーターさ。今日の正午にホテルを出たバーグマンを尾行して、午後三時半ごろに裁判所内で見失った。裁判所の奥まで尾《つ》けていったんだが、事務室に入られて、別のドアから廊下へ出られて、そこで姿が見えなくなったそうだ。とはいえ、ばれてまかれたとは思えないそうだ。よくあるんだ、こういうことは。

しかし尾行中、ジョーは裁判所に、バーグマンの知り合いがやたらと多いことに気づいた。そのうちの何人かは、ジョーの知り合いでもあった。だからバーグマンを見失ったあと、そいつらに聞きこみをしたんだ。すると、昨日の午後も裁判所に来ていたことがわかった。アムがさらわれた時間帯にもそこにいた。だからバーグマンは、完全にシロってわけだ」

「バセットに伝えときます。といっても、どのみちバーグマンは無関係だと思っていたみたいですが。すぐにタクシーが拾えたら、三十分でそっちへ行きます」

二階へ上がり、いま聞いたことをバセットに伝えると、警部は言った。「それならそれでけっこう。バーグマンのことで、よけいな時間を食わずにすんだ」自嘲ぎみに笑う。「何がまずいって、全員にしっかりしたアリバイがあることだ。どれも苦しまぎれのでっち上げには見えない。数当て賭博が関わってるのかどうかすらさっぱりだ。たぶんおれたちは、まるっきりあさっての方向へ進んじまってるんだろうな、動機すら見当がつかないんだから。このままじゃ、どうしようもない。まずは動機を探さなきゃならん、人ひとりを……その、人ひとりに、何かしでかすほどの」

「サイコパスなら、動機なんていらないですよ」

「連中は、そこまで凝ったことはしないよ、基本的には。アンブローズ・コレクターを名乗るなんて真似はな。いや、待てよ……チャールズ・フォートの本に影響されて、本当にアンブローズをコレクションしてるって線もあるのか。ちぇっ、動機だとかなんとか言って、こんなものしか思いつかないとはな」

「ベン・スターロックに、これから自宅へ来て報告しろと言われたんですが。かまいませんか？」

「いいとも。おれから頼むこともないしな。今夜のうちに、〈ブルー・クロコダイル〉へ回るのか？」

「ええ、たぶん。もっとましな考えがうかべば別ですが。行くとしたら、ベンの自宅からまっすぐ行きます。夜どおし会社にひとりは詰めてますから、何かあったら、そっちに伝えといてもらえますか？　ぼくもときどき電話を入れます」

バセットはわかったと言い、ぼくはアパートを出た。ステート通りでタクシーを拾い、午後十時近くにスターロックの自宅に着いた。

風呂に入ったスターロックは、パジャマに部屋履きという姿で、寝支度を整えていた。ひどく疲れきった顔だった。

「一杯やるか、エド？」

そうしたかったが、本日の締めに〈ブルー・クロコダイル〉へ行って、店に居座る口実に二、三杯飲むことになるだろうから、余裕を残しておきたいと言った。

「それが賢明だな。じゃあ、おれのぶんだけ注ぐか。そういえばフランクに、うまい食事をおごってやったか？」

「はい。ハンバーガーを。四個も食べましたし、もう腹ぺこだったでしょうから、六時に食べるステーキよりうまかったんじゃないですか」

スターロックは笑って、テーブルの瓶からひとりぶんの酒を注いだ。ソファへ持っていってでんと腰を下ろし、両脚を肘掛けに投げ出す。黒いシルクのパジャマのせいで、いつもよりもますます仏像じみて見えた。

こちらの視線に気づいたらしく、スターロックはにやりとした。「言っとくがな、こいつは自分で買ったんじゃないぞ。もらいものだ。さて、始めるとするか。会社を出たところから頼む」

ぼくが話しおえると、スターロックはしばし天井を見つめていたが、やがてこちらを向いた。「エド。状況はよくない。言っている意味はわかるな」

ぼくはうなずいた。言われた意味は、わかりすぎるほどわかっていた。もう一度アム伯父に会える確率は、百にひとつもないのだ——少なくとも、生きたままでは。カール・デルが殺されたということは、その手の行為を躊躇しないやつがいるということだ。

スターロックが言った。「もう三十時間が経つ。なのに手がかりが、ひとつとして見つからない。やれたのは、考えつくかぎりの線をつぶしたことくらいだ。また一から出なおしだ。どこから出なおせばいいかもわからんが」

「状況はひとつ変わりましたよ。警察が真剣に取り組むようになりました。殺人が起きたんですから、そっちを解決してくれれば、その過程でアム伯父を見つけてくれるかもしれません。カールは、伯父をさらったやつに殺されたんでしょうから」

「現実を見ろ、エド。アムは、さらわれたんじゃない……カール・デルは、さらわれたわけじゃないだろう」手にした酒をごくりと飲む。「いまから覚悟しておかないと、あとでますます辛《つら》くなるぞ」

「その可能性は認めます。でも、アム伯父が本当に殺されて、まだ発見されていないとすれば、よっぽどうまく隠したことになります。わざわざ死体をひとつ隠したんなら、どうしてカールも同じように隠して、単なる失踪に見せかけなかったんです?」

「クラクションの件があるだろ。おそらくアムのときと同様、カールの死体を始末しに向かっている途中、ホーンボタンが引っかかったんで、車を捨てて逃げるはめになったんだ」

うんざりするほど、筋の通った話だ。「事務所のほうで、何か新しいことは?」

「とりたてて何も起きてない。アート・ウィーランが一日つぶして、新聞社の資料をあさってきた。アンブローズという名前の失踪人は、六ヵ月前に姿を消した、インディアナポリスのアンブローズ・ゲリーという男だけだった。あっちの警察に電話で問い合わせたが、そいつは見つかって連れ戻された――単純な家族遺棄の案件だったそうだ。あと、昨日の午後〈グレシャム・ホテル〉の交換台に出ていて、その後ラシーンへ行ってた娘《こ》がシカゴへ戻ってきたんで、話を聞いてきた。バーグマンの部屋からかけられた電話も、部屋へかかってきた電話も、まったく憶えがないとのことだ。まるで収穫なしだ――とはいえ、バーグマンが昨日の夕方四時に裁判所にいたとわかった以上、もはやどうでもいいことだが。それから市内すべての探偵社に当たって、グレーンとデイゴンがうちへ持ちこんだ依頼を、よそにも持ちかけたのか確かめた。ひとつの探偵社に依頼したものの、やはり断わられていた。うちへ来る前にな。その後うちでも断わられたんで、合法のところじゃ無理だとあきらめたらしい。ともかく、うちが一社目じゃなかったとなると、連中の持ってきた話の信憑性は高くなる。オーギー・グレーンとトビー・デイゴンが関係しているとは、どうしても思えんよ」

「バセットもそう言ってました。正直に言えば、ぼくだって同感です。それでも、〈ブルー・クロコダイル〉へ行ってみますよ。もっといい考えがあなたにあれば、考えなおしますが」

「考えなんてないよ、エド」

　ぼくは立ち上がった。どうやら長居しすぎたようだ。スターロックは眠くてたまらないにちがいない。

　彼は酒の残りを飲み干すと、ソファから腰を上げた。「銃を持っていくか？」

　ぼくはかぶりを振ったが、スターロックは飾り棚の前へ行って、ショルダーホルスターに収められた三二口径オートマチックを取り出した。「着けていけ」

「でも、ぼくはそんな――」

「いいから着けていけ。カール・デルも今夜、持っていればと思ったことだろう。しかもだ。おまえもこれから、何かを思いつくかもしれん。それは、カール・デルが思い出したことかもしれないんだ」

　ぼくは上着を脱いで、ホルスターを着けた。

第十章

〈ブルー・クロコダイル〉はそこそこの規模のナイトクラブで、値段もそこそこに高かった。シカゴで最高の店とはいえないが、最低の店からはほど遠い。木曜なので混んではいないものの、売り上げは充分にちがいないので、オーギー・グレーンに同情してやる必要はまったくなかった。百人は楽に入り、何か派手なイベントのある夜には百五十人でも入れられそうな店内に、七、八十人ほどの客が入っていた。ハリー・ハート率いる五人編成のジャズバンド（ハリーのレコードは、ぼくも何枚か持っている）が気のきいた演奏をし、一ダースくらいのカップルがダンスに興じていた。

店に入るなりボーイ長が近づいてきたので、ぼくは言った。「ふたり用のテーブルを頼むよ。あとで連れが来るから」あとで気づかれたら、デートをすっぽかされた男と思われるにちがいないが、ひとりだと言って変な目で見られるよりましだ。ボーイ長はぼくを、店でも最低最悪とおぼしきふたり用テーブルへ案内した。ダンスフロアからはいちばん遠く、バンドは柱に邪魔されて見えない。まあ、いまのぼくにはどうでもいいことだ。どのみち音楽を聴きに来たわけではない。かといって、何をしに来たのかは自分でもわからないのだが——エステルに会うという以外は。

エステルは入ってきたぼくを見つけたらしく、ボーイ長がいなくなるとすぐにやってきた。彼女は、まったくもって美しかった。スカートの部分にたっぷり十平方ヤードは生地を使っていながら、ウエストから上には一平方フィートも使っていない、そういうイブニングドレスを身にまとっている。美しくて、金のつぎこまれていそうなドレスだ。前から持っていたのか、それとも制服みたいなものか。あるいは、オーギーが買ってやったのだろうか。でもふたりが知り合ったのは、今日の午後のことのはずだ。その後に買われたものだとしたら、オーギーと彼女のどちらかが、たいした早業の持ち主ということだ。と、彼女と視線がかち合い、そんなことを考えた自分が恥ずかしくなった。

エステルはテーブルのそばに来て、わざとそっけない笑顔を作った。「煙草はいかが、お客さま?」まだ手をつけていないのを持っていたから、いらないと答えようとした。そのとき、エステルが首からさげたトレイの上で、ひと箱手にしているのが目に入った。箱の陰に隠して、畳んだ紙きれを指で押さえているのも。箱をちょっと傾けて、こちらから見えるようにしている。

そこでぼくはうなずき、一ドル札をトレイに載せた。彼女は煙草の箱を紙きれごとテーブルに置き、ひとつ礼を述べると、釣り銭をどうするかも訊かずに歩み去った。

ぼくは煙草を上着のポケットに突っこみ、紙きれを手のなかに隠したが、ちょうどウェイターが来たので読みそびれた。ウィスキーソーダとクラブサンドイッチを注文する。さっきは葬儀屋へ行って食欲が失せていて、バセットの四個に対して一個しかハンバーガーを食べられなかったけれども、いまはまた空腹を感じはじめていた。それから、電話ボックスの場所を尋ねた。会社へ電話を入れ、ジェーンに居場所を伝えておいたほうがいいだろう。

電話ボックスに入ると、真っ先にエステルからの紙きれをひらいた。書いてあったのはこれだけだった——〝どうも、エディ〟。笑うべきか、罵り言葉を吐くべきか、判断がつかなかった。

ぼくは紙をポケットに戻し、会社へ電話をかけた。ジェーンに居場所を知らせ、よほどのことがないかぎりは電話をよこさず、どうしても用事のあるときにはエステルを呼んで、ことづてを頼んでほしいことを伝えた。

それからアパートに電話をかけた。バセットはまだ、カールの部屋で捜索を続けていた。

「何か見つかりましたか？」

「いいや、ちっとも。もう二回も調べたんだがな。今夜はここまでにしておく。スターロックの自宅からかけてるのか？」

ぼくは居場所を教え、言った。「さっきの夕飯では、一杯食わせてしまいましたからね。〈ブルー・クロコダイル〉へ来てくれたら、埋め合わせに何杯かおごりますよ。あと、フロアショーでもどうですか？」

「そうしたいところだが、もう午前一時近いからな。さすがにくたくただ。明日という日もあるからな。朝から早めに動きはじめたいんだ」

「当てがあるんですか？」

「まずはカールの勤め先へ行って、受け持ち区域のどこの家を回る予定だったか、本当に回ったのかどうか確かめてくる。五時に帰宅して、おまえと会うまでの足どりをはっきりさせるんだ。おまえの話じゃ、夕飯をすませて帰ってきたんだったな。いつもどこで食ってたか知らないか？」

「クラーク通りのバーベキューレストランですよ、オハイオ通りのすぐ南の。エステルがそこで働いてたんです。カールはよく通ってましたが、たぶんエステルがいたからでしょうね。はっきりはわかりませんけど。思いつくのはそこだけです」

「その店が怪しいな。早い時間じゃ、あんまり重たいもんも食いたくないだろうが、バーベキューサンドって線もなくはない。とにかく、調べてみるか。そっちのほうはどうだ?」

「何ごともないですよ」ぼくはエステルに渡された紙きれと、そこに書いてあったメモの話をした。

バセットは笑った。

「そうだ。ところでエド、420という数字に心当たりはあるか?」

「思いつきません。なぜです?」

「カールが占いの経過を書きこんでいた紙があって、その最後に書かれてたんだ。いちばん上がホロスコープで、その下に記号やら何やらがごちゃごちゃたくさん書きこまれて、最後が420という数字だった。カールはおまえに、数字がらみのことを話してたんだろ。具体的にはどういう話だった?」

「『大事なことなんだ』って言ってました。『占星術とも違うんだ、正確には』とも。どういうことかと尋ねると、『ラッキーナンバーに当たったんだ』って。占星術の計算をしてて、出てきたんだと思いますが――『おれにあれを思い出させたんだから、ラッキーナンバーだったんだ』そうです。聞いたのはそれで全部ですよ。居場所を教えろとせっつくんで、押し切られて〈シェ・ジュリアール〉だと伝えたんです」

「じゃあ、この420ってのが、そのラッキーナンバーなんだろうな。なんだと思う? ホテルの部屋番号だとか?」

「ぼくにわかりっこないでしょう。もしかしたら、数当て賭博のラッキーナンバーかもしれない。だけど、ほかの意味もあるんですよ、きっと。それのおかげで、『あれ』とやらを思い出したんですから」

「そうだな」とバセット。「どっちにしろ、本人にとってはちっともラッキーナンバーじゃなかったわけだが。明日はプロの占星術師に頼んで、カールがやってた占いを見てもらう。さて、どういう結果になるか。手がかりが見つかるかもしれない。どういうものかは見当もつかないが」

「まあ、だめでもともとですね。そういえば例の葬儀屋に行ったとき、すぐにも検死医が来るような話だったんですが、ぼくが出るときにもまだ来てなくて。連絡はありましたか？」

「ああ。目新しい情報は何もないがな。ただカールは、ほとんど同じ箇所を二度殴られていた。一撃目でおそらくおだぶつだったろうが、もう一撃だめ押しをしたわけだ。傷の大きさ、および形状からして、リボルバーの台尻で殴ったとみられるそうだ。楕円形のな。オートマチックの台尻みたいな細い長方形じゃないし、金槌ほど円くもない。ほかには外傷はみられなかったそうだ」

「そうですか、どうも。本当に、こっちへ来て一、二杯やりませんか？」

「せっかくだが、今夜のところはやめとくよ。明日は朝九時には動きたいし、いまからそっちへ行ったら、三時か四時までは帰れんだろうからな。エステルによろしく伝えてくれ。それから、会って話すんならオーギーにも。あいつはそこにいるのか？　トビーの野郎は？」

「オーギーの姿は見てませんが、ぼくも数分前に来たばかりですから。トビー・デイゴンの顔は、ぼくは知らないんです」

「会うことになったら、用心しろよ。あいつはやばい男だ。じゃあ、また明日な。おやすみ」

テーブルへ戻るとウィスキーソーダは来ていたが、クラブサンドイッチはまだだった。ナイトクラブでは酒のお代わりをさせるために、食べものは一時間以上待たせるのがふつうだ。

フロアショーが始まり、ぼくは向きを変えて、このひどい席から見えるだけのものを見た。というより、見ているふりをした。頭のなかでは、420の意味するところを探りあてようとしていた。けれども、どだい無理な話だった。意味なんて山ほどあり得るが、どれもこれも当てずっぽうでしかない。

エステルがやってきて、ジャズバンドとのあいだに立ちふさがる柱へ背をあずけた。ぼくはショーの代わりに彼女を眺めた。こっちのほうが眺め甲斐がある。エステルは、今夜はいつまで仕事なのだろう、などとぼんやり考えた。

それから、〈ブラックストーン・ホテル〉でオーギー・グレーンに引き合わせておきながら、なぜいまさら知らないふりをするのだろうと考えた。あんなことをしたからには、この場で口をきいたってかまわないのだ。ましてオーギーとトビーは、実質的に容疑者から外れたのだから。彼女はこっちを見ていなかったが、心でも読んだにちがいない。ぼくが考えはじめたとたん、近づいてきた。ぼくと向き合う椅子のわきにトレイを置き、腰を下ろす。

にっこりと笑みをうかべ、言った。「どうも、エディ」

「二度目だよ、それは」ぼくは答えた。「一度目はメモだった。こっちも書いて返そうか、それとも口で言えばいい？」

「そんな言いかたじゃなければね。怒ってるの？」

「そうでもないよ。むしろ、きみが少し愛《いと》おしくなったかもしれない。やりたいなら、お手紙ごっこもかまわないけどさ。なんだってまた、ぼくをあの男に引き合わせたんだ？」

「そうしたってへっちゃらだからよ。そのことを、あなたに教えとこうと思ったの。あの人はいい人よ。あたし、嫌いじゃないわ。それに、伯父さんのこととは無関係よ」

「どうしてそれがわかるんだ？　本人がそう言ったとか？」

「実を言うと、そうなの。エディ」テーブル越しに身を乗り出す。「大丈夫。本当に心配いらないの」

「まあ、たしかにそうだとは思うよ」ぼくは認めた。「バセットが、あの男はいいやつだと言ってたし、シロだと思うと言っていた。あの警部は、人を見る目は確かだからね。わからないのは、なんであいつにそんなことをばらしたか、ってことだよ。なんのために、きみはそんなことをしたんだ？」

「しばらくは黙っていたのよ。あのホテルで、あなたたちに出くわしたあとも。今日の夕方、ここへ来て雇ってほしいって言ったの。デイゴンさんは留守だったから――雇い入れには、デイゴンさんかオーギーの許可がいるの――奥へ通してもらって、オーギーと会ったのよ」

「グレーンさんじゃなく、オーギーって呼んでるのかい？　ずいぶんと親しげだな」

「ええ、親しくなったわ。でも……おかしな意味じゃないわよ。本当にいい人で、あたし気に入っちゃったし、あっちも気に入ってくれたみたい。どういうわけか、すぐに意気投合したの。きみはきれいすぎて、ウェイトレスにはもったいないって――あたし、ウェイトレスとして雇ってほしいって言ったんだけど――ちょうどシガレット・ガールがひとり、結婚かなんかで辞めてしまったから、そっちをお願いしたいって。それで、あたし引き受けたの。シガレット・ガールのほうが、倍くらい稼げるんですって。煙草を買ったお客はほとんど全員、一ドル札を出してお釣りを受け取ろうとしないから」

「そりゃそうだろうね、渡そうとしなければ」

彼女は笑った。「いやだ、本当はいちおう訊いてみるのよ。さっきそうしなかったのは、あなたの怒った顔が見たかったから」

「ぼくの怒った顔なんて、どうでもいいよ。なんでオーギー・グレーンにばらしたのか、そこへ話を戻してくれ」

「そうつんけんしないでよ、エディ。それであたし、わかりました、シガレット・ガールをやってみますって答えたの。そしたら、イブニングドレスが一、二着必要だけど、持ってるかどうかって尋ねられて。正直に、いいえって答えたわ――こんなお店で着られるほどのは持ってなかったから。すると、二着ぶんのお金を前払いするから、あとで稼ぎから返してくれればいいって。で、〈サックス・フィフス・アベニュー〉に連れてってくれて、二着選ぶのを手伝ってくれたの。これは百二十五ドルで、もう一着は百ドルよ。どう？」

「すばらしいね。でも、代金を返すにはずいぶんかかるんじゃないか」

「あら、いいえ。ここじゃお給料はないけど、チップだけで週百ドルは稼げるはずなの。今夜だけでもう、十五ドルももらえたのよ。しかも今日は木曜だし、まだ営業は続くし。平均すれば、ひと晩二十ドルまでいくと思うわ。それで週六日の勤務だから、週に五十ドル返したって、まだ七十ドルも残るのよ。だからドレス二着ぶんだって、一ヵ月かそこらで返してしまえるわ。それが終わったら、月に一度くらいドレスを新調するつもり。そうしたって、まだまだ余裕があるもの」

「それじゃ、この仕事を続ける気なのかい？」

「もちろんよ。こんなに稼ぎのいい仕事ってないわ。来春にはカーニバルへ戻るかもしれないけど、いまはどうせ無理だし――もう九月で、シーズンも終わってるから。でもこれで、春までにお金を貯められるわ。モデルの仕事を考えてたけど、こっちのほうが楽だし、たぶんあたし、モデルよりこの仕事のほうが好きだわ」

べつだん文句もつけようのない話だが、なぜだか気に入らなかった。ともかくまたもや話がそれていたので、ぼくは彼女に注意した。

「ああ、そうだったわね。ドレスを買ったあと、あのホテルへお酒を飲みに行ったの。あそこのバーに入ったら、三十分くらいであなたが来て。そのときにはもう、オーギーのことがよくわかってたから、こう思ったの。この人はぜったい、人を殺したりさらったりするような人じゃないって。だから、よくよく考えてみたの。あなたが、連れの人と――」

「フランク・バセットだよ。殺人課の警部の」

「その人と飲んでいるあいだ、考えてたの。で、あなたがバーを出ようとしたから、決めたのよ。オーギーに紹介しようって」

「別にかまわないんだよ、ぼくのほうは。だけど、やっぱりわからない。けっきょくきみは、なんのためにそんなことをしたんだ？」

「ただ、あなたにオーギーと会ってほしかっただけよ。あの人が好きになったから。とにかくあなたたちが出ていったあと、オーギーは『ハンター……』って繰り返しつぶやいて、さっき警察に、ハンターって人物のことを訊かれたばかりだ、って言ったの。それで自分から、なんでも隠さずに話してくれて。それが聞いてた話とぴったり一致してたから、伯父さんの件で、この人にやましいところはないんだってわかったの。そうでなきゃ、あんな風に喋るわけはないもの。

だから本当のことを打ち明けたの、あなたが何者で、どうしてあたしがこの仕事についたのか。そしたらオーギーは、シガレット・ガールさえちゃんと務めてくれれば、そんなことはかまわない。知りたいのは、辞めないでいてくれるかどうかだけだって。だから、本当にあなたの言うとおりのお金を稼げるんなら、辞めたりしないって答えたの。この調子で行ったら、そのとおりになりそうだわ。もっと多いくらいよ。きみなら週百ドルは稼げるって言われたんだけど、今夜の手ごたえからして、百二十ドルはいくと思うわ」

「トビー・デイゴンには、もう会ったのか？」ぼくは尋ねた。

「ちょっとだけ。あの人は嫌いよ。なんだか、ぞっとするの。オーギーも、個人的には好きじゃないって言ってたわ。だけど、数当て賭博のマネージャーとしては優秀なんだって。そっちの経営はデイゴンがやってて、オーギーはお金を出してはいるけど、細かいところには関わってないんじゃないかしら」

ぼくは言った。「みんなが、グレーンのことを好きだと言う。そして、デイゴンのことは嫌いだと言う。全員がまちがってるとは思えないものな」

「食事をしてるとき——二、三杯お酒を飲んだあと、オーギーが連れてってくれたんだけど——あたし、訊いてみたの。あのデイゴンって人が、伯父さんの件に関わってることはあり得ないのかって。それはないって、きっぱり否定されたわ。オーギーは、警察が昨日の午後四時に何をしていたって訊いてきたから、警察の言う失踪事件とやらが起きたのは、その時間帯なんだろうと思ったんですって。そして、こんな風に言ってたわ。もしもそうなら、トビーがやったわけがない。トビーは昨日の午後、仕事でゲーリーまで行っていて、四時半にはまだそこにいた。その時間に、長距離電話で話したからまちがいない。そもそも、トビー・デイゴンがその探偵に何かしでかす理由がない。探偵社で一度、ちょっと会っただけなんだからって」

ぼくはふと、もう一件のほうのアリバイをひとつ証明できるかもしれないと思った。しかもエステルの証言なら、信用が置けるだろう。「オーギーときみは、どのくらい一緒にいたんだい？　今夜六時ごろ、ぼくと会ったあと」

「ええと、二時間くらいかしら。あのあと三十分ほどバーにいて、それから食事に行って、一時間はそこにいて。食べおわって、ここへ来て、ドレスがちゃんと届いてることを確かめて――」

もう充分すぎるほどだ。オーギーには、カール・デル殺害の件のアリバイがある。そう考えていて、はたと思い出した――エステルは、カールのことをまだ知らないのだ。

ぼくは彼女に伝えた。ショックを受けるだろうとは思ったが、エステルの反応は予想を超えていた。ぼくが話しおわるころには、蒼白になってがたがたと震えていた。

ぼくは詫びた。「悪かったよ、ステル。もっと言葉を選ぶべきだった。知らなかったんだ、そんなにカールを好きだったなんて」

「ち……違うの、エディ。カールのこと、嫌いだったわけじゃないけど。二回は一緒に出かけたし――いいえ、三回だわ、ダンスが一回で映画が二回。でも、知り合いって程度だったのよ。だけど……」

「だけど、なんだい？」

「あなたの伯父さんのことよ、エド。あたしずっと、なんでもないはずだって思ってたの。あれはただの冗談か何かで、伯父さんはどこかで元気にしてて、ひょっこり帰ってきて説明してくれるはずだって。ずっとそう信じてたの。だけど……」

ぼくはその手を軽くたたき、彼女を力づける言葉を思いつければいいのにと思った。けれども実際には、ひとつも出てこなかった。

なによりぼく自身、エステルと同じような気持ちに陥ってしまっていた。おそらくぼくの場合は、何が起きたのかをがむしゃらに突き止めようと――単なる一問題とみなして、ひたすら解こうと集中することで、深く考えないようにしていたのだと思う。アム伯父が、死んだにちがいないという現実を。

エステルは言った。「一杯飲みたいわ。おごってくれる?」

ぼくはウェイターに目で合図して、ふたりぶんの酒を頼んだ。エステルは、自分のぶんをひと息に飲み干した。すると、ようやく少し顔色が戻ってきた。「ありがとう、エディ。忘れないうちに伝えておくわ。オーギーが、あなたに会いたいんですって」

「ぼくに会いたいって?」ぼくはおうむ返しに答えた。「なんの用だい? 本人の言うとおり、オーギーが無関係なら――」

「あたしも知らないわ。言われなかったから。ただ、今夜あなたが店に来るかどうか訊かれたんで、来てほしいと思ってるって答えたの。そしたら、もしあなたが来たら、こっちへも寄るように頼んでくれって。いま事務室にいると思うから、案内するわ」

ちょうどこのとき、ウェイターがクラブサンドイッチを運んできた。ぼくはエステルに、これを食べたらすぐに行くと言った。彼女は、これ以上長居するのもまずいから、食べおわったら来てくれと言った。

ぼくはそのとおりにした。エステルのあとについて階段を上り、二階の廊下を通って、〝プライベート〟と書かれたドアの前に来た。彼女がノックをすると「どうぞ」と声が聞こえた。オーギー・グレーンの声だ。エステルはドアを開けた。

「エド・ハンターを連れてきました」室内へそう告げると、ぼくに向けて言った。「帰る前にもう一度会いに来てね。あたし、もう戻らなくちゃ」

ぼくはうなずき、オーギー・グレーンの事務室へ入った。

第十一章

　オーギーはデスクの向こうに座っていた。デスクの端に腰かけているのが、トビー・デイゴンにちがいない。いままで会った誰とも似ていない男だ。ぼくもひと目で嫌いになった。

　トビーはオーギー・グレーンより若く、三十五歳前後に見えた。身なりはきちんとしているし、見た目は別に悪くない。どこがどう好きになれないか、具体的に挙げるのは難しかった。目と目のあいだが狭すぎるわけでも、笑ったときに尖った歯が覗くわけでもない。漆黒の髪から、角《つの》が突き出しているわけでもない。けれども、同じ部屋にいるとなんだかそわそわするのだ。この男は人殺しだ。なぜそう思うのか説明はできないが、バセットに言われていなかったとしても、同じことを思っていただろう。

　オーギーが言った。「やあ、ようこそ。こっちはトビー・デイゴンだよ」トビーが差し出した手を、ぼくは握った。冷たくもなければ、じっとりと湿っているわけでもない。一見したところ、心のこもった握手のようだ。それでも、手を離したときにはうれしいとさえ思った。

　オーギーが「まあ、かけてくれ」と椅子を示した。と、トビーが口をひらいた。「時間の無駄だと思いますがね。まあ、わたしはかまいませんが」

「きみは聞かなくてもかまわんよ」オーギーが言う。「どのみちきみには、聞かせるまでもないことだからね。それに、別に損もない話だろう」

トビーは肩をすくめた。「そりゃあ、そうでしょうが。でも時間の無駄ではありますよ。しかも、例の商売のことを打ち明けるというのは」

「ぼくの商売のことなんて、だれもが知っていることだよ」

トビーは立ち上がった。「わかりました。当たりの確率は、千分の一ってところでしょうがね。たとえ千分の一でも、当たるときは当たるもんです。うちもそれで、配当を支払わされてきたわけですから。じゃあ、わたしは失礼して、新人の娘《こ》の様子でも見てきますかね。用事があれば、いつものテーブルにいますから」

戸口のところで振り向き、「じゃあ、ごゆっくり。ハンターくん」それだけ言うと、出ていった。

オーギー・グレーンは椅子を回して、ぼくのほうを向いた。デスクの上の葉巻ケースをこちらへ押しやる。「まあ、一本どうかね？　それとも酒のほうがいいかな？」

「葉巻は遠慮します。酒のほうは、またあとにでも」なんの話が始まるのか、見当もつかない。

「伯父さんの身に何が起きたのか、それを調べているそうだね」

ぼくは、黙ったままうなずいた。

「実はこちらも、数当て賭博の商売に何が起きているのか、それを調べているんだよ。きみとは協力し合えると思うんだ」

「どういうことです？」ぼくは尋ねた。「フランク・バセット警部から聞きましたが、伯父のこととそちらの商売は無関係なはずでしょう。それとも、フランクに嘘をついたんですか？」

「あいにくバセットは、ぼくにはさほど正直《フランク》になってくれなくてね。うちへ聞きこみに来た理由は、伯父さんの勤め先の探偵社に、ぼくとトビーが依頼を持ちこんだから、それだけだって言うんだ。でもその後、きみの友達のエステルがもう少し詳しいことを教えてくれてね。それで初めて伯父さんをさらったやつが、〈グレシャム・ホテル〉のとある部屋番号を使ったことを知ったんだ。ぼくは、偶然の一致を信じないたちでね。きみはどうかな？」

「それほどは。それにしても、どこに偶然の一致があるんです？　ぼくが馬鹿なだけかもしれませんが、さっぱりわかりませんね」

するとオーギーは、デスク越しに身を乗り出した。「要するに、こういうことさ。リチャード・バーグマンがそこに泊まっているのは、ぼくが来させたからなんだ。しかもあの男を来させたのは、スターロックと部下の探偵に――その探偵が、きみの伯父さんだそうだが――調査を依頼した、まさにその件を調べさせるためだ。エステル・ベックからその話を聞いたときには……考えていたのとは、ずいぶん状況が違うと思ったよ」

ぼくは小さく口笛を吹いた。オーギーは続けた。「きみにはすべて打ち明けようと思うが、その前に、どの程度までこの件のことを知っているのかね？　たとえば、バーグマンが何者なのかとか」

〈スターロック探偵社〉が調べた内容を話すと、オーギーは言った。「おおむねそのとおりだ。ぼくはここ二年近く、バーグマンに月百ドルを支払っている。妙なことが起こりはじめたとき、どうして最初にあの男のことを思いつかなかったのか不思議だよ。まあ、馬鹿だったってことだろう。もっとも、法の枠の外側でやってる商売のことを、ふつうの探偵社に持ちこんだことのほうが馬鹿かもしれないがね。しかしスターロックのところでも、もう一社でもきっぱりと断わられて、ようやくバーグマンのことを思い出したのさ。さっそく電話をかけて、呼び出した。その後どこかの何者かが、きみの伯父さんを誘拐するときに、あの男の部屋番号を使ったんだ」

「それは――といっても、なんなのか知りませんが――どのくらい前から続いてるんですか？」

「一ヵ月か、それよりちょっと前だ。かれこれ三万ドル持っていかれたよ。多額とはいえないが、うれしい話じゃないからね」

「三万ドルは、多額とはいえないんですか」

「三十万なら屋台骨がぐらつくかもしれないが、三万ならまだ大丈夫さ。そこでだ。どこの連中が金を巻きあげているのか突き止めたら、五千ドルを進呈しようじゃないか。そのくらいの価値はあるからね」

「同じ依頼を、伯父にもしたんですか？」

「いいや。伯父さんには、あの日探偵社で会ったきりだよ。トビーもそうだ」

それを聞き出してから、ぼくは言った。「すみませんが、それは引き受けられません。ぼくはスタ－ロックの部下です。上司が断わったんですから、勝手はできません」

「引き受ける必要なんてないんだよ。やってくれ、と頼んでいるわけじゃないからね。ぼくはただ、もしもきみが突き止めた場合には、五千ドルあげると言ってるだけだ。いいかね、ただであげるんだよ。クリスマスプレゼントみたいなもんさ。何かまずいかね？」

そういう条件なら、まずいこともなさそうだった。話がうますぎるという点をのぞけば。それだけの額が手に入れば、これまでの貯金と合わせて、アム伯父とぼくの探偵社を持つことができるだろう。もしもアム伯父が、まだ生きていればの話だが。

ひとつ訊いてみた。「どうしてぼくが、突き止めるかもしれないと思うんです？ 試してもいないのに」

オーギーは微笑んだ。「フランク・バセットが言ってたよ。きみは聡《さと》い男だって。エステルは、その倍くらいほめそやしていた。あの娘《こ》に言わせれば、きみは天才らしいよ。そういうわけで、きみなら伯父さんの行方を突き止めるかもと思った。バーグマンの部屋番号が使われたのは偶然じゃないだろうから、伯父さんをさらったやつがわかれば、ぼくから日に千ドルかすめ取っているやつも——個人じゃなく、どこかのシンジケートかもしれないが——わかるんじゃないかと思ったのさ」

「個人でしょうね。シンジケートじゃなく」

「なぜそう思うんだね？」

「エステルから、アンブローズ・コレクターの件を聞きましたか？」そう尋ねると、オーギーはうなずいた。ぼくは続けた。「そのことがあるからですよ。しゃれこうべを見せびらかして笑うようなセンスの持ち主です。シンジケートには、笑いのセンスもへったくれもないでしょう。もちろん、数当て賭博の組織がうしろについていて、そいつに金を出してやらせてる可能性はありますが」

「なるほど、聡いな」オーギーが言った。「それじゃ、これで決まりかな？」

はっきりした返事はしたくなかった。そこで、調査の本筋から離れるつもりはいっさいないが、いま追っていることをこのまま追いつづけて、結果的にそちらの求める情報にたどりつくぶんには、まずいことは何もないと答えた。

「けっこう。あとは飲みながらだ。ウィスキーでいいかね？」ぼくがうなずくと、受話器を手にとった。番号を告げずに指示を出す。一階への直通電話のようだ。

「ぼくに調べてほしいのなら、いくつか質問してもかまいませんよね。まず、カール・デルという男をご存じですか?」

「いいや。数当て賭博の関係者なら、知らないはずはないが。職業はなんだね?」

「保険の外交員です」手短に答え、それ以上の問答を打ち切る。「420という数字に心当たりは?」

「ううむ、ないな。418に近いことしかわからん。〈グレシャム・ホテル〉の、バーグマンの部屋番号だが」

うかつにも、考えてもみなかった。四一八号室と四二〇号室は、おそらく目と鼻の先だ。つまり四二〇号室から、四一八号室へ向かっている人間を引っさらうことも可能なわけだ。しかしアム伯父は、フロントに確認をとらないうちはけっして客室階へ上がったりしないだろう。そしてフロント係の話が本当ならば、アム伯父はフロントへ行っていないのだ。そもそも、アンブローズ・コレクターがそこで伯父をさらおうとたくらんだのなら、スターロックにこう言ったはずだ。〝探偵がホテルに着いたら、まっすぐ部屋へ来させてくれ〟と。これだけなら別に、不審がるほどの発言でもない。こうやって誘導しなければ、誰でも客室を訪ねる前に、フロントでひとこと訊いてみるはずなのだ。アム伯父もそうしたに決まっている。

けれども、とりあえずこの件は棚上げにして、質問に戻った。

「デイゴンにはアリバイがあると、エステルに話したそうですね——伯父がさらわれた時間に、ゲーリーへ行っていたからと。そのへんを尋ねてもかまいませんか?」

オーギーは肩をすくめた。「いいとも。まあ、尋ねられるのも無理はない。トビーは人に好かれる男じゃないからな。だが、ぼくは一度ひょんなことから、あの男の命を救ってやったことがあってね。それ以外でも、厄介ごとを解決してやったこともある。そんなわけで、忠義を尽くしてくれているんだ。ぼくに隠れては、何もしやしないよ。個人的な動機があるとも思えない」

「なるほど。ところで、そのアリバイとはなんなんです?」

「夕方四時半に、長距離電話をかけてきたんだ。フランク・バセットとエステル・ベックから聞いたかぎりでは、その人ご……人さらいは、四時からしばらく忙しかったはずだろう。少なくとも、四時半にゲーリーにはいられなかったはずだ」

「そうですね」ぼくは言った。「ですが、どうしてその電話がゲーリーからだとわかったんです? 女の声で『ゲーリーからお電話です』と言われたって、デイゴンが女友達に協力させて、ループからかけてきた線もあり得ますよ」

「ああ、たしかにあり得るな。ただし、ある一点をのぞけば、だ。つまりぼくは、トビーに電話をかけなおしているんだよ。その場ですぐにわからないことを訊かれてね。十分後くらいだったな」

「デイゴンはどこにいたんですか?」

「〈メルトン・ホテル〉さ、ゲーリーの。といっても、そこに泊まっていたわけじゃないがね。その日は午後早くに行って、夜に戻ってきたんだ。そこのロビーから電話をよこしたんで、かけなおしたときに呼び出してもらったのさ」

完璧なアリバイに思えた。オーギーが嘘をついていないかぎりは。出まかせを言っているとも思えないが、〈メルトン・ホテル〉のボーイがその時刻に、デイゴンなる人物を呼び出した記憶があるのか——部下にその確認をとらせたかどうか、忘れずにバセットに訊いてみようと決めた。

このとき、ウェイターが酒を運んできた。もっと正確に言えば、一本の瓶ともろもろの付属品を。オーギーは彼を去らせて、手ずからふたりぶんを注いでくれた。「ところで、ここへはまっすぐ来たのかね、それとも下にいたのかね？」

「しばらく下にいました。飲みものとサンドイッチをいただきましたよ」

「どのテーブルだね？」

ぼくが伝えると、オーギーは言った。「あとで戻ったら、もっといいテーブルが待っているよ。ジョージに電話しておくから。勘定も無用だよ」

「長居するつもりはなかったんですが。でもそれは、好ましい料金設定ですね」

オーギーはにっと笑って、グラスをこちらへよこした。ぼくは、オーギー・グレーンという人間が好きになっていた。勘定を店持ちにしてくれたからでも、五千ドルのうさんくさい儲け話を持ちかけてきたからでもない。単純に、気のいい男だと思ったのだ。エステルの言っていた意味がわかった。どうして彼女が、あそこまであけっぴろげにこの男に話したのかも。ぼくだって、いままさにここで同じことをしている。数当て賭博のような手段で大金を稼いでいながら、気のいい男でありつづけている人物など、そうそうこの世にいないはずだ。

おそらく、とぼくは思った。トビー・デイゴンの存在が鍵なのだろう。闇商売で避けて通れない手合いと関わるには、おっかない人間でなければならない。トビーはまさしくそういう人間で、だからこそトビーが——オーギーに命を救われた男が——数当て賭博の看板を務めているのだ。そんなことを考えているうち、いつしか漠然と疑いはじめていた。トビーがオーギーに隠れて、賭博よりもずっとよからぬことに手を染めているのではないかと。たとえば、アム伯父を誘拐するだとか……

けれども、それは筋の通らない話だ。あの男がアリバイをでっち上げたにしても、それにはオーギーの協力が不可欠なのだから。オーギーはゲーリーへ電話をかけなおして、トビーがそこにいることを確かめた。トビーの声を聞き分けられないとは考えられない。

オーギーが言った。「さあ、一杯やろう。いや、もとへ。きみの伯父さんが見つかることを祈って」

乾杯を終えると、それに続けて、「いまのうちに、ほかに聞いておきたいことはあるかね？」

「そうですね。数当て賭博に関わることなら、胴元というもののやりかたを知っておきたいです。競争相手の胴元があなたに損をさせるとしたら、どういった手口が考えられるんですか？　目こぼし料の効き目を失わせる以外で。今回は、それとは違うんですよね？」

「ああ。逮捕されている人数は、ふだんと変わらないからね」オーギーは眉を寄せた。「まさにそこが問題なんだよ、エド。犯人の手口の見当がつかないんだ。どうも八百長ではないらしい。この商売で、八百長がどのように行われているか――もしくは行われていたか、きみは知っているかね？」

「いいえ、あまり」

「大手の数当て賭博の胴元は、日々の新聞に載る数字を当てさせるんだ。手形交換所の数字を使うところもあれば、財務省の数字を使っているところも、どこかの競馬場のオッズの場合もある。うちでは株の銘柄数を使っているんだ。値上がりした株、値下がりした株、変動なしの株。それぞれの銘柄数の下一桁を見る。たとえば新聞の株価欄に、上昇４０、下落７２、変わらず８０６と載っていれば、その日の当たり数字は０２６だ。客は新聞に載った数字を見れば、当たったか外れたかひと目でわかるというわけさ」

「そして、当てた客には五百倍の配当を支払うわけですか」

「そのとおり。もちろん実際の当選確率は千分の一だが、くじ売りへの手数料や、もろもろの経費や、警察へ渡す目こぼし料もあるからね。うちはあこぎなことはしてないから、儲けは賭け金の総額の十パーセントほどだ。といっても、最近は事情が変わってしまったがね」

「それで、八百長の話はどうなりました？」

「ああ、そうだった。じゃあ、この商売がまだあまり組織的でなかった時代にさかのぼってみよう。そのころには胴元が手下に命じて、ときどき地元の新聞社の編集局か植字室に入りこませ、競争相手のところの当たり数字を変えて、破産に追いこむなどということも起きていた。ときどきで充分なんだ、配当が五百倍だからね。どの数字が来るのか、情報が事前に出まわって、狙われた胴元はその日、大金を支払うはめになるんだ。

この方法はもちろん、効果てきめんさ。新聞が一、二紙しかない小さな町ならね。でも、シカゴやニューヨークで実行するのは難しい。それぞれの新聞で食い違いが出たら、たちまちばれてしまう。それでも、うちでは自衛しているよ。当たり数字をニューヨークから直接電報で知らせてこさせて、新聞と照らし合わせている。さすがに情報源では、八百長のしようがないのさ。数字はいくどとなくチェック、再チェックされるし、大勢の人間が目にするからね」

「そんなに儲けの減りがひどいんですか？　たまたまツキのない日が続いただけじゃ？」

「これほど長く続くことはあり得ないよ。うちは、数当て賭博の胴元としてはささやかにやっているほうなんだ。縄張りはこの周辺、ループの南部分と、そのすぐ南だけだ。あがりが平均で一日に一万ドルだから、平均の法則にしたがえば、配当金の額は五千ドルになるはずだ。ところがここ一ヵ月以上、平均六千ドルを支払っている。

純益は十パーセントだと、さっき言ったね。それも、配当金の額が平均を保っていればの話だ。そこまで払戻額がかさんでは、儲けはほぼゼロになってしまう。ここ一ヵ月は、まさにそんな感じだった。平均の法則によれば――賭博に関わる者にとって、それこそが金科玉条《きんかぎょくじょう》なんだが――三万ドル入るはずだった儲けが、全額吹っ飛んでしまったんだ」

「かりに、本当についてない日が来たらどうするんです？　大勢の客がひとつの数字に飛びついて、その数字がたまたま当たって、たとえば……一日で十万ドルを払い戻さなければならなくなったら？」

「支払うさ、もちろん。けれども、犯人の正体と手口を突き止めるまでは、商売はやめておくだろうね」

「トビー・デイゴンのことは、すでに調べたと思いますが。あの男が、あがりをくすねている線はないんですか？」

「ぼくも馬鹿ではないよ、エド。もちろん調べたさ。トビーの仕業とは思えないが、可能性は見すごせないからね。だが、商売の仕組みをかいくぐるのは、トビーといえども無理なんだ。なにしろうちの仕組みでは、トビーとくじ売りと客の三者全員がグルになる必要があるからね。

うちでは日々の払戻額を一覧表にして、くじ売り全員がほぼ同数の、通し番号入りのくじをさばいている。まあ要するにくじ売りたちが、トビーだけじゃなく、くじに当たった客たちとも共謀しなければならないということだ。それだけの数の人間が関われば、秘密がもれないわけはない。くじ売りのだれかが、ぼくへご注進に及べばもっと儲かるはずだと考えるにちがいないからね。実際、そのほうが儲かるんだから。そういうわけで、内部の犯行とは考えられない。かといって、外部の犯行とも考えられないんだ。簡単にできることだったら、謎解きに五千ドルも出したりはしないよ。ところで、お代わりはどうかね？」

「じゃあ、もう一杯」とぼく。「そのくじ売りの仕組みを、もっと説明してもらってもいいですか？それから、払い戻しの仕組みのほうも」

「それなら、トビーのほうが適任だ。ぼくも知らないわけではないが、あっちから聞いてもらったほうがいいな。でも、あとでもめるのを避けたいから――トビーとぼくが、ということだが――五千ドルのことは黙っておいてくれないか。謎を突き止めてくれたら、ということでバーグマンにも同じ額を提示したら、怒り狂ったんでね」オーギーはにっと笑った。「あいつはいわば、金庫の番犬というところさ。ときどき、ぼく自身よりも金の心配をしている気さえするよ。怒りだすんだよ、ちょっと気前のいいところを見せると」

「だれに見せてもですか？」

「トビーに対しては、気前のよさも何もないよ。純益に応じての歩合給だからね。ここ一ヵ月の純益がどういう状態になっているかは、さっき話したとおりだ。だからあいつは、ぼくよりずっと頭を痛めているんだよ。ぼくにはまだ、ここのナイトクラブのあがりがあるからね。あいつは貯金を切り崩していて、それももうあまり残っていないと思う。でも、いくらこちらが申し出ても、一ドルも受け取ろうとしないんだ」

オーギーは立ち上がった。「さて。トビーのところへ案内して、さっきの説明をさせることにしよう。まだ店にいれば、だけどね」

事務室を出て階段を下り、メインルームのアーチ型の入口のところでなかを見まわす。さきほどのボーイ長が、ぼくたちを見つけて――というより、オーギーを見つけて飛んできた。

「トビーはもう、店を出たかね？」オーギーが訊いた。

「はい。下へいらしたあと、一杯だけ飲んですぐに。ご用件があるようなら、まっすぐ帰宅したとお伝えしろとのことでした」

「そうか」とオーギー。「ジョージ、こちらはエド・ハンターくんだ。ぼくは電話してくるから、いい席へ案内してやってくれ。帰るときも、勘定は無用だよ」

ジョージはさっと頭を下げて、ぼくを最前列のテーブルへ案内した。今度は待たせることもなく、隣のテーブルでディナーの給仕の真っ最中だったウェイターを、引っさらうようにして連れてきてくれた。その気持ちを裏切るのも気がひけたので、二階でオーギーが出してくれたのと同じ銘柄のウィスキーをふたりぶん注文した。

今回は、二分ほどしかかからなかった。酒が来たころ、ちょうどオーギーも戻ってきた。テーブルを挟んで向かいに腰かけ、グラスを手にとる。

「それじゃ、乾杯。トビーは帰ってきたばかりでね。疲れたから、もう寝《やす》みたいそうだ。だから明日の朝十時にこの店で、きみと会うように言ってきた。それでも差し支えないかね？」

「ええ」どのみち夜が明けないうちは、あの男からどんな情報を仕入れようと動きようがない。

オーギーは笑みをうかべた。「今夜じゅうに会いたいなら戻ってくると言っていたが、それもあまりぞっとしないだろう。しかし、きみが今夜と言うなら、もう一度電話してもかまわないよ」

「そんなことをしたら、さぞかしぼくは気に入られるでしょうね。いま午前一時半ですよ」

「トビーはめったに、こんな時間まで居残らないからね。朝が早いんだよ――十時出勤だ」

十時出勤はちっとも早く思えなかったが、トビーはぼくよりずっと遅くまで働いているはずだと気がついた。このころはまだ、ぼくもふつうの時間帯で働いていたのだ。

オーギーはグラスを置いて立ち上がった。「さて、もう上へ戻らなくては。訪ねてきてくれてうれしいよ、エド。好きなだけ、ここにいてくれたまえ」

エステルが煙草を並べたトレイをさげて、廊下へ続く出口のそばに立っていた。オーギーは足を止めて、少しのあいだ彼女と話をしていた。

彼女がこちらのテーブルへやってきた。「煙草はいかが、お客さま？」

「まだ手をつけてないのがあるんだよ」ぼくは言った。「さっきもまだ残ってたけど、煙草の陰から例のメモを見せられて、まんまと買わされたからな。まったく、実のあるメモだったよ」

悪びれもせず、白い歯をこぼす。「そうだった？」

「まあ、考えてみれば本当に、実のあるメモだったかもな。ほかの知り合いたちと長々喋るより、きみに『どうも、エディ』とひとこと言ってもらったほうが、なんとなくうれしいよ」

そう言うと彼女は笑ってみせ、またトレイを足元に置いて椅子に腰を下ろした。「オーギーからの指示よ。しばらくのあいだ、あなたをもてなしなさいって。あなたのこと、気に入ったって言ってたわ」

「それはなにより」ぼくは答えた。ジャズバンドの演奏がちょうど始まるところだった。「踊らないか？　もてなしの一環にはならない？」

「いいわよ、だけど……あたし、踊ってるあいだに喋るのが好きじゃないの。だから先に聞かせて。オーギーは、何か大事なことを言ってた？　あなたの助けになるような」

それはぼくも、さっきから考えていたことだった。「聞いたときは、大事なことに聞こえたんだけど。迷うところだな。あのオーギーって人は、アム伯父が行方不明になったことと数当て賭博に、何かつながりがあると思っているらしいよ」

「どういうこと？」

ぼくは、どういうことなのかを彼女に説明した。こうやって話してみると、ずいぶん根拠が薄いように思えてきた。バーグマンの部屋番号が使われたのは、偶然としてもあり得なくはない。しかし偶然ではないとすれば、アム伯父自身に数当て賭博との接点があった、と考えないと筋が通らない。少なくとも、〈スターロック探偵社〉での面談に同席しただけでは不自然すぎる。そして伯父に、その面談以上の接点があったとは思えないのだ。もしあれば、ぼくに話していただろう。

エステルは少し落胆したようだった。「もっと大事な話かと思ってたわ。オーギーは、あんなにあなたに会いたがってたのに。あの人が、ちゃんとした手がかりを持ってるんじゃないかと思ったの。それに、リチャード・バーグマンの話をしたら、あたしの話にすごく興味を持ったみたいだったから。そのバーグマンって、伯父さんを……さらったかもしれないの？」

それはあり得ないのだと、彼女に説明した。

もうすでに、ダンスナンバー三曲のうち二曲をのがしてしまっていたが、最後の曲には間に合った。スローテンポなブルース調のワルツで、いい演奏だった。ハリー・ハートのバンドは、ワルツをブルーに染めあげる手法に定評がある。エステルのイブニングドレスにちゃんと裏地がついていて、あんなに柔らかにもたれかかってこなかったら、もっと聴きほれていただろう。

テーブルへ戻り、何時に仕事を上がれるのか尋ねる。

「まだ知らないの。訊くのを忘れてたわ。閉店時間なんだろうけど、それが何時なのか訊いてなくて。でも、待ってなくてもかまわないわよ。ずっと起きて、一日じゅう動きまわってるんでしょ？」

「会社の詰所で、二、三時間寝たよ」

「それでも、帰って寝たほうがいいわ。あたしが帰ったら、たぶん会えるわよ」

「たぶん？」

「たぶんね」

ぼくはそれ以上逆らわなかった。彼女の言うとおり、寝たほうがいいのはまちがいない。もうすでに二時近いのだ。

アパートへは歩いて帰ることにした。オーギー・グレーンに言われたことを、じっくり考えてみたかった。本当にオーギーの言うとおり、アム伯父の失踪と数当て賭博に接点があるというのか。あれこれ頭をひねってはみたが、考えれば考えるほど、あり得ないように思えてきた。オーギー・グレーンの賭博のあがりをかすめ取っている何者かが、邪魔なリチャード・バーグマンの面目をつぶすか、あわよくば逮捕に追いこもうとして、アム伯父を無作為に狙った――唯一考えられるのはこのくらいだ。けれども、これだって無理がある。しかも、動機がこれだったとしても、実行のタイミングが悪すぎる。バーグマンに罪をなすりつけたいのなら、完璧なアリバイのある時間を選ぶはずがない。

会社のほうへ足を向ける。どうせここからたった一ブロックだし、オーギーから聞いた話をあそこで記録しておきたい。いまは重要とは思えなくても、ともかく文字にしておくべきだ。カール・デルだって、何を話す気だったのかはわからないが、話せないうちにあんなことになってしまったのだ。しかしバセットもスターロックもすでに寝ているだろうし、たたき起こしてまで聞かせるほどの急用とは思えない。

事務所に入ると、ジェーンが恋愛ものの雑誌を読んでいた。それをデスクに置いて、もの問いたげにこちらを見る。

ぼくはかぶりを振り、「たいしたことじゃないんだけど」と言った。「でも、いまのうちに報告を入れておいたほうがいいと思って。ぼくの……その、出勤が遅れるかもしれないから。明日の朝は」ぼくの身に何か起きるかもしれない、と言いかけて、ぐっと呑みこんだ。何を突拍子もないことを、と思われるのがおちだ。

「速記で書きとりましょうか?」

「お願いするよ」ぼくは答えた。ジェーンがノートを用意し、ぼくは会社を出てからの一部始終を、カール・デルが殺された件も省かずに口述した。スターロックの自宅を出たあとに、バセットとの電話で聞いた数字の420のことをのぞけば、カールのことはすべてスターロックに話してあったが、記憶が新しいうちにきちんと報告書にまとめておいたほうがいい。

オーギーと話した内容について口述を終えるころ、エミールが奥の詰所からふらっと出てきた。明かりに目をしばたたく。「話し声が聞こえた気がしたんでな。何かあったのか、エド?」

いいや、と答えようとして、まだカール・デルが殺されたとは知らないはずだと思いあたった。手短に説明をし、あとはジェーンがタイプライターで清書したら、それを読んでくれと言った。

会社を出る。今夜のうちに考えられることは考えつくしたと思ったので、残りの道はタクシーに乗った。もう疲れてへとへとだったし、〈ブルー・クロコダイル〉で飲んだ酒が回ってきていた。とはいえ、飲んだことを悔いているわけではない。眠るのには都合がいいはずだ。

アパートに着いたのは、二時四十五分だった。

階段を上りかけたところで、二階の廊下を歩く足音が聞こえてきた。初めて見る刑事が、階段のてっぺんに姿を現わした。カールの部屋のドアが開いていて、なかの明かりがついている。この刑事は今夜ここに詰めて、帰ってくる全員をチェックしているのだろう。

ぼくが名乗ると、刑事はうなずいた。「きみのことは、警部から聞いてるよ。捜査に協力してくれてるんだって。何かわかったかい？」

このぶんでは、あまり事情を把握しているとも思えない。オーギーとの会話のことは、話しても埒《らち》が明かないだろう。ぼくはかぶりを振り、エステル・ベックのことをバセットから聞いたかどうか尋ねた。

「入居者のリストに、名前があったな。まだ帰ってないのはその女だけだ。遅くに帰ってきた者には、事情を聴くことになっててね」

「遅くまで仕事なんですよ、ナイトクラブ勤めだから」ぼくは言った。「彼女の人間性は、ぼくが保証します。朝までには帰ってくると思いますよ」

「そうか。じゃあ、絞りあげるのはやめとくか。あの部屋でひとりぼんやりしてるのも、けっこう寂しいもんでね。こっちへ来て、お喋りにつき合っちゃくれないか？」

そうしたいのはやまやまだが、明日は早いので眠ることにすると答えた。刑事は、「そうか、わかった。じゃあ、おやすみ」と言い、カールの部屋へ戻った。誰か来ればわかるよう、ドアを細めに開けている。

エステルの〝たぶん〟が、女の決まり文句の〝たぶん〟だった場合、彼女はどうやってこの場を切り抜けるのだろう。電話をかけて、アパートに見張りがついていることを教えてやろうかとも思ったが、やっぱりやめておいた。

自分の部屋に戻り、ベッドへもぐりこむ。枕に頭が着いた瞬間、眠りに落ちたにちがいない。けれども眠りの浅いたちなので、外の廊下の話し声で目が覚めた。例の刑事と、エステルの声だ。腕時計の光る文字盤を見ると、五時近くになっていた。明け方の淡い灰色の光が、正面側の大きなふたつの窓からもれこんでいる。

ドアのほうから、カサリという音が聞こえた。寝返りを打ってそちらを向くと、畳んだ紙きれがドアの下に差しこまれていた。ベッドを出てドアに近づく。エステルの足音が、三階へと続く階段へ向かっていった。

電灯をつけずに、窓辺に持っていってメモを読んだ。〝どうも、エディ。オーギーから求婚されたの。受けるべき?〟

ガウンを着て部屋履きをつっかけ、廊下へ出た。ドアを開けたとたん、カールの部屋から刑事が出てきたが、ぼくだとわかると唇をゆるめた。

「どうやら、さっきのメモは大事な用件だったらしいな。話し合いが必要かな、彼女と?」

「かもしれません」ぼくは答えた。「ぼくが上へ行ったら、その件を報告しますか?」

刑事はかぶりを振った。「でもてっきり、きみは疲れて、口をきくのもおっくうなんだと思ってたよ。おれはぜひとも、お喋りに興じたかったんだがね」

「疲れて、口をきくのもおっくうですよ。いまもね」

刑事はくっくっと笑い、カールの部屋へ戻っていった。今度はドアをぴっちり閉めたが、ぼくが階段を上りきると、またひらく音が聞こえた。

第十二章

八時より前には出てくるなとスターロックに厳命されていたので、八時数分前までは会社に行くのを我慢していた。行ってみると、すでにスターロックの姿があった。少なくとも十分前には来ていたらしく、ちょうどぼくの報告書を読みおえるところだった。

それをデスクに置き、言った。「よくやったな、エド」

「でも、残念ながら収穫はなさそうです」ぼくは答えた。「考えれば考えるほど、無駄足だったような気がしますよ」

「かもしれん。だがともかく、この線を洗いなおしてみるさ。リチャード・バーグマンの話を直接聞いてみることにしよう」

報告書のなかには、数当て賭博の異変の原因を突き止めたら、五千ドル出すとグレーンに言われたことも入れておいた。スターロックに、その件についての意見を求めた。

「あえて突き止めようとして動けば、それはまずいけどな。オーギーの考えどおり、アムの身に起きたことと結びついているなら、動かなくてもそっちの謎も解けるかもしれん。ただ問題は、オーギーの考えが正しいとは思えないことだ。あまりにも根拠がなさすぎる」

「ぼくもいまは、そう思います。デイゴンと十時に会う約束を、取り消すべきでしょうか？」

スタークは苦い顔をした。「めぼしい手がかりがあれば、そうしろというんだがな。デイゴンに会うのを取りやめて、ほかにやることを思いつくか？」

ぼくは、思いつかないと認めた。

「金に関しては、受け取っても問題ないだろう。こっちの仕事の副産物みたいなもんだからな。だが、実際に向こうがよこすまでは、あんまり期待しないほうがいいぞ」

「しませんよ。ゲーリーでのデイゴンのアリバイは、確認するんですか？」

「さっきの繰り返しになるが、ほかにやることもないからな。まあ、やるだけやっておくさ。エミールを向かわせよう。あいつ、昨夜はここでよく眠れたらしいからな。目を覚ましたのは一度きり、おまえが来たときだけだったそうだ。さっきおれが来たとき、朝飯を食いに行かせたんで、もうじき戻ってくるはずだ。トビーの人相を、あいつに説明してやってくれ」

「写真のほうがいいんじゃないですか。バセットに頼めば、こっちへ回してくれるかも」

「いや、それがな。トビー・デイゴンには、前科がないそうだ。逮捕されたことは何度もあるが、立証には至らなかったそうだ。だから警察では顔写真も、指紋もとっていないらしい」

「十時になるまで、ぼくにやれることはありますか？」

「ここで待ってろ。バセットがいま、こっちへ向かってる。先に市警本部へ寄ると言っていたが、もうじき来るはずだ」

バセットは、それから五分後に現われた。まずは報告書に目を通す。警部自身が同行していた最初の部分は流し読みですませ、ぼくが〈ブルー・クロコダイル〉で聞いてきたあたりにさしかかると、丹念に文字を追った。

それが終わるころ、エミール・クラッカが戻ってきた。スターロックは彼を待たせて、エミールをゲーリーへ向かわせるつもりだが、どう思うかとバセットに尋ねた。

バセットは答えた。「ゲーリーのそのホテルになら、昨日の午後に電話してみた。そこの呼び出し記録によれば、デイゴン《Dagon》という人物を――ホテル側では、ドラゴン《Dragon》だと思いこんでいたが――おとといの午後四時二十五分に呼び出していた。そのときのボーイに話を聞いてみると、〝ドラゴン〟なんて苗字のせいでまだ憶えていた。ただ、呼び出しに応じて男が来た記憶はあるものの、特徴はと訊いてみると、年齢が二十歳から六十歳のあいだ、身長が五フィートから六フィートのあいだ、松葉杖やステッキを使って歩いてはいなかった――こんなありさまだ。しかし、労を惜しまないと言うなら、もっとましな調査方法があるぞ」

「どんな？」

「デイゴンは数年前にいざこざを起こして、どっかの夕刊紙に写真を掲載されたんだ。ちゃんと撮られたやつじゃなく、新聞社の隠し撮りみたいな代物だが。デイゴンに動機があるとも思えなかったんで、昨日はわざわざ探しもしなかったんだが、探偵に新聞社を回らせてしらみつぶしに調べれば、そのうちどっかの資料室で見つかると思う。で、ゲーリーのホテルのボーイにその写真を見せれば、自力で人相が思い出せなくても、あ、こいつだ、となるかもしれん」

スターロックは言った。「エミール、おまえはもうエドの報告書に目を通して、情報を頭にたたきこんであるよな？」

「はい」

「じゃあ、さっそく向かってくれ」

エミールはさっそく向かった。バセットはこれから〈ハリソン相互保険会社〉へ行って、カール・デルの受け持ち区域だった場所について調べ、昨日の朝カールがぼくと別れてから、夕方五時にアパートへ帰ってくるまでの足どりを洗うとのことだった。とはいえ、なんの成果も期待していないそうだ。カールがどういう経緯で殺されたにしろ、それが起きたのは五時にぼくと会ったあとのことだろうから。けれども、ともかく調べるだけは調べてみなければならない。そう言って、警部は出ていった。

ぼくはしつこく、トビー・デイゴンとの約束の時間まで、やれることはないかとスターロックに尋ねた。

「そんなに言うなら、例の資料をもう一度調べるか？　アムが担当した案件の。おれが一度隅から隅まで調べつくして、おまえも一度目を通したやつだがな。ああ、そうだ、バセットがあのふたりのことを調べてくれたぞ。アムが警察に協力したんで、ムショにぶちこまれたやつらだ。唯一、アムに恨みを持っててもおかしくはない連中だが、やはりまだ服役中だそうだ」

「わかりました」ぼくは答えた。「トビーと会う時間まで、資料を見て暇つぶしをします。やつと会ったあとは、どうします？　調べる値打ちのあることを聞ければ、話はまた別ですが」

「おれも、おまえと同じくらいの時刻にここを出る。〈グレシャム・ホテル〉へ、リチャード・バーグマンと会いに行くんだ。いくらなんでもまだ早すぎるが、十時になってもバーグマンがまだ寝ていたら、起こして話を聞いてくる。そのあとここへ戻ってくるから、おまえも戻ってこい。ここで落ち合って、一緒に昼飯を食って、そして――ましな考えを思いつかなかったら、水曜日の午後四時のバーグマンのアリバイが百パーセント確実かどうか、裁判所へ行って調べてくることにしよう」

ぼくは資料を詰所に運びこんで、ふたたび一時間ほど睨めっこをした。ひょっとしたら、と淡い期待を抱いたが、そんなにうまくいけば世話はなかった。やがて〈ブルー・クロコダイル〉へ行く時間が来たので、会社を出た。

ナイトクラブなのだから、当然店は閉まっていた。通用口を見つけて、呼び鈴を鳴らす。ドアを開けたビルの管理人に、トビー・デイゴンと会う約束をしたと告げると、名前を訊かれたので答えた。管理人の男は言った。「デイゴンさんから聞いてるよ。事務室の場所はわかるかね?」

「グレーンさんの事務室はわかってるけど。同じところ?」

「そのすぐ隣だよ。西側」

管理人はぼくを、ひとりで二階へ上がらせた。件《くだん》のドアを見つけ、ノックをする。トビーの返事が聞こえたので、なかへ入った。そこはオーギーの事務室よりも、少しだけ贅沢な造りだった。大きなマホガニーのデスクの奥に、トビー・デイゴンが座を占めている。ふたりの男が、デスクの前に並んで立っていた。報告とあがりの手渡しに来た、くじ売りたちにちがいない。

デイゴンはぼくを見て言った。「ようこそ、ハンターくん。ちょっと待っててくれ」それから、男たちのほうへ向きなおった。「じゃあ、そっちは片づいたな、ジョー。それからスリム、午前中に払い戻しをすませたかったら、外の廊下で待ってろ。オーギーの事務室で、座って待っててもかまわん」

くじ売りたちは、こっちをちらとも見なかった。ひとりはぼくの入ってきたドアから、もうひとりはオーギー・グレーンの事務室につながっていると思われるドアから、それぞれ出ていった。

デイゴンは言った。「さて、ハンターくん、かけたまえ。いったいなんの用だね?」

「言い出したのはグレーンさんですよ。ぼくじゃありません」そう前置きしてから、話を始めた。「グレーンさんが言うには、近ごろおたくの組織に損害が出ているのと、ぼくの伯父のアンブローズ・ハンターが行方不明になったのには、何か関係があるんじゃないかと」

「きみもそう思っているのか？」

「率直に言うと、思ってません」

「だったら、こんなことは時間の無駄じゃないか？」

「かもしれません。かといって、ほかにいい知恵もうかびませんし。もしかしたら、グレーンさんが正しいのかもしれませんし」

デイゴンは肩をすくめた。「もしかしたら、な。きみの伯父さんの件がどこにどう関わるのかさっぱりだが、とはいえこちらも、損害の原因すら見当もつかないありさまでな。たまたま不運が続いている、なんてことは、これほどの長期間では考えられん。正直に認めるが、頭を抱えているところだ」

「それでも、グレーンさんのとった手段には反対なんですね」

デイゴンは髪をひと撫でした。「ああ、反対だ。探偵社を使うことだって、どうかしてると思ったんだ。ましてや商売の細かい話を、私立探偵なんぞに打ち明けるなんて。だが、わたしはオーギーの部下だ。オーギーが嘘いつわりなく話せと言ったんだから、なんでも話すさ。で、何が聞きたい？」

「商売の仕組みについてです。くじの売りかたと、払い戻しの方法を教えてください。まず、くじがどんな形をしているのか。いちばん手っ取り早いのは、一枚買ってみることなんでしょうが。売ってもらえますか？　小売りで」

「ああ、それはかまわんが。売り手は務めてないんだが、どうせ一階の――〈ブルー・クロコダイル〉の客連中はみんな知ってて、売ってくれと言ってくるしな。しかし、わたしが売るというのは通常の売りかたじゃないし、くじ売りの手数料も取っていない。純益から分け前を受け取っているだけだ。要するにきみは、いま一枚買ってみて、どういうものなのか見たいんだろ?」

「はい」

「だったら、スリムが隣の事務室にいるから、あいつに売らせよう」デイゴンは声を張りあげた。「おい、スリム」

さきほどオーギー・グレーンの事務室へ入っていった男が戻ってきた。デイゴンが、くじを売るように命じる。

「わかりました」スリムは言った。「いくらほしいんだ?」

「おもに売れるのは、いくらの額面です?」

スリムはデイゴンの顔をうかがった。デイゴンがうなずいた。

「額面は二十五セントから二十ドルだが、大半は五十セントか一ドルだな。二ドルや五ドルも出ることは出るが。それ以上はたまにしか出ない」

ぼくは財布から五ドル札を抜き出し、言った。「五ドルのを一枚お願いします。当たれば二千五百ドルですよね?」

「そうだ。賭け金がいくらでも、一律で五百倍だからな」スリムはポケットからくじの束を取り出すと、〝五ドル〟と印刷されたものを一枚抜き出した。くじは二つ折りになっていて、上側の裏にカーボン紙が貼られていた。さらに、通し番号と今日の日付が印刷されている。

スリムは五ドル札をポケットに突っこみ、その二つ折りのくじをこっちへ差し出した。「ここへ好きな数字を書きな。000から999までで。おれが書いてやってもいいが」

「書いてください」ぼくは言った。カール・デルが占星術で見つけ出した〝ラッキーナンバー〟を言って、トビー・デイゴンの反応をうかがうつもりだった。あの数字は、誰かにとってはなんらかの意味を持つのかもしれない。それを摑んだカール・デルは殺されたのだから。ベン・スターロックが貸してくれたショルダーホルスターに、いつでも手を伸ばせるよう心の準備を整える。避けられるものなら、カール・デルの二の舞は避けたい。

どの数字にしようか、迷っているふりをする。いったんそっぽを向き、また振り向いて、トビーの注意を引きつけた。それから口をひらいた。「420にします。四百二十」

スリムの鉛筆が数字を書きつけただけで、ほかには何も起こらなかった。デイゴンの目にも、顔の筋肉にも、ほんのわずかな驚きさえよぎらなかった。とっさにこれほどの演技ができるとは思えない。この数字は、デイゴンにとってはなんの意味も持たないのだろう。

スリムはくじを折り目のところから切り離し、片方をぼくに手渡して、もう片方をポケットに入れた。これで互いに、証明となるものを手にしたわけだ。両方に今日の日付と、賭け額、通し番号が印刷されている。さらに、ぼくの選んだ数字も入っている。これはスリムの手書きだが、書こうと思えばぼく自身にも書けたものだ。

デイゴンが言った。「よし、スリム。もうオーギーの事務室へ戻っていいぞ。あと数分でわたしも行く」

スリムが出ていった。ぼくは言った。「ここまではわかりました。次はどうなるんです?」

「スリムが手持ちのくじを、締切り前にこちらへ返す。ニューヨーク証券取引所が、その日の営業を終えるまでにな。売ったあとの半券だけじゃなく、売れ残りのくじも返却させている。わたしは翌日ぶんのくじを渡し、スリムは自分の取り分を差っ引いて、こちらへ売り上げの金を渡す」

「さっきの420が当たったら、ぼくはどうすれば？」

「うむ。ふつうのやりかたでくじを買ったのなら、きみはスリムのところへ行く。きみが常連客なら、どこへ行けばスリムに会えるかは承知しているはずだ。そしてスリムは、払い戻しの段取りをつける」

「段取りですか？」

「賭け額が五十セントを超えていた場合、すぐには支払えないんだ。くじ売りに持ち歩かせている現金では、賭け額二十五セントぶん――これだと支払う金は、わずか百二十五ドルだ――あるいは五十セントぶんへの払い戻しがやっとだからな。一ドル以上になると、払戻額は五百ドル以上となる。そういうとき、くじ売りは払い戻しの約束をしてくるんだ。つまり、くじ売りにわたしが同行して、客と会い、支払いを行う。その際には客の半券と、くじ売りに返却させた半券をかならず照合している。くじ売りは通し番号を見て、まちがいなくその日に自分が売ったくじであることを確認し、次にわたしとふたりで、三桁の数字がまちがいなく一致していることを確認する。それがすんだら、わたしが支払いをする」

なるほど、かなり念を入れたやりかただ。このような仕組みとなると、胴元から金を巻きあげるには、客とくじ売りとトビーの三者がグルにならなければ難しいだろう。大金を一度か二度せしめることはできても、少額をこつこつかすめ取るのは至難の業だ。とはいえ、二十ドル賭けて三回当てれば、オーギー・グレーンに――平均の法則によれば――三万ドル入るはずだった儲けが、全額吹っ飛んでしまうのだ。

ぼくは十ドル、二十ドルくじの状況について、デイゴンに尋ねた。

「ここ一ヵ月は、二十ドルの当たりはたまたま出なかった。もともと、二十ドルくじはそれほど売れんからな。当たってもたった五百倍じゃ、なかなか二十ドルも出せんだろう。十ドルくじのほうは、一ヵ月で三回当たりが出た。とはいえ、平均の法則に収まる範囲だ。ここ一ヵ月で、十ドルくじは千五百枚近く売れたから――まあ、厳密には当たりは一・五枚のはずだが、三枚なら珍しくもないことだ。次の一ヵ月では、一枚も当たりが出ないかもしれん」

「となると、損害を受けた――というか、儲かるはずのぶんが儲からなかったのは、もっと少額のくじがたくさん当たったからなんですか？」

「そうだ。ほとんどは額面一ドル、二ドル、および五ドルのくじだ。オーギーから聞いたかもしれんが、特定のくじ売りが多くさばいたわけでもない。一貫してずっとそうだ」

「オーギー・グレーンが払い戻しに直接携わったことは？　もしくは、払い戻しに同行したことは？」

「以前はなかったが、状況がまずくなってきてからは、せっついて一部同行してもらうようにした。いわば抜き打ち検査だ。オーギーが、どの払い戻しについて行くか自分で決める。わたしが行かずに、オーギー自身が支払いをする場合もある」

「それはずっと続けてるんですか？」

「ここ二週間は、かなりひんぱんにやっている」

つまりオーギーは、本人の口ぶりほどトビーを信用していないということだ。オーギーからは聞いていなかった話だ。

もっとトビーから聞いておくべきことはないかと考えたが、何も思いつかなかった。少なくとも、正直に答えてもらえそうな質問はうかばなかった。

そこでぼくは立ち上がり、礼を述べた。さきほど買ったくじを折りたたんでポケットにしまいこむ。ひょっとすると、二千五百ドルの価値があるかもしれない紙きれだ。ニューヨーク証券取引所が本日の値上がり銘柄数、値下がり銘柄数の計算を終えるまでは、単純計算で配当金の千分の一、二・五ドルの価値があるともいえる。

スターロックとの昼食にはまだ早すぎる。なんとはなしにぼくは通りを渡り、数軒離れた建物の前で、〈ブルー・クロコダイル〉の通用口からデイゴンとスリムが出てくるのを見ていた。ふたりが徒歩で、さして遠くまで行かなければ、尾《つ》けていたかもしれない。けれども連中は、車に乗りこんで走り去った。だいぶ年代物のポンコツ車だ。スリムの車にちがいない。ハンドルを握ったのはスリムだし、あのデイゴンが車を持つとしたら、贅沢な新車にするだろう。あの男はポンコツに乗るタイプではない。

会社までたった七ブロックなので、歩いて戻った。着いたのは十一時ちょっと過ぎで、スターロックはまだ戻ってきていなかった。昼勤の速記秘書として、ピンチヒッターで入ったモードに確認したが、誰からも連絡は来ていなかったし、何も起きてはいなかった。

奥の詰所へ向かおうとしたところで、電話が鳴った。エミール・クラツカが、ゲーリーから電話をよこしたのだ。スターロックが不在なので、ぼくが出るとモードに伝えた。

エミールは言った。「うまくいったぞ、エド。ホテルのボーイに写真を見せたら、ばっちり思い出した。アムがさらわれた時刻、トビー・デイゴンはゲーリー《ここ》にいたんだ」

「ありがとう、エミール。もうシカゴへ帰ってきてもいいと思うよ。そのボーイの記憶にまちがいはない？」

「ああ。半ダースの写真から、正しいやつを選んだからな。どうせデイゴンの写真を返さなきゃならないから、ほかに五枚借りてきたんだ。ところでおれがここにいるうちに、ゲーリーでデイゴンが何をしていたのか探らなくていいのか？」

「確実にそこにいたとわかれば、特に必要ないと思うよ」

「そうか、わかった。新聞社へ写真を返してから、そっちへ戻る。いや、やっぱり飯を食ってから報告したほうがいいか。ベンに、午後一時か一時半までには戻ると伝えといてくれ」

了解、と答えて、詰所へ行った。ジョー・ストリーターがそこにいて、スターロックとぼくがやっていたひとり遊び——アム伯父が担当していた案件の資料との睨めっこをやっていた。

ジョーは言った。「おい、エド。この資料、ファイルが一冊足りないぞ。まだ埋まりきってないやつみたいだ。アムのやつ、水曜になんの件を担当してたのか知らないが、報告書を書きあげる暇がなかったんだろうな。四時ごろに戻ってくるまでは、ずっと出ずっぱりだったから。戻ってからすぐ、ベンが〈グレシャム・ホテル〉へ行かせたし」

「社長が言うには、水曜のぶんは口頭で報告を受けたし、ちゃちな仕事だったって話だけど。でも、もっとちゃんと尋ねてみるよ。これから一緒に昼飯だから。まあ、どうせ収穫はないだろうけどね」

「そうだろうな。でも、なんでおまえはそう思う？」

「ベン・スターロックは、そんなに間抜けな男じゃないからさ。アム伯父の仕事の内容も知ってるんだから、危険なことがあれば、真っ先に社長が思い出したはずだよ。でもともかく、もう少し詳しく訊いてみるかな。ありがとう」

ジョーが資料に取り組んでいるので、ぼくは大きいほうの事務室へ戻った。事務長のデーン・エヴァンズに数当て賭博の話を持ちかけて、どこでどのようにくじを買っているのか、売り手はどんな売りかたをしているのか説明してもらった。〝グレーン・デイゴン・システム〟とまったく同じではなかったが、大差はなかった。デーンはほぼ毎日くじを買っているけれども、たいてい二十五セントか五十セントにしているとのことだった。たまに、ぴーんとひらめいたときには一ドル買っているそうだが、どうやらそのひらめきは当てにならないらしい。というのも、唯一当てたのは二十五セントのときだったからだ。ぼくはなかば無理じいをして、これまでの収支を計算させた。その結果、過去二年間でデーンが数当て賭博に支払った額はおよそ二百五十ドル、戻ってきた額はきっかり百二十五ドルであることが判明した。

事務長は屈託なさげに、長いこと抗《あらが》いつづけている確率どおりの結果が出たことを認めたが、それでも笑いながら続けた。「でもな、忘れちゃいけないぞ。おれは百二十五ドルぶんの興奮を手にしたかもしれないんだ、二年にわたってな」

ぼくは、420に賭けた五ドルのくじを出して見せた。デーンは口笛を吹いた。「ずいぶんとまた、つぎこんだもんだな、エド。でも、おまえを責めやしないさ。何を隠そう、おれも二ドル買ったんだ。一ドルより高いくじを買ったのは、これが初めてだぜ」

これは、と思って一瞬興奮しかけたが、なんのことはない、昨夜カール・デルのはじき出したラッキーナンバーの件を口述でジェーンに書きとってもらったのだった。当然デーンも、あの報告書に目を通したにちがいない。カールの数字に二ドル賭けたからといって、五ドルも賭けたぼくが責められる筋ではない。くじ売りの仕組みを体験するために一枚買ったのだ、という言い訳もできなくはないが、それだったら二十五セントだけ賭ければよかった話だ。

十二時直前、スターロックが戻ってきた。ゲーリーからの電話の件を伝えると、ジョー・ストリーターに、エミールが戻ってくるまで待機して、それから昼食へ行けと言った。

会社を出ると、スターロックは言った。「うまい飯を食おうぜ。どうにも気がめいるんでな、うまいものでも食って景気をつけにゃあ。どうだ、デイゴンから何か面白いことでも聞けたか?」

「役立つことはなさそうですね」ぼくは正直にそう言った。

「おれも大量に聞いてきたぞ、なんの役にも立たないことをバーグマンから。おれたちに何か訊かれたら正直に話せと、グレーンからのお達しがあったんだろうな。少なくとも、正直に話してるように聞こえた。よそから仕入れたバーグマンの情報、オーギーの情報、一般的な数当て賭博の情報と、やつの話はぴったり一致した。正直者がそんなにぞろぞろいるとは、びっくりだぜ。だれかひとりでもほかのやつと違うことを口にしたら、どっちかが嘘をついてるってわかって、そこに食らいついていけるんだが。食らいつくといえば、ステーキなんかどうだ?」

ぼくたちは、昨夜ぼくとバセットが夕飯を食べようとして食べそこねたレストラン――〈シェ・ジュリアール〉へ行った。

歴史は繰り返さなかった。ぼくたちは昼食を注文し、それを運んでもらい、なんの妨害も受けずに食べおえた。スターロックが言った。「バセットがな、夕方五時ごろうちの事務所へ寄るそうだ。話が終わったら、ここへディナーに連れてきてやろうぜ。そういや昨夜のハンバーガー代と、〈ブルー・クロコダイル〉で払ったぶんの経費は請求したか？」

「あそこのナイトクラブでは、一セントも使えなかったんですよ。店のおごりでしたから。ハンバーガーのほうですが、これが当たれば費用はまかなえると思いますよ」

買ったくじを見せると、スターロックは笑いだした。「おれも二ドル買ったんだが、おまえはずいぶんつぎこんだな。デーンに立て替えて買ってもらって、あいつも二ドル買った。ほかにも乗ったやつがいるんじゃないか。カール・デルの占いが本物なら、胴元どもはとんだ災難だな。思うに、おれたちはみんな心の奥底に、迷信じみたものをちょっとずつ抱えてるんだろうな。おれは二ドルぶんだけ、おまえは五ドルぶんだけ」

ぼくはいちおう弁解してみた。ラッキーナンバーを告げたときのデイゴンの反応を見たかったから、わざと大きな賭け額にしたのだと。

スターロックはにやりとした。「なるほど、悪くない答えだ。じゃあおれが、その言葉は真っ赤な嘘だと証明してやろう。そのくじを、三ドルで買い取ろうじゃないか。おまえにとっちゃ万々歳な話だろ。だってそのくじを買ったのはトビーの反応を見たかったからで、ほかに理由はないんだから」

ぼくはくじをポケットにしまいこみ、真っ赤な嘘だったと認めた。そう、嘘だったのだ——改めてそのことに気づいて、われながら驚いた。自分ではずっと、迷信なんてかけらも信じていないつもりだったのに。

バーグマンのアリバイを確かめに、裁判所へ行ってみるかどうか尋ねた。

スターロックは口元を歪めた。「やるだけばかばかしいけどな、それでもやるべきだろう。バーグマンはありのままを話したんだろうが、ほかに当てもないことだし。バセットが何か見つけたとしたって、よっぽど重要なことでなけりゃ、電話せずに五時に来たとき言うだろうしな。裁判所へ行って時間をつぶしたほうが、事務所でぶらぶらしてて、気がおかしくなりそうになるよりはましだろ」

ぼくもそのとおりだと思った。しかしふいに、ジョー・ストリーターに言われたことを思い出し、アム伯父が水曜——行方不明になった日の午後四時まで、なんの仕事をしていたのか尋ねた。

スターロックはかぶりを振った。「あれは関係ないよ、エド。事務所へ戻ったら、資料を——たっぷり一ページもあるやつを見せてやる。しかしな、あれは関係ないよ」

第十三章

スターロックは、状況に変化がないことを確かめるべく会社へ電話を入れた。案の定、状況に変化がなかったので、そのまま裁判所へ向かった。そこでぼくは、本当に徹底的な聞きこみとはいかなるものかを見せつけられた。まずは水曜の午後に、バーグマンと会話を交わした四人の人物を見つけ出した。バーグマンと会ったのは、その日の午後遅くのことだと四人全員が証言したが、スターロックはそこで調査を打ち切らず、とうとう正確な時間を——ともあれ五分以内の誤差で、憶えている人物を探し出した。その時間は四時十五分で、ここでようやく打ち切りとなった。

会社へ戻る。やはり何も変化はなかった。エミールとジョー、ふたりの探偵が詰所で油を売っていた。残るふたりは、別の案件に取り組んでいた。アム伯父探しに取り組んでいる者はひとりもいない。取り組もうにも、取っかかりが何ひとつないのだ。やみくもに街へ飛び出して、消えた男を捜してうろつきまわるわけにはいかない。ぼくはスターロックに、ぼくたちがここにいるのだから、エミールとジョーもほかの仕事へ回したほうがいいと言った。しかしスターロックは、頑として首を縦に振らなかった。「いいか、エド。遅かれ早かれ、いずれ事態は動く。ひとりが行方不明になって、別のひとりが殺されたっていうのに、さざ波ひとつ立たないわけはないんだ。そのさざ波が、もうじきおれたちのもとへ届く。だから人員を多く置いておきたいんだ。手がかりを掴んだらすぐ、いっせいにいろんな角度から当たれるようにな」

「ぼくはどうします？　さしあたって」

「あっちでジョーとエミールと、ラミー（トランプゲームの一種）でもやってろ。五時ごろバセットが来るまで、なんの動きもなければおまえもおれも、やることはなんにもないんだ。しかもまだ、三時半だしな」

「わかりました。でもその前に、アム伯父が水曜の午後四時までやってた仕事のことを教えてください。ここへ戻ってきたら、教えてくれるって話でしたよね」

　スターロックはため息をつき、言った。「しょうがないな、じゃあ座れ。だがな、車がらみの借金を踏み倒したやつを捜すってだけの、ちゃちな仕事だぞ。依頼主は〈バートレット金融会社〉だ。八ヵ月前、トーマス・レイナルって男が中古車を買う際に、そこから融資を受けた。借りた額は三百ドルぽっちだ。車の代金はおそらく五百ドルくらいのもんで、二百ドルをふところから出した。そのあたりの金額も聞いたが、正確には憶えてないな。

　レイナルは月に二十五ドルと、残高に対する利息を支払っていた。一年で完済する契約だな。すでに八ヵ月支払ったから、あとは百ドルと利息を残すだけだ。それなのに、その車でシカゴからとんずらしちまった。で、〈バートレット金融会社〉がおれに頼んできたんだ。探偵をひとり、一日だけこの件に割り当てて、そいつを捜し出せるかどうか調べてくれって。ほとんど面子《メンツ》の問題だ。連中は、なめられるのを嫌うからな」

　ぼくは口を挟んだ。「そいつ、何かほかの理由でとんずらしたんじゃないですか。そんな車のためだけに、そこまでするとは思えませんよ。やるとしたって、もっと早くやるはずだ」

「そのへんはアムが突き止めたよ。家族遺棄の案件だった。実のところ、車を乗り逃げしたというより、女房のもとから逃げ出すのに車を使ったって感じらしい」

「銀行預金はどうだったんです?」

「全然なかったそうだ、アムの報告によれば。しかし逃げ出す前日、複数の友人から金を借りていた。そして服を一枚残らず、ふたつのスーツケースに詰めこんで、女房が仕事で出かけているうちに出ていった」

「単なる家族遺棄ではないとは、考えられないんですか?」

「アムのやつが、考えられないと言っていた。あいつはまる一日をその件に費やしたんだ——夕方の四時までな。まずはレイナルのかみさんの話を聞きに行って、それから知人やら何やらの関係筋にかたっぱしから確認をとった。その結果、まちがいないと判断したんだ」

「そのかみさんは、旦那を告訴したんですか?」

「いや、していない。この際、いい厄介払いだと思ったらしい。どうせろくでなしだから、と言っていたそうだ。このまま別れて、縁切りするそうだ」

「そいつ、仕事も辞めたんですか?」

「エド、あの件をほじくっても何も出ないぞ。辞めてないよ、仕事は。辞めるも何も、ここ一ヵ月近くは無職だったそうだ」

「働いてたときは、なんの仕事をしてたんです?」

「おれは知らんよ。アムは報告書に書き入れるつもりだったかもしれんが、なにせ書く時間がなかったし、口頭では言ってなかったからな。アムは朝八時半に事務所を出て、夕方四時かその数分前に帰ってきた。『いけそうか?』と訊くと、『だめだな』と答えて、いまおまえに話したようなことをおれに話した。そのあと詰所へ行って、五時までに報告書を書きあげようとした。ところがそれからすぐアンブローズ・コレクターから電話が来たんで、報告書にとりかからないうちに、おれの事務室へ呼び戻したんだ」

「とりかかる前だったのは、まちがいないんですか？」

「ああ。呼び戻して〈グレシャム・ホテル〉へ行けと指示したとき、書きはじめたかと尋ねたら、まだだと言っていた。万年筆がいかれたんで、インクを出そうとしてたら書けなかったそうだ」

「下書きのメモかなんか、残ってないんですか？」

スターロックはかぶりを振った。「あるとすれば、まだアムのポケットのなかだよ」

「〈バートレット金融会社〉には、もう報告を入れたんですか？　詳しい報告書が出せなくても、伯父が一日働いたぶんを支払ってもらえるんでしょうか？」

「ああ、おかげで思い出した。あっちへの報告をすっかり忘れてたな。あとで電話を入れて、アムから聞いたことを伝えるとするか。で、事情を説明して、請求書は送らないことにする。探偵の報告書がないんじゃあ、どうしようもないからな。だがアムの出した結論は、ご機嫌とりにただで教えておくよ」

「急ぎの仕事だったわけでは？」

「とは思えんな。たかだか百ドルの踏み倒しで、急ぐ理由がない」

「それじゃ、まだ電話しないでおいてください。明日ぼくが、もう一度その仕事をやりますから。そしたら、料金の請求もできるかもしれませんよ。もちろん、もっとましな手がかりが転がりこめば、また話は別ですが。アム伯父と同じ時間に始めて、同じ順番でやっていきます。まずはその男のかみさんのところへ行って、伯父の聞き出した関係筋を教わって、伯父と同じように確認をとって。たぶん、水曜何時のどこどこに伯父がいたか、あらかたわかると思うんです」

スターロックはしばし思案にふけっていたが、やがて言った。「まあ、やっても損はないだろう。ただしおまえの言うとおり、明日の朝までに何も転がりこまなければ、だ。しかし、ぬかってたな。アムから口頭で報告を受けたとき、そのレイナルってやつは見つかりそうにないと言われてたせいか、思いつきもしなかった。とはいえ、やっぱり見当もつかないぜ。百ドルぽっちの踏み倒しのどこをどうひねったら、ころ……こんな状況につながるのか」

「ぼくにも見当がつきません。たしかに裏のなさそうな、単純な案件に思えます。でもその件を調べているうち、たまたま何かほかの、重大なことに突き当たったんだとしたら？」

スターロックは、やはり解せないという顔だった。「そんなことがあれば、事務所へ戻ってきたときにおれに言うはずだけどな。なんだかんだで、二分くらいは話したんだから。だがわかった、このまま事態が変わらなければ、おまえが明日トーマス・レイナルを捜しに行け。やりかたはおまえに任せるが、おれだったらこうする、ってのは教えとく」

「どうするんです？」

「おれなら伯父さん捜しはせず、レイナルだけを捜すだろう。レイナルの女房や、アムと話した連中から話を聞き出す際には、先日別の探偵が調査に来たと思うが、そいつが報告も出さずに突然辞めてしまったんで、自分がもう一度来たんだと言う。アムの苗字がハンターだってことを憶えられてるとまずいから、違う苗字を名乗って、トーマス・レイナルにしか興味がありません、ってな顔をしておく。アムのやつが偶然何かに出くわしたっていうんなら、アムのことを訊いて回るよりもそうしたほうが、そいつに出くわす率が上がるだろう」

賢明なやりかたに思えたので、ぼくは同意した。水曜の朝、アム伯父が調査にかかる前に仕入れたトーマス・レイナルの事前情報の写しをとっておきたかったので、スターロックに資料のありかを尋ねた。デーン・エヴァンズから借りろと言われたので、そのとおりにした。

それは、写しをとるほどの分量ではなかった。ホルダーに収められていた資料は、筆記用紙が一枚きりだった。スターロックは電話をジェーンにも聞いてもらって、会話の内容を速記で書きとらせているのだが、それができないとき、メモをとるためにデスクに備えつけている用紙だ。スターロックの手書きの字が、数行だけ記されている。

バートレット——トーマス・レイナル（Sブリウィック682、7号室）——前職ケンネル・バー（Sクラーク）、既婚（子無）——38シボレー（製造1987B67729、ナンバー341-294）——500？　貸300、うち残100+利+違約金。照会先——妻の兄ジェームズ・ジェニングズ（同2号室）、弁ウィリアム・デミントン（コーウィン・ビル）。一日のみ。

これで全部だった。ぼくは一語一語、というか一略語一略語、残さずそれを写しとった。アム伯父もおそらく、水曜の朝に同じことをしたにちがいない。

使いおわった資料をデーンに返した。事務室のドアの隙間から、座って天井を見つめているスターロックの姿が目に入ったので、ぼくはふたたびなかへ入った。「資料のメモは残さず書きうつしました。ほかにはもうないんですか？　わざわざ書くまでもなかったけれども、伯父にあのメモを見せたとき、口頭で伝えたこととか」

「いや、そんな憶えはないな。資料はもう返したのか？」

「書いてあったのは、これで全部ですよ。違ってるのは、筆跡くらいなもので」さっき書きうつした手帳のページを見せると、スターロックはしげしげとそれを見つめた。

「書かなかったのは、こいつが前回の支払いをすっぽかして、〈バートレット金融会社〉が問い合わせの電話をしたことだけだな。かみさんが電話に出て、あの男はもうとんずらした、どこへ行ったかなんて知らないし、知りたくもないってさ。その件はアムに話したと思う。それ以外は、そこに書いてあることで全部だ、まちがいなく」

「わかりました」ぼくは手帳をポケットへ戻し、「じゃあ、いよいよもう、バセットが来るまでやれることはないわけですね」

「そのとおりだ。だからもう邪魔するな。出ていって、ジョーとエミールとトランプをやってろ」

いらだちが声ににじんでいたので、うるさくしすぎたのだと気がついた。どのみち、いまの指示よりましな案も思いつかなかった。ぼくは詰所へ戻ると、ジンラミーをやっていたジョーとエミールに、三人用のゲームに変えてもらった。

何勝負かやったあと、ふとカードを配っていたエミールが腕時計に目を落とした。「おい、四時二十分《フォー・トゥエンティ》だぜ。これでちょうど思い出した。もうわかるだろうから、待ってろ」

配っている途中のカードを置き、詰所の外へ出ていった。

ジョー・ストリーターが言った。「デーンのやつが、新聞社に友達がいてな。電話して、結果を教えてもらえるんだ。おまえも４２０《フォー・トゥエンティ》に賭けたんだろ？」

ぼくはうなずいた。

「おれは五十セントで、エミールは一ドルだ。当たればあいつは五百ドル、おれだって二百五十ドルさ。おかしなもんだよな、おれもあいつも占星術なんぞ信じてないのに。当たるなんて思っちゃいないが、ただ……ほら、五十セントくらい惜しくもないだろ。もしも当たったら、二百五十ドルだ。二百五十ドルといったら、なあ？」

「二千五百ドルといっても、なあ？ですよね」

ジョーは、デーン・エヴァンズが五ドルのくじを見たときに吹いたのと、そっくり同じような口笛を吹いた。「そりゃまた、思いきったもんだな。考えてみりゃ、おれだって――」

と、エミールが戻ってきて、残念そうにかぶりを振った。

ジョーが続けた。「――まあ考えてみりゃ、やっぱりやらなくて正解だったな。数字は惜しかったのか、エミール？」

「ひと桁も合ってなかった。９３２だ。まあたったの……五百十二違いか。しょうがない、おまえらから一ドル取り返すか」

エミールはふたたび腰を下ろし、カードを配りおえた。ぼくはすぐには手札を開けなかった。あることを思いついて、しばし考えてみたくなったのだ。ぼくたちはこれまでずっと、４２０をただの数字だと捉えて、無意識のうちに数当て賭博に結びつけていた。なにしろアム伯父の件には、いつも数当て賭博の影がちらついていたから。けれども４２０《フォー・トゥエンティ》というのは、もしかしたら時刻を指すのかもしれない――つまり、四時二十分《フォー・トゥエンティ》のことを。

そして四時二十分というのは、伯父の身に何かが起きた時刻かもしれない。会社から歩いていったとしたら、〈グレシャム・ホテル〉の前に着くのがちょうどそのころのはずだ。

あいだに〝：〟を入れずに数字だけ書いても、そこから時刻を連想することはあり得る話だ。

しかしかりにこの想像が当たっていて、４２０が時刻を指していたとしても、カール・デルがぼくに電話をかけなおさせてまで、大事なことを摑んだんだ、と興奮しきって知らせてきたことへの説明がつかない。これで〝占星術とも違うんだ、正確には〟と言われていなかったら、伯父に異変が起きた時刻が四時二十分であるという結果が、占星術の計算によってはじき出された――そんな風に考えていたところだ。カールならいかにもありそうな話だが、現実にはそれはあり得ない。占星術がらみだとすれば、カールがあんなことを言うはずは――

これでは堂々めぐりだ。ぼくはカードを手にとり、勝負に集中しようとした。でも、あとで夕食のとき、スターロックとバセットに忘れずにこの件を話してみようと思った。

トランプをしているうち、五時十五分前にバセットが現われた。ぼくはスターロックの事務室へ行った。

バセットの顔を見れば、首尾はどうだったか訊くまでもなかった。警部は疲れて、意気消沈していた。

褪《あ》せた赤い髪をかき上げる。「あのな」口をひらいた。「カール・デルの、昨日の集金先は全部突き止めた。手持ちのリストの順序どおりに、受け持ち区域を回っていたようだ。会った人間は口をそろえて、何やら急いでる様子だったと話していた。とにかく集金をすませちまおうって感じで、いつもみたいに保険の勧誘はしなかったらしい。まあ、とっとと帰宅して、占星術にとりかかりたかったんだろうな。

それから、昼飯と夕飯をとった店も突き止めた。集金先のひとつがハルステッド通りのレストランで、そこへ行く時間を正午ごろに合わせて、ついでに飯にしたんだ。なんとも、せっかちなことさ。店のやつの話じゃ、集金と食事で二十分か、へたすると十五分もいなかったらしい。それから、夕飯についてはおまえの推測が当たりだ、エド。エステルが働いていた、クラーク通りのバーベキューレストラン、そこへ四時半に行っていた。そこでバーベキューサンドと、コーヒーを頼んだそうだ。で、五時ごろアパートへ帰って、おまえと出くわした。これで、昨日の足どりはすべて摑んだ。午後六時二十五分、ここの探偵社へ電話を入れて、おまえが六時半にかけなおすまで」

バセットの話を聞いていて、時刻のことを思い出した。そこで、さきほど考えついた件を話した――420が単なる数字ではなく、時刻である可能性があることを。

バセットは言った。「おれもそう思う。うちで占星術師を見つけて、デルがいろいろ書きこんでいた紙を見せてみた。そいつが言うには、デルのやりかたは通常のものではないそうだ。独自の方式を編み出したらしい。そんなわけで、その占星術師にも大半は判読できなかったんだが、こんなことを言っていた――デルは計算によって、何かが起きた時刻を導き出した。そしてこの420とは、おそらく四時二十分、午後の四時二十分のことだと」

「水曜日のか?」スターロックが口を挟んだ。

「そこまで断定するのは避けていた。曜日と日付については、はっきりとは読みとれないそうだ。とにかくデルの方式は、かなり変ちくりんだからと。てなわけで、いまはそいつがアムの生年月日を使って、ホロスコープを作ってるところだ。何か見つけてやれるかもしれない、ってな。まあ……現状じゃ、こっちの捜査よりは見込みがあるかもな。なにしろこっちはお手上げ状態なんだから。で、おまえらは何をしてたんだ、親指をしゃぶる以外で？」

ぼくたちは警部に伝えた。どうにも、たいしたことをしていたとは思えなかった。バセットは鼻を鳴らし、考えられる線を全部つぶして、疑わしいやつをみんな排除したという点では、いい仕事ぶりだと言った。

ぼくたちが、アム伯父が行方不明になった日の訪問先を明日たどってみる予定だと伝えると、バセットは言った。「おれも、それを勧めようと思ってたところだ。今日カール・デルについて同じことをして、そりゃあたっぷり収穫があったからな」

〈シェ・ジュリアール〉へ行き、すばらしいディナーを囲んだが、ちゃんと味わえた者は誰もいなかった。

夕食後は、ひとまず解散となった。スターロックがぼくに、たまには帰ってちゃんと寝ろ、おれもそうするから、と言った。それがいちばんの案に思えた。

とはいえ、自分の部屋に帰ってきてもまだ八時だった。いくらなんでもこんなに早くは眠れないし、かといって読書という気分にもなれない。ふいに、エステルのことが頭にうかんだ。たしか週六日の勤務と言っていたが、週一日の休みは今日かもしれない。そこで彼女の部屋へ行ってみたが、そんなにうまい話はなかった。

一階へ戻ってみると、カール・デルの部屋のドアが閉まっているのに気がついた。鍵もかかっているし、下の隙間から明かりがもれてもいない。どうやらもう、警察はここの監視をやめたようだ。

チェスター・ハムリンの部屋のドアの下から明かりがもれていたので、ぼくはノックをした。とりたててチェスターが好きなわけではないが、何もせずにひとりでいるのは気が進まなかったのだ。

チェスターはいそいそとぼくを出迎えて、なかへ招き入れてくれた。「なあ、エド、例の写真を見てくれよ。おまえがトロンボーンを吹いてるやつ。よく撮れてるんだぜ」

そう言って、二枚の写真を見せた。よく撮れているのかもしれないが、一枚は変てこな写真だった。ぼくの顔はトロンボーンのベル部分にすっかり隠され、写っているのは両手両足と、トロンボーンのベル、それにスライド管だけだった。

チェスターは言った。「これなんかきっと、どっかへ売れるぞ。売りこんでみてもかまわないか？　顔は写ってないから、おまえだってわかりゃしないよ」

かまわないと答えた。

「伯父さんのこと、まだ何もわからないのか？」

わからないと言うと、手伝えることはないかと訊かれたので、ありがたいけれども何もないと答えた。

「なあ、こんな風には思わないか？　これだけ長いあいだ待たされると、かえって〝便りのないのはよい便り〟ってさ。もしも何か起きたんなら、いいかげん報せが来そうなもんだろ」

「何か起きたことはまちがいないよ。なんなのかわからないだけで」

「おれは……その、伯父さんは無事だと思うぞ。これはまだ打ち明けたことがなかったが、おれにはちょっぴり……予知能力があるんだ。おまえはどうせ、信じないだろうけどな」

ぼくはうなずいた。いったいどれほどの人間が、こんな風にちょっぴりいかれているというのだろう。カール・デルは占星術で、今度はチェスター・ハムリンが予知能力を引っさげてきた。

ぼくは、なかば本気で頼みこんだ。「その予知能力は引っこめといてよ、チェスター。カール・デルの身に、何が起きたか考えてもみなよ。なんでカールが殺されたのか、ぼくたちの推測は知ってるだろ?」そう言ってから、この部分は警察で伏せていることを思い出した。新聞の報道では、カール・デル殺害は単なる強盗の仕業とされている――〝しかし警察では、念のためほかの動機も考慮に入れて捜査中〟と。

チェスターは言った。「そりゃあ、つながりはあると思ったさ。昨夜刑事が来て、カールについてあれこれ質問してきた。そのうえ、伯父さんのことも尋ねられた。だから、伯父さんの件とカールの件につながりがあると考えて、警察は動いてるんだと思った。でも、そんなの当たり前の話だろ。おんなじ建物の、おんなじ階の住人なんだから。それとも、ほかに何かあるっていうのか?」

あるんだよ、とぼくは認めたが、そのことは話さないでおくとつけ加えた。警察が発表を控えているなら、ここで喋るのもまずいはずだ。

話題を変えようと、ぼくはチェスターの写真をもう一度手にとり、よく撮れているとほめたたえた。

「そいつが売れたら、モデル料として一杯おごってやるぜ。いや、待てよ、別にいまおごったっていいわけか。ステート通りで、ちょっとばかりどうだ?」

やめておくと言いかけてから、それも悪くないと思いなおし、じゃあ行こうと答えた。どうせまだ、寝ようとしたって眠れない。だったら二、三杯引っかけたほうが、眠気を呼びこめるかもしれない。

眠気は呼びこめなかった。少なくとも、すぐには訪れてくれなかった。ただへべれけになっただけだった。たぶん疲れすぎていたのと、まる二日以上も気をもんでばかりいたせいだ。ふだんならもっと飲んでも、あそこまで酔いはしない。

何軒はしごしたのか、それすらもはっきりしない。すべてステート通りの並びの店で、最初の店から十数ブロックの範囲内だったとは思うのだが。

　ぼくたちはカール・デルの話もアム伯父の話もせず、トロンボーンと写真の話をしていた。そのうち酔いの回ってきたチェスターが、予知能力について一席ぶちはじめた。聞いていると、チェスターのほうがぼくよりもさらに、占星術を低く見ていることがわかった。目下の問題はふたりとも避けていたのだが、どういうわけか同時に、世間一般の犯罪について喋りだしたのを憶えている。そしてチェスターが、殺人をものすごく憎んでいると語りだし、自分の兄について何やら喋り、別の話にそれていったことも憶えている。

　チェスターは、馴染んでみると気のいい男だとわかった。ただひとつ、例の話題になると、ちょっとおかしくなるだけだ。一度、どこだかにある水晶玉を——そんなものは、あの部屋で見た憶えがなかったが——持ってきて、アム伯父の心配をしているおまえのために、何か見つけてやりたいと言った。ぼくはたしか、向こうのボックス席の男の禿げ頭を指さして、あれを使えばいいとせっついたように思う。けれども、あれじゃうまくいかないと、大真面目な答えが返ってきた記憶がある。

　そう、アンブローズ・コレクターは気のいい男だった。ぼくをアパートまで連れ帰って、ベッドに寝かせてくれた。靴まで脱がせてくれたにちがいない。自力で脱いだとは、とうてい思えないからだ。

第十四章

目が覚めたのは深夜だった。肩と脇のあたりが痛くてたまらない。寝返りを打ってみると、上着も脱がずにベッドに転がっていて、ショルダーホルスターのなかの三二口径オートマチックを下敷きにしていたことに気がついた。

起き上がり、電灯をつける。午前二時。つまり、たいして眠れなかったということだ。何時に帰ってきたかはわからないが、日付が変わる前ということはないだろう。二時間も寝ていないにもかかわらず、スーツは十二時間も寝たかのようにしわくちゃだった。朝になったら別のやつを着て、こっちはクリーニングに出さなければならない。

頭のほうは冴えていなかったが、胃のほうはどうやら大丈夫そうだ。ぼくは服を脱ぎ、パジャマに着替えて、ふたたびベッドにもぐりこんだ。今回は、ショルダーホルスターは着けなかった。

酔って正体をなくしたことはいささか恥ずかしかったが、いまさらどうにもなるものではないし、もう一度寝なおすことにした。あと五時間眠っても、八時までに会社へ行ける。いまから二、三時間後、帰ってきたエステルが三階へ上がる途中に、ぼくの部屋のドアをノックしなければの話だが。

ぼくは横になって、エステルのことを考えはじめた。自分はエステルと結婚したいのだろうか。答えはイエスでもあり、ノーでもあった。愛《いと》おしいとは思うが、結婚する覚悟が決まったかというと、そこまではまだ言いきれなかった。オーギー・グレーンから求婚されたというが、あれはどこまでが冗談だったのだろう。昨日の明け方、ドアの下にメモが差しこまれたあと、彼女を追いかけて三階へ行ったときには、てっきり冗談だと思いこんで尋ねもしなかった。

けれどもいまになって、冗談だったのかどうか疑わしくなってきた。あり得なくはないことだ。もちろんオーギーほどの金持ちなら、女なんてよりどりみどりだろう。けれどもエステルほどの美人に出会える機会はめったにないだろうし、あれほど溌剌《はつらつ》として、無邪気で愛らしい娘《こ》に会える機会はさらにないはずだ。オーギーがあっという間に惚れこんで、軽く口説くなどの手順をすっ飛ばし、いきなり正式に結婚を申しこむことだってあり得なくはない。そういえばバセットだったと思うが、誰かが言っていた。オーギーは、妻を亡くしていまは独り身だと。

まあ、たとえあれが冗談ではなかったとしても、エステルがまともに取り合うとは思えない。ブレイディ夫人に言われたこと——それに、ここふた晩でぼく自身が体験したことを信じるとすれば。ベッドに横たわったまま、彼女がドアをノックするだろうかと——ノックしてほしいと考えていた。そのうちに、ふたたび眠りに落ちた。

ぼくを起こしたのは、七時にセットした目覚まし時計だった。

ドアの下に、畳んだ紙きれが挟まっていた。目覚ましを止めるや、そっちへ飛んでいった。そこにはこう書かれていた。〝おやすみ、エディ。このメモをすべりこませる音で目が覚めなかったら、そのまま寝ていたほうがいいわ〟

ぐっすり眠りこんでしまったことを、ひどく後悔した。あの酒のせいだ。ふだんのぼくは、眠りがごく浅いのだから。

けれども、それ以外に酒が及ぼした害はなかった。気分もいいし、頭ももうすっきりしている。口のなかが乾いていたが、水を一杯飲むと治まった。

着替えをすませる。アム伯父捜しの、三日目の始まりだ。これが最後の一日になるのだが、このときは知るよしもなかった。

ホルスターを装着する。拳銃を下敷きにして寝てしまったので、弾倉と薬室をチェックし、安全装置がかかっていることを確かめてから、改めてホルスターに収めた。銃は好きじゃないし、こんなものを持ち歩くのは愚かだと思った。

まさかこの日が終わる前に、撃つことになるとは――人を殺すことになるとは、思いもしなかった。

会社にはスターロックより先に着いたが、彼も数分後に姿を現わした。「すっきりした顔だな、エド。ちゃんと寝られたのが効いたか？　調子はどうだ？」

「ばっちりですよ」ぼくは答えた。「ベン、水曜の朝のことなんですが、アム伯父はどこからとりかかったと思いますか？　レイナルの妻でしょうか、それとも」

スターロックは、少しのあいだ考えた。「かみさんが最初ではないはずだ。アムはここから電話を入れて、面会の約束をとりつけたんだが、ベルの音で起こしちまったそうだから。夜働いてるんで、寝るのが遅いんだな。もっとも、相手は別に不機嫌になるでもなく、それじゃあとでって話になったらしい。何時に約束したのかは忘れちまった」

「会いそこねたくはないですね。勤務時間とか、何時ごろ寝るかとかはわかりませんか？」

スターロックはかぶりを振った。「おれなら、十一時までは電話しないけどな。アムがかけたのは九時ごろだった。その時間にスタートを切ったわけだから、いまのところおまえのほうが一時間ほど先を行ってるな」

「そのあと、伯父はどこにも電話をかけなかったんですか？」

「憶えてるかぎりでは、かけなかったと思う。その後は約束をとりつけないで、残りの照会先を訪ねたはずだ。おまえも同じようにしたほうがいいぞ。遠方のやつはいないから」

ぼくは手帳を取り出すと、書きうつしたメモをじっくり読んだ。レイナルの妻と、かつての勤務先である〈ケンネル・バー〉をのぞけば、名前はふたつしか書かれていない。ひとつ目は妻の兄の名で、わかっているのは妹と同じマンションの、別の部屋に住んでいることだけだ。ふたつ目は弁護士の名前で、事務所はここからわずか数ブロックの、コーウィン・ビルに入っていた。今日は土曜日だ。ということは、弁護士が事務所に出てくるかどうかは、五分五分というところだ。

スターロックに尋ねる。「アム伯父は、ここの探偵社の名前を使ったんでしょうか？　それとも、金融会社の者だと名乗ったんでしょうか？」

「まずまちがいなく、金融会社の名を使っただろうな。車がらみの踏み倒しの件じゃ、特別な理由がないかぎりそうしてたから。まあ、ともあれ〈バートレット金融会社〉の仕事ならいつもそうだ。うちで名前を使っても、あそこからはお咎めなしなんでな」

まだとりかかるには早かったが、ただ座っていてもじりじりするばかりなので、スターロックの邪魔をしないように応接室へ行き、弁護士のウィリアム・デミントンを電話帳で調べた。自宅の電話番号も載っていたが、そこの住所は市外のずっと遠くだった。こんなところまで行かなくてすむように、デミントンが事務所に出てきてくれればいいのだが。

ものは試し、デミントンの事務所に電話をかけてみた。けれども、八時を数分過ぎただけでは案の定つながらなかった。起こしてしまわないことを願いながら、自宅のほうへかけてみる。すると、うまいことに弁護士の妻とおぼしき女が応答して、デミントンはついさっき家を出たから、八時半ごろには事務所に着くだろうと言った。

つまり、考えていたよりも早く始められるということだ。あと十分くらいで会社を出ればいいし、そのあいだの時間をつぶす方法も考えついた。ぼくはバセットに電話をして、トーマス・レイナルに前科がないかどうか、部下に調べさせてくれと頼んだ。

「了解」警部は答えた。「こっちからかけなおすか、それともこのまま待ってるか?」

待っていると答え、五分ほど待っていた。やがてバセットの声が聞こえた。「たしかに前科持ちだな。前科四犯だ。一九四二年に、法定強姦で実刑六ヵ月。一九四四年、軽窃盗で罰金刑および、執行猶予つき十日の刑。さらにその判決からわずか一ヵ月後、執行猶予期間中に二件の罪状で逮捕されている。公然泥酔罪、それに治安紊乱《びんらん》所、ひらたくいえば売春宿に関係していた罪だ。

その後はおとなしくしていたようだが、先月にまたやらかした。バーテンの免許を――そもそこんなに前科があって、どうやって取得したのか謎だが、おそらくたっぷり鼻薬をきかせたんだろう――剝奪されたんだ、未成年に酒を提供して。で、またもや百ドルの罰金だ。以上だな」

「善良な市民ですね」ぼくは言った。「どうもありがとう、フランク」

「こいつが例の、借金を踏み倒してとんずらした野郎か? アムのやつが、水曜に捜してたっていう」

「そうです。踏み倒された金融会社は、むしろついてたと思いますよ。貸した三百ドルのうち、二百ドルは回収できたんですから。車の代金の融資としては少額ですし、ろくに事前調査もしなかったんでしょうね」

「その会社では、告訴はしないのか？」

「一日のみってことでうちの探偵社に依頼してきた調査の、報告待ちをしてるんだと思います。それじゃ。助かりましたよ」

「何か摑んだら、すぐに知らせてくれよ」

ぼくは、そうすると答えた。

コーウィン・ビルへ向かってぶらぶら歩いていき、きっかり八時半にそこに着いた。デミントンはまだ来ていなかったが、ものの数分で姿を現わした。彼に鍵を開けてもらい、あとについてビルに入ってから、自己紹介をして用件を告げた。

弁護士はいぶかしげにぼくを見た。「数日前にも、おたくの会社の人が来たばかりだがね。こっちはかまいやしないが、行き違いがあったんじゃないか？」

用意しておいた言い訳を並べる。水曜に来たうちの調査員が、報告書を出さずに突然辞めてしまったので、申し訳ないがもう一度調査をやりなおさせてもらいたい、と。

「そうか。じゃあ、入りたまえ。仕事が山積みなんで今朝は早く出てきたんだが、数分ならかまわないよ。それ以上かかるってこともないだろ」

表側の事務室を通り抜け、奥の事務室に入る。デミントンはぼくに、デスクを挟んで向き合う椅子を勧め、自分も腰を下ろした。

「この前の人に話したことを、もう一度繰り返すよ。トーマス・レイナルとは三年ほどのつき合いになるが、特に親しいわけじゃない。知り合ったとき、あっちはバーテンをやっていた。ディアボーン通り沿いの、ガータ通りとの交差点近くのバーで。わたしは当時、そこの交差点のガータ通り側に住んでいた。まだ独り身だったからね。店の居心地がよかったんで、夜はたいがいそこで過ごしてたよ。トミーともけっこう、雑談をしたね。話しやすい男だったよ。

まあ、それなりに親しくしていたかな。といっても、バーテンと客とのカウンター越しのつき合いだけだ、たった一年間の。わたしは二年ほど前に結婚して、遠くへ引っ越したんでね。それから一年ほど会ってなかったんだが、あるときひょっこりうちの事務所へやってきて――わたしが弁護士だってことは、あっちも承知してたから――ちょっと法律がらみのごたごたが起きたんで、手を貸してほしいと言われた。聞けば車の衝突事故を起こして、相手方の運転手に訴えられたそうでね。でも、過失は向こうにあるから、反訴をしてほしいというんだ」

「どっちの過失だったんですか?」

デミントンは両手を広げた。「よくあるパターンさ――目撃者はなし、一方の言い分はもう一方と食い違っている。わたしは反訴をしたが、勝てると思ったからじゃなく、示談の交渉材料にするためだった。で、けっきょくそういうことになったのさ。こっちが訴えを取り下げれば、あっちも取り下げるってことで、相手方の弁護士と話がまとまった。ヒットなしの無得点、ただしエラーもなしってね」

「レイナルに会ったのは、それが最後ですか?」

「ああ。ただし、正確に言えば約六ヵ月前だ。訴訟にそれだけ時間がかかったんだ。まあ、別にややこしい案件じゃなかったんだが。わたしが費やした時間は、全部合わせてもまる一日は超えないだろう。けれども、痛み分けに持ちこむまで長引いてね、六ヵ月ほどかかったんだ」

「報酬の支払いは受けましたか?」

「いいや。五十ドルの請求書を送って――あまり金のないことはわかっていたから、少しまけておいたんだが――一セントも支払われず、さ」

「回収しようとはしなかったんですか?」

　ぼくがそう訊くと、弁護士は肩をすくめた。「そんな金額じゃ、手間のほうが惜しいじゃないか。あのままだったらいずれ、不良債権を買い取ってくれる取立代理会社へ売却していたかもしれないが、市外へ逃げられたいまとなっては、五セントでも売れないよ」

「レイナルが市外へ逃げたことをご存じだったんですか? 先日……その、ええと、うちの人間が伺う前から」

「いいや。そうか、と思いあたったのがそのときさ。六ヵ月前に五十ドルの請求書を送ってからも、毎月一日に明細を送りつづけていたんだ。けれども、事故の件が示談で片づいてからというもの、まったくなしのつぶてでね。どこでどうしているのか、噂すら耳にしなかった」

「それなのに、信用照会に応じたんですか?」

　デミントンは眉根を寄せた。「本当のことを話しただけだよ、おたくの記録を見てもらえばわかると思うが。こっちはただ、彼とは二、三年前からの知り合いで、おたくの会社に訊かれた時点ではうちの依頼人で、悪い噂は何も聞いていない、と言っただけだ」

「レイナルの逃げた先に、心当たりはないんですか?」

「ないね。しょっちゅうカリフォルニアの話はしていたが。以前そこにいたことがあって、もう一度住みたいと言っていた。しかし、特定の町の名は出していなかったよ、記憶にあるかぎりでは。というわけで悪いが、わたしの話はこれでおしまいだ。彼とは共通の知人もいなかったし、さっきも話したとおり、以前バーで雑談していただけのつき合いだ。その後事故の訴訟を引き受けたら、照会先に使われたんだよ」

ぼくは礼を述べて、立ち上がった。それからいかにもいま思い出したように、「忘れるところでした、デミントンさん。うちの上司が、水曜にこちらへ伺った調査員のことを聞いてこいと言いまして。こちらへ来たとき、様子はふつうでしたか?」

「ふつうだったかって? どういう意味だね? もう辞めた者なら、関係ないじゃないか」

「そうもいかなくなりますよ、うちが信用照会を頼まれたら。そもそもおかしいんですよ。三年も勤めていたのに、いきなり水曜の午後に電話をよこしたんです。辞めてシカゴを離れるから、給料は小切手でニューヨークへ、局留めで送ってくれって。報告書も出さずに——そういうわけで、またお伺いしなきゃいけなかったんですが——なんの説明もなく、本当にいきなりで。うちの会社で事情を知りたがるのも、おわかりいただけますよね」

「ううむ。まあ、わからなくはないが。ここにいるあいだは、まったくふつうの様子だったよ。とても感じがよくて、わたしは好感を持ったがね」

「その日に訪れたのは、こちらが最初だと思います。こちらを失礼したあと、次にどこへ行くつもりだったか、心当たりはないですか?」

デミントンはかぶりを振った。「いや、まったく。早い時間に来たのは憶えてるが。たしか九時を回ってから、そんなに経っていないころだ。こっちは、きみに話したのと同じことを話した。それだけだ。どこへ行ったかなんて、見当もつかないよ」

ぼくは改めて礼を述べ、その場を辞した。はっきりしたのは、ここまではアム伯父と同じ道すじを、三十分ほど早くたどったということだけだった。

残った手がかりは三つ。レイナルの妻、同じマンションに住んでいるその兄、そして最後の勤め口――〈ケンネル・バー〉だ。デミントンを通じて、新たな手がかりが得られたといえば得られた。二、三年前にディアボーン通り沿いの、ガータ通りとの交差点近くのバーに雇われていたということだ。けれども、たいして役に立つとは思えない。かなり前のことだし、アム伯父はそこまで手数をかけなかった気がする――少なくとも、ほかの手がかりを当たってみるまでは。

少なくとも妻ではない。アム伯父が電話を入れて、もっとあとの時間に会う約束をしたのだから。となると兄のほうか、南クラーク通りの〈ケンネル・バー〉か。ぼくはバーのほうを選んだ。そっちのほうが距離的に近いこともあるが、おそらく伯父は用事を一度ですませようと、レイナルの妻と会う時間か、その少し前あたりにマンションを訪問したはずだ。

伯父はクラーク通りまで徒歩で行き、そこから路面電車で南へ向かったことだろう。そのバーまで、十二ブロックほどはあるからだ。そこでぼくも、同じことをした。

午前九時十五分ごろ着いたが、店はまだ閉まっていた。ぼくは隣のうすぎたないレストランへ入り、レジにいる男に、隣のバーはいつ開くのかと尋ねた。

「十時ぐらいだよ、いつも」男は答えた。「一杯やりたいなら、向こうのブロックの店のほうが早くから開いてるぜ。そっちだったら、たぶんもうやってるよ」

「いや、ここで待つよ。コーヒーをもらえるかい?」

「はいよ」男は、奥のコーヒー沸かしのほうへ行った。ぼくはレジにいちばん近い、カウンターの端のスツールに腰かけた。コーヒーはすぐに運ばれてきた。

ぼくはアム伯父のスナップ写真をポケットから取り出し、カウンターの上に置いた。「この人物を見たことがある？」

男は写真を覗きこんだ。「見憶えがあるな。わりと最近、うちの店へ来た気がする」

「今週の水曜じゃなかった？　三日前の、いまごろの時間」

「ああ、そうだ。この男にも、同じことを訊かれたんだ。隣のバーのことを。あのときも十時開店だと答えたら、じゃあコーヒーをくれと言われたんだ。もう十時近かったから、そんなには待たなかったけどな。ただ、水曜だったかどうかははっきりしないが」

ぼくにははっきりしているので、そのへんは気にならなかった。いまのところ順調に、伯父の足どりをたどれている。ただここで、つけていたタイム差はなくなってしまいそうだ。〈ケンネル・バー〉の開く十時まで、待っていなければいけないから。

この店のあるじに尋ねてみる。「以前隣で、トミー・レイナルってバーテンが働いてたと思うんだけど。知らないか？」

「トミーってやつはいたぞ、苗字はわからないが。どうしてだ？　あんた、お巡りか何かか？」

「私立探偵だよ。そのトミーってやつのこと、教えてもらえないか？」

「そう言われても、たいしたことは知らないけどな。一ヵ月ほど前、あいつ——というか、店全体が警察ざたになってな。どうやら、未成年に酒を売ったらしい。店もろとも罰金を食らって、トミーはバーテンの免許の取り消しだかなんだかになった。ペリーのやつは、店の営業許可まで取り消されるかもしれないと気をもんでたみたいだが、そういうことにはならなかった。まあ、それもそのはずさ。

その現場に、ペリーはいなかったんだから」

「それでも」ぼくは口を挟んだ。「従業員のやったこととなれば、店長にも法的責任があるんじゃないか?」

「ああ、だから罰金を食らったんだ。だいたいの話、トミーにだって責任なんかなかったさ。未成年ったって、一、二歳若いくらいなら、見分けのつかないやつがごまんといるだろ。ただ……あんた、その免許委員会だか、部局だか知らないが、そういうところの人間なのか?」

どうやらこの店主は、トミー・レイナルに好感を抱いているらしい。同調してトミーに味方してやれば、もっといろいろ聞き出せるかもしれない。「いいや。ぼくは探偵社に勤めていてね、とある法律事務所の依頼を受けて、レイナルの行方を捜してるんだ。レイナルの得になる報せを伝えたいと思ってるんだけど、あいにく引っ越されてしまって、見つからないっていうんだよ」

「そりゃ、遺産か何かの話か? あいつ、相続でもしたのか?」

そこまで単純な話にすると、信じてもらえないおそれがある。ぼくはもう少し、設定をひねることにした。「遺産相続ってわけじゃないけど、依頼元では財産管理をしていてね。所有物の売却に、レイナルの署名が必要なんだ。権利の確認のために」

その署名の価値が、どれくらいになるのかは言わなかった。あとは男の想像に任せればいい。

店主は言った。「なるほど、嘘じゃないんだろうな。先日の男の話とほぼ同じだ、さっきの写真の男の。しかし、なんだってまたおんなじ仕事で、ふたりも人をよこすんだ?」

「最初の男がしくじったってだけさ。で、もう一度試してみようって話になったんだ。一度目でのがした手がかりを、ぼくが手に入れられるかどうか」

「じゃあどうして、そいつの写真を見せて、ここへ来たかを尋ねたりした？」

この質問に答えるためには、コーヒーにスプーン一杯の砂糖を入れて、時間稼ぎをしなくてはならなかった。「まあ、正直に打ち明けるよ。最初の男があんまり派手にしくじったんでね、本当に本人が言うだけの人たちに会ってきたのか、確かめてこいって言われたんだ。報告書を体裁よくでっち上げただけかもしれないから、仕事ぶりを調べてこいってさ。なにしろ、あの男はうちの探偵社じゃ新顔だからね」

「ああ、そういうことか。そいつ、おれの話はちゃんと聞いてったぞ。ただ、こっちはろくな話ができなかったが。なにせトミーとは、隣でときどき飲むだけの仲だったもんでな。一ヵ月くらい前、あいつがここを離れてからは、名前も耳にしなかった」

「シカゴを離れたとしたら、行き先に心当たりは？」

「ないな、ひとつも。何度か雑談はしたが、自分のことは喋らないやつだった。苗字すら聞いた憶えがないからな」

このとき別の客が入ってきて、カウンターの真ん中あたりに座り、店主はそちらへ応対に向かった。ぼくはコーヒーをすすりながら、残り三十分の待機時間を有効に使う方法はあるだろうかと考えた。

ふと、ひとつ思いついた。店の奥の電話ボックスへ行って、電話帳をひらき、レイナルの妻と同じマンションに住んでいる兄の番号を調べる。午前九時半は、夜に働いている者へ電話するには早すぎるが、こっちなら早すぎないかもしれない。

こうしてぼくは、レイナルの義兄に電話をかけた。

適当な名前を伝え、〈バートレット金融会社〉の者だと告げる。それから、義理の弟のことで会えるかどうかを尋ねた。

「かまわないが、もう全部話したぞ。二、三日前、おたくの会社がよこした男にな」

ぼくは、ともかくお会いしてから説明したいと言った。妹さんはいつごろ寝《やす》んだかと尋ねると、たいてい十時ごろに起きるとの返事だった。そこで十時半に兄のほうと会う約束をし、それより早く妹さんに会うことがあったら、十一時ごろに話を聞きに行きたいので、出かけないで待っていてほしいと伝えてくれと頼んだ。レイナルの妻の兄は、わかったと答えた。

〈ケンネル・バー〉が開くまであと二十分ほどあったが、うまいこともうひとつ、片づけておける用事を思いついた。職業別電話帳の酒場の欄をひらいて、北ディアボーン通りの一三〇〇番地近辺のバーを探す。ページはかなりたくさんあったが、あっけなく三ページ目で、それらしい所番地の店が見つかった。電話をかけてみると、そこの店で正解だった。

単純に、信用照会を頼みたいとの口実を使った。ああ、トミー・レイナルって男が働いてたことはあるよ、一年半くらいのあいだ、との答えが返ってきた。何年前のことかは憶えていないそうだが、おそらく一年半か二年前に辞めたはずだ。辞めた理由を尋ねると、とたんに口が重くなって「うちじゃあ、うまくいかなかったんだよ」とだけ答えた。そのあたりはぼくも、突っこんで訊かなかった。おおかた、レジの金をちょろまかされていたことに気づいたが、証拠が押さえられなかったというところだろう。証拠がなければ、おいそれと口にするわけにはいかない。

どっちにしろ、ぼくが聞きたいのはそこではなかった。もう用事はすみました、という風を装って礼を述べ、本題にとりかかる。

「二度もお騒がせして、申し訳ありません。うちの部下が水曜に伺った際、レイナルさんが辞めた理由をお尋ねするのを忘れまして」

「え？」電話口の男は訊き返した。「おたくのだれだって？」

「調査員です。ぼくは主任なんですが、部下のひとりが水曜日にお話を伺いましたよね。所定の確認をするために」ちょっと笑ってみせる。「もしかしたら、違う理由を言って質問を行ったかもしれませんが、それも職業上のことなので」

「水曜に、トミーのことを訊いてきたやつなんていないぞ。もうずいぶん長いあいだ、あいつのことなんて訊かれたことがなかった。最後は一年近く前、どっかの金融会社だったな。あいつが車を買うとかで、職歴を調べてただけらしいが」

「まちがいないんですか、それは？」ぼくは、いかにも信じられないといった口調で、「それが本当なら、その調査員を呼び出して叱責しなければ。嘘の報告書を作成したってことですから。その調査員は、そちらへ伺ったと言っています。うちの者がそんな不正をしたとなれば、見のがすことはできません」

「いや、人を叱責とかに遭わせるのは嫌だけどさ。でもたしかに、そんなやつは来なかったよ。まちがいなくわかってる。だってうちのバーテンが月曜に辞めて、代わりがまだ見つからないから、おれひとりでずっと店を切り盛りしてるんだ。午前九時から夜の一時まで。飯だってここで食ってるんだ」

ぼくは礼を述べて、電話を切った。これでアム伯父が北ディアボーン通りのバーへ行かなかったことも、電話すらしなかったこともはっきりした。もともと伯父がそうするとは考えにくかったのだが、それでも確認はとっておきたかった。

午前十時まであと十分。隣のバーが早めに開いていないかと、外へ出てみる。開いていなかったので、レストランへ戻ってコーヒーのお代わりを頼んだ。飲みおわってからもう一度行ってみると、今度は開いていていた。

第十五章

〈ケンネル・バー〉は、犬小屋《ケンネル》という名から予想されるとおりの店だった。壁を埋めつくした犬の絵。片隅にはグレートデンサイズの、大の男でも四つんばいで入れそうな犬小屋がある。実際に入った酔っぱらいは、ひとりやふたりではないだろう。ふたつ並んだトイレのドアにも、一頭ずつ猟犬の絵が描かれている——片方がポインター、もう片方がセッターという、懐かしのユーモアだ（ポインター、セッターはそれぞれ男性、女性のことも指す）。けれどもここのオーナーは、どうやら犬種についても洒落についても客の知識を信用していないらしく、ドアには月並みな〝男子用〟〝女子用〟の表示も出されていた。ぼくがここのオーナーだとしたら、もっと調和のとれた表示にするところだ——〝オス用〟〝メス用〟と。客の酒は、餌皿に注いでやろう。

だが、ぼくはここのオーナーではない。カウンターの奥の、禿げた大男がそうだった。本人がそう言うのだから、疑う理由もないだろう。ぼくは弁護士のときと同じ手で素性を隠し、はじめはトーマス・レイナルに関心のあるふりをした。もっとも、それだって完全な嘘ではない。アム伯父が摑んで、追ったかもしれない手がかりをのがしたくないという一点においては。

しかし、その手がかりは得られなかった。たしかにレイナルは一ヵ月前まで、四ヵ月間ほど働いていたが、オーナーはそれ以来トミーの顔を見たこともなければ、どこで何をしているかも見当がつかないという。ただ、免許もなしにやっているのでなければ、バーのカウンターにはいないはずとのことだ。

そこで話の流れを、三日前の同じ時間に来た調査員のほうへ持っていった。突然仕事を放棄して辞めてしまい、シカゴを離れたこと、会社では不審に思って、わけを知りたがっていることを述べたてる。

禿げた男は肩をすくめた。「別に様子はおかしくなかったがね、おれの見たかぎりでは。あんたと同じ質問をされたから、同じことを答えたよ」

「ここにいるあいだ、酒を口にしましたか？」これを尋ねたほうが、自然に聞こえるだろう。

「一杯飲んだな。で、おれにも一杯おごってくれたぜ」

おまえもそうしろ、という気配を感じたので、ぼくも同じことをした。この男が何か思い出したときに備えて、口のすべりをよくしておいたほうがいい。

けれども、けっきょく金の無駄づかいだった。この男が知っていたのは、レイナルが店のカウンターにいたときのことだけで、妻のことも交友関係も、暮らしぶりも何ひとつ知らなかった。気に入ってはいたが、個人的なつき合いはまったくなかったそうだ。辞めてからはなんの音沙汰もないし、噂を聞いたこともなかった――二、三日前、金融会社から来た男に、トミーが市外へとんずらしたと聞かされるまでは。

いいや、とオーナーは言った――その調査員が次にどこへ行ったかは知らない。だがたぶん、トミーの住んでいたところだと思う。ここからたった数ブロックだから。いいや、おれは行ったことはない。住所を知りたいのなら、書いた紙がどこかにある。遠くはないはずだ、トミーはいつも歩いて通ってきていたから。

ぼくはこつこつと、さらに誘導尋問を重ねたが、何もわかりはしなかった。きっとアム伯父も、この店では何も摑めなかっただろう。

〈ケンネル・バー〉を出たとき、まだ十時十五分だった。そこで、南ブリウィック通り六八二番地まで歩いていった。そこは四階建てのビルで、一階には配管設備の店が入っている。マンション部分への上り階段は、路地の奥にあった。階段前の狭い玄関に並んだ十二個の郵便受けからして、上の三つの階にはそれぞれ四つのフラットが入っているようだ。ということは、レイナルの義兄の住む二号室はおそらく二階、レイナル本人の住んでいた七号室は三階にあるはずだ。

ぼくは二階へ上がり、二号室の呼び鈴を鳴らした。アンダーシャツ姿のずんぐりした男がドアを開けた。髪はくしゃくしゃに乱れ、まる一日はひげを剃っていない。「あんた、金融会社の人かい？入りな」

男のあとについて廊下を行き、女が皿洗いをしているキッチンの前を過ぎて、すりきれた張りぐるみのソファ類を置いた居間へ入る。ソファの肘掛けにどかりと尻を落とした男は、安楽椅子をぼくに勧めた。

「知ってることはみんな、この前の人に話したがね。なんでも訊いてくれていいよ。あのろくでなしを見つけてほしいんでね」

申し訳ないが、追加の質問があったから来たわけではないと先に告げた。この前の調査員と、同じ仕事をしに来たのだと。弁護士のデミントン、それから〈ケンネル・バー〉のオーナーに聞かせた話をもう一度繰り返す。

男は言った。「べつだん、ふつうそうに見えたが。うちじゃ、そんなことをしでかすようなきっかけもなかったし。報告書も出さなかったんだって?」

どうやら興味を惹いたらしい。これならトーマス・レイナルの話題に移る前に、アム伯父について探りを入れても大丈夫そうだ。

「うちの会社でも、いぶかしく思ってましてね。それでぼくは、当日の動きをたどってみようと考えたんです——もちろん、仕事をやりなおすついでですが。あの男がここへ来たのは、何時ごろのことですか?」

「ちょうど、いまごろの時間だよ。三十分くらいここにいて、マッジの話を聞くために三階へ上がった。そのあと、どこへ行ったかは知らないな。何も聞いてないから。ただマッジのやつが、どこどこへ行ってみてくれとか言ったかもしれないが」

「妹さんはもう起きてますか?」

「ああ、朝飯を食ってる。ついさっき、上に顔を出してあんたが来るって言っといたからな。こっちが終わったらそっちへ行くはずだって言ったら、正午前に出かけたいんで、できたら十一時ごろにしてほしいってさ」

訪問先へ行くタイミングも順序も、アム伯父のそれに沿っている。ふと、背筋がぞっとした。けれどもそこから気持ちを引きはがし、レイナルについての質問を始めた。アム伯父が尋ねたはずの質問をし、伯父と同じ手がかりを得るために、レイナル捜しに熱を入れているふりをして。なにもぼくが、そいつを発見できると思っているわけではない。アム伯父は優秀な人だ。伯父がスターロックへ、跡も残さず逃亡したと報告したのなら、一日動いたところでどうにかなるわけがない。

レイナルの義兄のジェニングズは、堰を切ったように話しだした——あいつはくず野郎だ、アル中みたいに飲みすぎてはたちの悪いことを繰り返す、働いてるころだって、稼いだ金をかたっぱしから賭けで使っちまってた。

賭け、というところが気になったので、無関係とは思ったが、念のため口を挟んだ。「レイナルは、数当て賭博をやっていたことは？」

「ないな、おれの知っているかぎりでは。ああ、たまに十セントとか、二十五セントくらいは買ってたか。今日はついてると思ったり、この数字だってひらめいたり、夢に数字が出てきたりしたときに。やけに迷信深いところがあったんだよ。でもなんてったって、お馬ちゃんさ。あいつの賭けごとといったら、とにかく馬、馬だ」

「じゃあ、行き先はどこか競馬場のあるところなんじゃないですか？　いまレースを開催しているところか、一ヵ月前行方をくらましたときに、開催していたところか」

ジェニングズは顎をさすって考えこんだ。「いやあ、それはないだろうな。ただ賭けたいだけで、観るほうはどうでもいいやつだった。競馬場へなんか、行ってないはずだ」

「どこで賭けていたかは、ご存じなんですか？」

「ループのどっかの煙草屋らしいが、どこなのかは知らない。おれのことも連れていこうとしたんだが、こっちは馬にはそれほど興味がないんでな。ああ、そういえば昔、ときどきつき合ってやったこともあったか。あいつが、今日はいけるぞって言い出したときに。やつとマッジが結婚したてのころは、それなりに親しくしてたからな。といっても一ドルか二ドル、金が浮いたときだけだが」

「どこで賭けていたか、捜すあてはありませんか？　ループの煙草屋ってだけじゃ、ちょっと漠然としすぎてます。妹さんはご存じでは？」

「知らないと思うぞ。どうしてだ？　どうだってよくないか、そんなこと？」

「それで、姿を消す前に大金を摑んだかどうか、わかるかもしれませんよ。一般的に言って、男が行方をくらますのはまとまった金を手にしたときか、その反対――借金で首が回らなくなったときです。なんであれかならず、背中を押す出来事があったはずなんですよ。長いことずっと、実行に移したいと思っていたのかもしれません。そんなときに、逃げられるだけの――あるいは、逃げざるを得なくなる何かが起きたのかも」

ジェニングズは、ふたたび顎をさすった。「まあ、一理あるかもしれん。だがな、どっちであろうと知ったことか。あの野郎、いつもいつも借金ばかりこしらえて。マッジが働いて食わせてたんだ。もちろん、仕事も免許もなくしたから、それで背中を押されたってことも考えられる。けど、この街でならどこよりも簡単に、別の仕事につけたはずだろ。そりゃあ、バーテンは無理にしても」

「それじゃ、大金を賭けて勝ったとは考えられないんですか？」

「そもそも、大金を賭けられる立場じゃないからな。せいぜい十ドルがいいとこだ。それじゃ大儲けはできないだろ。大穴狙いも無理だし。ノミ屋じゃ大穴の場合、競馬場のオッズでは払い戻さないからな」

ぼくは言った。「数当て賭博でなら、賭け額が小さくても大きく当てられますよ。五ドルだって、当たれば二千五百ドルです」

「分が悪すぎるよ。当たる確率は千分の一なのに、配当はたったの五百倍だ。あいつは確率のことはちゃんとわかってたし、確率頼みだったから、それだって承知してたはずさ。数当て賭博は、楽しみで小銭を賭けるぶんにはいい。だが、五ドルもつぎこむのはとんだ大馬鹿だ」

「まったくですね」ぼくは同意した。「じゃあ、レイナルはそういう馬鹿じゃなかったと?」

「ああ。そのへんは認めなきゃならん。あいつはずる賢いやつだったから」

「では、賭けで当ててないとして、逃走資金はいくらくらい用意できたんでしょう?」

「たいした金はないさ。百ドルもないだろう。馬鹿みたいだが、おれが五十ドル貸しちまったんだ。いい仕事の口にありつけそうなんだが、それには五十ドル必要なんだ、とかなんとか言われてな」

「それなら、その五十ドルを馬に賭けて、その馬が勝ったんじゃないですか。そうすれば、充分な資金になりますよ」

ジェニングズはかぶりを振った。「いや、その五十ドルを持って消えたんだ。賭けをして、払い戻しを受ける時間なんてなかった。あいつがここへ来たのは、夜の八時だった。仕事から帰ったばかりのおれに――勤務時間は昼十二時から夜七時までなんだが――その勤め口の話をしてな。あの日は給料日だったんで、二週間ぶんの給料をふところに入れていた。だから、それだけの現金を持ってたわけだ。もちろん、あいつも承知のうえさ。

あいつは五十ドルを持って、しっかり勤め口を押さえてくるよ、と言いのこして出ていった。入れかわりに、マッジが帰ってきてな。その日は仕事が休みだったんで、外出してはいたが、帰りはわりと早かったんだ。で、フラットに入ると、旦那の服が全部消えてる。あらかじめ車に荷物を積んでおいて、行きがけにおれに五十ドルせびったんだ。おまけにマッジが、家賃にあてようと戸棚に入れていた二十ドルも消えていた」

ふとこちらを見て、苦笑いをうかべた。「これだけは言えるよ。やつはもう、シカゴ近辺にはいない。偶然おれに出くわしでもしたら、五十ドル剝ぎ取られるからな。だがまあ考えてみりゃ、取り返すよりくれてやったほうがましだろうな。授業料ってやつだ、これも」

口ぶりに引っかかるものを感じたので、ぼくは思いきって訊いてみた。「レイナルがその金を逃走資金に使うかもしれないと、あなたは気づいていたのでは？」

「ああ……まあ、ちょっとはな。あいつ、やたら口がうまくてな。その勤め口にありつくのに、どういうわけで五十ドルが必要なのか、もっともらしい話を並べたててきた。でもふいに、このくそったれはどっかへ逃げようとしてるのかもしれん、と思った。で、そのとおりにしてくれるんなら、五十ドルでも払う価値がある――そういう気になったんだろうな、いま思えば。あれでマッジも、あの男がどんなくずかはっきりわかって、別れる決意をしたんだ。まさしく、五十ドルの価値はあったよ」

「ぼくがとやかく言うことではありませんが」と前置きしてから尋ねた。「そんな風に思っているんでしたら――問いつめるつもりはないですが、どうしてうちのレイナル捜しに協力してくれたんです？」

ジェニングズの顔がこわばった。「そりゃあ、こう思ったからさ。車を乗り逃げした件で、おたくがやつをムショにぶちこんでくれるんじゃないかって。マッジのやつは、告訴しないっていうし。五十ドルの件で告訴しようとしたんだが、貸したってことなら、賠償訴訟くらいしか無理だって言われてな。けど、おたくの金融会社なら、ちゃんとあいつをぶちこんでくれそうだろ。

これでもし、まだマッジが心配な状態なら、見つかってほしいなんて思わないさ。だが、あいつはもう大丈夫だからな。戻ってきて、足元にひざまずかれたとしても、離婚すると言ってる」

まあ、納得のいく話だった。もうそろそろ本題に入ったほうがいいだろう。レイナルの交友関係を教えてくれと頼み、手帳と鉛筆を取り出して、友人たちの名前を——ジェニングズが知っているなら住所も、書きとめる用意をした。

ジェニングズは言った。「そうはいっても、あいつには本当の親友なんていなかったからな。バーテンをやってたから、もちろん知り合いは多いんだが。友達づき合いをしてたやつを何人か知ってるが、やつはだれにも、行き先を知らせていかなかった。それはまちがいない。あいつはそれほど間抜けじゃないからな。でもあんたが望むなら、あいつの知り合いの名前を知ってるだけ全部教えてやるよ。役には立たないだろうがね」

「前に来た調査員は、何人の名前を書きとめていきましたか?」

「三人だ。三人教えたんでな」

「それを教えてください、役に立たなくてもかまいません。その三人がレイナルの状況を知らなくても、うちの調査員が会ったかどうかは確かめておきたいんで。仕事のついでに、その男に何があったのか、どうして突然シカゴを離れたりしたのか、調べたいと思うんです」

ジェニングズは三人の名前と、ふたりぶんの住所、残るひとりの勤め先の所番地を教えてくれた。

先日の調査員に話したことで、ぼくにまだ話していないことはないかと尋ねる。なんでもいいが、特にその調査員が追いかけそうな、手がかりになりそうなことはないかと。

ジェニングズはかぶりを振り、立ち上がった。「せかしたくはないが、十二時から仕事で、職場までちょっと時間がかかるんでな」

「わかりました」ぼくは答えた。「ありがとうございました」廊下へ向かいかけて、振り返る。「うちの者は、おたくの奥さんの話を聞いていきましたか?」

またも顎をさする。「話を聞いたとまでは言えないが。いったん女房をこっちへ呼んで、あいつが通ってる占い師の名前を、その調査員に教えろとは言ったぞ。トミーが女房から聞いて、そこへ一回行ったことがあったから。二回以上だったかもしれんが、おれはよく知らない」

キッチンのほうを手ぶりで示す。「あとはあいつに訊いてくれ。支度を始めなきゃならない」

ぼくは廊下を通って、キッチンへ行った。シンクの前にいたジェニングズの妻は、手を拭きながら振り向いた。ぼくは戸口に立ったまま、用件を述べた。

「ええ、教えたわ。その占い師の先生は、ラーマ・シンっていうの。シンの綴りはS‐i‐n‐g‐h。すばらしいのよ、初対面でわたしのこと、なんでも言いあてちゃったんだから。どうやったのかはわからないけど、とにかくすばらしいわ」

「インド人ですか?」

「ええと……わからないわ。そんな風には見えないけど、頭にターバンを巻いてるの。英語は完璧だけども。たしか、それこそインドかどこかで、修行を積んだって言ってたわ」

「レイナルは、その人に見てもらいに行ったんですか?」

「そう言ってたわ。わたしはシン先生に、友達を通じて出会ったの。三ヵ月くらい前。ここから十ブロックくらいの、バー通りに住んでて。番地は憶えてないけど、ポーク通りから角を曲がってすぐよ。ポーク通り橋を渡っていくの。うちの旦那とマッジも誘ったんだけど、行きたくないんですって。でもトミーは乗り気になって、あとから本当に行ったみたい。けど、シン先生に何を言われたかは教えてくれなかったし、その後も行ったのかどうかは知らないわ」

重要な情報とはとても思えない。アム伯父がそこへ行った可能性もないではないが、考えにくいことだった。それでもぼくは、いちおう尋ねた。「前に来た調査員は、その占い師の名前と住所を書きとめていきましたか?」

「書かなかったと思うわ。少なくとも、喋ってたあいだはね」

礼を述べて、フラットをあとにした。三階へ上がって、七号室の呼び鈴を鳴らす。

応対に出たのは三十がらみの女だった。兄よりもだいぶ若く見えるいっぽう、頭のほうはだいぶ鈍そうだった。本物の馬鹿というわけではなさそうだが、それに近いものが感じられる。もう少し知性と活気が顔ににじんでいれば、きっと美人の部類だったはずだ。早くも二、三十ポンド、余分な肉がついている。おそらくあと十年もすれば、牝牛よりも牝牛らしくなるだろう。

彼女はぼくを居間へ通し、喋った。こちらへ口を挟む隙も与えずに。ぼくはやっとの思いで、もう一度調査に来た理由を呑みこませたが、わざわざそうまでする必要はなかったらしい。レイナルの妻はもう一度打ち明け話ができて、どう見てもうれしそうだった。

ぼくはジェニングズから聞いたことのすべてと、それに加えて、大量の家庭の些事《さじ》を耳に流しこまれた。けれどもトミー・レイナルを――いや、アム伯父を捜し出すヒントは混じっていそうになかった。

四、五十分ほど経ってから、ぼくは強引に本題を持ち出した。なんであれ、追う価値があるとアム伯父が判断しそうなこと――そういう内容を伯父に話したのなら、それこそ聞かせてもらいたい。いまや伯父が午前中に、スターロックのメモに書かれていた人々との面会をすべてすませていたことははっきりした。それなのに、午後四時まで会社へ戻ってこなかった。ということは三時間ほど、このレイナルの妻と、妻の兄から聞き出した手がかりを追っていたはずなのだ。

レイナルの妻はとりとめなく喋るのは得意でも、特定のことを思い出すのは苦手そうだった。それでも粘り強く質問を重ねて、ようやくふたつの情報を手に入れた。ひとつはジェニングズの挙げなかった、トミーとけっこう親しかった人物の名前と住所。前に来た調査員もこれを書きとめていったと、彼女ははっきり言った。

もうひとつは、レイナルに叔父がいるという話だった。本人の言っていた旦那の身内は、その叔父ひとりだけだという。名前はチャールズ・レイナル、フロリダのジャクソンヴィルで不動産業を営んでいるそうだ。彼女の考えはこうだった。トミーはいつもシカゴの気候を嫌がっていたから、そのフロリダか、カリフォルニアのどちらかへ行ったんじゃないか。フロリダへ行ったのなら、そこに住む叔父に連絡をするかもしれない。先日の調査員にも同じ話をした気はするけれども、はっきり憶えていないとのことだった。しかし確実に、その話はしたはずだ。レイナルの身内がどこかにいないか、アム伯父が訊き忘れるわけはない。それを訊けば、この話になったことだろう。

ともあれこれは、依頼主の金融会社に伝えるべき情報であることはまちがいない。この話を聞けば、金融会社はジャクソンヴィルの警察に一報を入れて、当該の車とトミー・レイナルが来ないか見張らせることができる。

十二時を少し回ったころ、ようやくレイナルの妻の住まいを脱出できた。アム伯父をもってしてもこれより早く出られた気はしないので、まだ時間は互角のはずだ。次は十中八九、昼飯にしたことだろう。そこでぼくも昼飯にした。選んだ店まで同じだったかもしれない。というのも、いま出たマンションから一ブロックしか離れていないレストランに入ったからだ。店員にアム伯父の写真を見せればはっきりしたのかもしれないが、そこまで手間をかけることでもない。それに、本当にこの店で伯父も食事をしたとわかったら、また背筋がぞっとしそうだ。

注文をする前に、店の電話で会社にかけてみた。なんの情報も入ってきておらず、状況は変わらないとのことだった。そっちはどうだ、とベン・スターロックに訊かれたので、伯父が訪れた場所や、訪れた時刻は順調にわかってきているけれども、手がかりらしい手がかりは何も摑めない。水曜に伯父が帰社してから起きたことと関係のありそうなことは、何ひとつ見つからないと答えた。

スターロックは言った。「とにかく、そのやりかたで続けてみろ。あれから考えてみればみるほど、おまえのそれはいい思いつきだと思えてきた。アムが帰社するまでの行動をたどってみるってのは。もっと早くやってみるべきだった」

受話器を置き、カウンターへは行かずに壁ぎわのボックス席に陣取る。手帳に書きつけた名前と住所に目を通して、午後からの計画をじっくり練りたかったのだ。アム伯父も食事のあいだ、同じことをしたような気がする。

手帳に書いた名前は四つ。おそらくすべて、アム伯父が書いた名前と一致している。レイナルの妻の記憶にまちがいがなければ、ほかの名前は書きとめなかったはずだ。

行き先のうち三つはニアサウスサイド（ループの南に隣接した地区）にあり、ほぼ一マイルの距離内に収まっていた。これらは伯父が直接回ったか、少なくとも回ってみようとしたことだろう。残るひとつはずっと西、ほとんどシセロの近くだった。

昼飯を食べおえ、店の電話帳でハーヴィー・スペングラーという名前を探した。ずっと西に住んでいる男だ。名前が見つからなかったので、番号案内に電話して所番地を伝えると、電話帳に載っている番号を教えてもらえた。

そこはどうやらアパートのようだった。スペングラーは不在だったが、昼食に出ただけだから、そのうち戻るだろうと言われた。

近場の三つのうち、いちばん近くを選んで歩いていく。そこの男の名前はアルバート・バーゴインといった。あいにく土曜の午後は仕事とのことで、不在だった。バーゴインの勤めている紳士用服飾店の場所を聞き出す。水曜の午後も出勤だったそうだ。店はそう遠くないところにあった。クラーク通りの路面電車に乗れば、五分かそこらで着くだろう。

けれどもその前にドラッグストアへ立ち寄り、スペングラーのアパートの番号にもう一度かけてみた。今回は本人を捕まえることができた。

金融会社うんぬんの言い訳は、電話では通用しないだろう。面と向かって話さないと、人は口をつぐんでしまうものだ。

そこでぼくは切り出した。「ジェイ・ホイーラーです。突然ですみませんが、トミー・レイナルの連絡先を知りませんか?」

「知らないな。トミーとはもう、一ヵ月以上も会ってないし。おたく、どこのだれだって?」

「ジェイ・ホイーラーですよ。トミーと一緒に、一度会いましたよね。実はトミーの金をあずかってて。たいした額じゃないんですが、帳簿から消してしまいたいんですよ」

「なんの金だ?」

「競馬ですよ」ぼくは続けた。「一ヵ月ちょっと前、トミーが五ドル賭けた馬が勝ちましてね。三十四ドル六十セントになったんです。でも、払い戻しを受けに来なくって。たぶん当てたのを知らないんじゃないですか。こっちは、帳簿に未払い分が残ってるのが気持ち悪くて、さっさと払ってしまいたいんです。どこにいるか、知りませんかね？」

「あいつは、シカゴからとんずらしたって聞いたぞ。そのくらいの金、もらっちまえばいいだろ。まあ、そこから十二ドルおれによこしたっていいが。やつに十二ドル貸したままなんでな」

ぼくは笑って聞き流し、さらに尋ねた。「それじゃ、どこへ向かったか心当たりはないんですか？」これが危うい質問であることは、承知のうえだった。なりすました役柄からして、こんなことを訊くはずがない。けれどもスペングラーは意に介さなかった。

「さてね、カリフォルニアくらいか。でも本当にとんずらしたのか、いま考えりゃ怪しいもんだ。二、三日前にも、別のノミ屋から電話が来たんだ。なんとそいつも、トミーが当てた金をあずかってるってさ。おたくのとこより余分にな。なんでまた、ふところに入る金を放り出していくのか、おれにゃさっぱりだぜ」

礼を述べて、電話を切った。おかしなものだ――まさかアム伯父が、ぼくとまったく同じ口実を使うとは。けれども、笑う気はしなかった。ともあれこれで、ひとつの名前がリストから消えた。

ぼくは路面電車に乗り、紳士用服飾店へ向かった。着いたのは午後一時半で、アルバート・バーゴインは昼食で外出中だが、二時に戻ってくるとのことだった。ほかのふたつの行き先へ向かうより、ここで待っていたほうがいいだろう。角のバーへ行き、ビールをひと瓶頼んで三十分をつぶした。それから会社へ電話を入れ、相変わらず何も起きていないことを確かめた。

二時に店へもう一度行ってみると、バーゴインはちょうど戻ったところだった。例の金融会社の話をして、トミー・レイナルの居場所を知らないかと尋ねる。

バーゴインは難しい顔をして少しのあいだためらっていたが、やがて口をひらいた。「ああ。やつの居場所なら知ってるよ」

第十六章

この返事はまったくの予想外だった。ぼくは驚きのあまり、ひっくり返りそうになった。それじゃ、アム伯父はここへは来なかったというのか？　ジェニングズはたしかに、伯父がこの男の名前を書きとめていったと言った。本当のところ、トミー・レイナルの居場所になんて毛ほどの興味もないのだ。そんな話はすっ飛ばして、いますぐアム伯父のことを尋ねたい。しかしここは、役柄に踏みとどまらなければならない。はやる気持ちをなんとか抑えて、レイナルの居場所を尋ねた。

「ルイヴィルさ、ケンタッキーの。〈ケンタッキー・ハウス〉に、トム・レイノルズって偽名で滞在してる。本名を少しいじっただけだから、まあすぐにわかるよな。昨日手紙が来たんだ」

「本人から？」

「おいおい、まさか。ルイヴィルででかい酒屋の配達をやってる、おれのいとこからさ。そいつ、一年くらい前に二週間ほどシカゴで過ごして、そのときにトミーと一度会ったことがあったんだ。手紙によれば数日前、〈ケンタッキー・ハウス〉のトム・レイノルズって男へ酒を届けることになった。その名前を見て、トミー・レイナルってやつと会ったことを思い出したそうだが、部屋へ酒を届けに行ってみたら、まさしくそのレイナルでな。あっちのほうは、いとこに気がつかなかったそうだ。なにしろ一度しか会ってないし、いとこにしたって、そこまで本名に近い偽名じゃなければ、確信が持てなかったんじゃないか。ともあれ名前が変わってたから、なんにも触れずにすませたそうだ。まあその代わり、おれに手紙をよこしたわけだが」

「その手紙が来たのは、昨日のことでしたっけ？」

「そうだ。あんたのところの会社、なんて名前だったっけか。二、三日前にもうひとり来たぞ、たしか水曜に。それとも別の会社でも、トミーを捜してるのか？」

同じ会社だとぼくは答えて、先日の調査員がどうしたとか、会社で不審がっている理由だとか、もはやお決まりの言い訳を並べた。その男が来たのは何時で、どんな様子だったかと尋ねる。

「ちょうどいまごろか、もうちょっと遅くだな。どんな様子って、別にふつうだったぞ。そういう意味で訊いてるんならあえて言うが、頭がいかれた感じは全然しなかった。あのときレイナルの行方がわかってりゃ、あの男にも教えたんだが。名刺も置いていかなかったし、男の名も金融会社の名前も忘れちまったんでな。ところで、レイナルをどうするんだ？　連れ戻すのか？」

「それは会社しだいですね。警察の手で、こっちの州へ引き渡されることになるのかどうか。最低でも、車は取り返すはずですが」

「おれの二十五ドルも取り返してほしいもんだな。あいつ、返さないまま消えちまった。というわけで、情報なら喜んで提供するぞ。おれのほうは、友達だと思ってたんだがな。どうも金を借りたあと、たまたまどっかへ行っちまったってわけじゃないらしい。たちの悪い話さ。とんずらする前日に借りていったんだから、はじめからそのつもりだったに決まってる。たぶん借りられるところからは、全部借りてるだろうな。返す気なんか、はなっからなかったんだ」

「そうでしょうね」ぼくは同意した。「そのいとこからの手紙には、ほかに何も書かれてなかったんですか？」

「ああ。さっきので全部だ。ただ、〈ケンタッキー・ハウス〉なら知ってるぞ。おれもルイヴィルに住んでいたことがあるからな。いいところだぞ、豪勢ってわけじゃないが、あそこにいるんなら貧乏しちゃいないだろうな。いわゆるホテルってやつじゃなく、月極めで借りる独身者向けのマンションってところだ。だから数日前にいたとなれば、たぶんまだいるだろう。けど、おれが知ってるのはここまでだ」

ぼくは礼を述べて、アム伯父のことに話題を戻した。当日の足どりを追おうとしていることを説明し、ここへ来た正確な時間を憶えているかどうか尋ねる。

「昼食で外出してるあいだに来たんだ。時間は一時半ごろ。戻ったときに、上司から聞いたからはっきりしてる。三十分くらい前、おまえに会いにだれか来たから、二時に戻ってくるって伝えたってさ。たしか、二時十五分だったかにもう一回来たはずだ。十五分か二十分仕事してたら、現われたんでな」

「ここからどこへ行ったか、心当たりはないですか？」

「レイナルの友人のテックス・ウィルキンズって男のことを尋ねられたんで、そいつなら知ってると答えたら、テックスが午後に出勤してるかどうか、知らないかと言われてな。テックスがカウンター係をやってる大衆食堂の所番地はわかってたが、勤務時間までは知らなかったらしい」

「そうですか」ぼくは答えた。テックス・ウィルキンズは、残されたふたつの名前のうちのひとつだ。

「それで、午後に出勤してたんですか？　今日はどうなんです？」

「してるよ、四時までな。日曜以外は毎日、朝七時から夕方四時まで勤務だ」

ふたたび礼を述べ、店をあとにした。次はテックスのところだとアム伯父が決めたのなら、ぼくの次の行き先もそこだ。しかしその前に、一本のビールとともに三十分過ごしたバーへとって返し、もう一度会社へ連絡を入れた。

スターロックが応答した。「よう、エド。何か摑んだのか?」

「アム伯父のほうはまだですが、トーマス・レイナルの有力な手がかりは得られました。情報が新鮮なうちに、あなたが依頼主へ伝えられるようにと思って。〈バートレット金融会社〉はきっとすぐ、ルイヴィルの警察へ電話を入れたくなると思いますよ」

レイナルについて、バーゴインから聞いた内容を伝える。アム伯父が摑みそこねたわけではなく、バーゴイン自身もこの報せを、伯父と会ったあとに受け取ったのだと説明を加えた。

スターロックは言った。「よくやった、エド。さっそく〈バートレット金融会社〉へ電話をしよう。だが、レイナルのことじゃなく、アムのことが摑めてたらよかったのにな」

「ぼくもそう思います。まだふたつ、訪問先が残ってますから。五時前には戻ると思います」

テックス・ウィルキンズの勤めている食堂は、南ステート通りにあった。クラーク通りの路面電車で南へ行き、最寄りで降りてからは徒歩で、そこの店へ行った。

ウィルキンズ相手にも、ほかでさんざん繰り返した言い訳を使った。ただし、レイナルの居場所をすでに知っていることは伏せておいた。アム伯父が聞き出して、追いかけたかもしれない手がかりは、何ひとつのがしたくはない。

けれどもこの男は、レイナルとは二ヵ月近くも会っておらず、なんの手がかりも持っていなかった。シカゴから逃げたことは耳にしていたものの、知っていることはそれで全部だった。たしかに、とウイルキンズは言った――二、三日前にも、別の調査員が来ていった。しかしおれは、なんにも知らなかったからな。ああ、その男が会いに行きそうな特定の人物なんかは、ひとりも教えてやれなかった。それは確実だ。その男が来たのは三時ごろだったと思うが、自信はない。もしかしたら、もう少し早かったかもしれない。

いや、三時というのはいい線だろう、とぼくは思った。紳士用服飾店でぼくは、十五分アム伯父に先回りした。そしていまは、三時十五分前なのだ。

残る行き先はひとつ、ゲインズという男の自宅だった。ここから十数ブロックあるので、タクシーを使う。

ゲインズは不在だったが、うまいこと言いくるめて家に入れてもらい、聞きたいことは本人の妻から教えてもらった。残念ながら、役に立つ情報はなかった。

水曜にも金融会社の人間が訪ねてきたが、ゲインズはやはり不在だったそうだ。地方回りのセールスマンなので、市外へ行っていることのほうが多いのだという。ゲインズの妻は、トーマス・レイナルのことはまったく知らないも同然だった。以前旦那から聞いて、友達づき合いをしているのは知っているが、それほど親しい友人だとは思えない――これで全部だった。そのレイナルという人に会ったこともないし、近ごろは旦那から名前を聞いた憶えもない。前に来た調査員にも同じことを訊かれたが、そのとき言われて初めて、その人がシカゴから逃げたのを知ったくらいだ。しかもまだ、そのことを旦那に話していない。ミネソタまでセールスに行っていて、ずっと帰ってきていないからだ。たぶんあと二、三日は帰ってこないだろう。

午後だったということ以外、その調査員がいつ来たかも彼女は思い出せないそうだった。けれどもこちらから、三時半前後ではなかったかと尋ねてみると、その日の買い物をすませたあとだったから、少なくともそのくらいの時間にはなっていたはずだと言い出した。

それより遅かったわけがない。アム伯父は四時前に会社へ帰ってきたのだから。

ぼくは彼女に礼を述べた。

クラーク通りを目指してゆっくり歩きながら、何か見落としがないかと考える。会社へ戻るのは嫌だった。あそこへ戻っても、何もすることがない。

腕時計に目をやると、三時だった。いますぐ戻ると、アム伯父よりも三十分ほど早く着くことになる。思いつくかぎり、伯父の行ったところにはすべて行った。午前十時からは、伯父とほぼそろった動きをしていたはずだ。そろっていないのはふたつ。ぼくがバーゴインに会ったのは二時、伯父が二時十五分。これでぼくのほうが、十五分先回りした。それから最後の行き先へ向かうとき、ぼくはタクシーに乗ったけれども、伯父は徒歩で行ったか、路面電車を使ったはずだ。これでさらに十五分。

ふたつ目の十五分については、たやすく説明がつく。しかしひとつ目の十五分間に、何があったのだろう？　アム伯父が紳士用服飾店に着いたのは、ぼくと同じ一時半ごろだった。そこでバーゴインが昼飯を食べに外出していて、二時に戻ってくると聞かされた。ところが伯父は、二時十五分か二十分まで店に戻ってこなかったのだ。この四十五分間ほどのあいだに、何が起きたというのか？

一時半から二時までのあいだ、ぼくは交差点の角のバーでビールを飲んでいた。アム伯父もきっと、同じことをしただろう。でも、理由もなく十五分も長居するなんてのは伯父らしくない。伯父の腕時計は正確だったはずだ。

この十五分が、脳裏にへばりついて離れなかった。ぼくはどうしても会社へ戻る気になれず、クラーク通りを北へ向かって歩きはじめた。例の紳士用服飾店と、バーゴインの戻りを待って三十分つぶしていたバーまでは、ここからわずか二ブロックしかない。

その二ブロックを歩いて、さっきのバーへ戻った。バーテンにアム伯父の写真を見せてみる。しかし、水曜のその時間に店には出ていたけれども、この男が来た憶えはないと言われた。

クラーク通り沿いの左右数ブロックを、しらみつぶしに当たってみた。バーが三軒に、レストランが二軒。どこも空振りだった。もしかしてコーヒーかコーラでも飲んだかと、ドラッグストアにまで行ってみたが、そもそもドラッグストアなんて、いちばん伯父に縁のなさそうな場所だ。ぼくはソーダ・ファウンテンでコーラを注文し、腰を下ろして考えこんだ。

バーゴインの昼食時間が終わるまで、どこの店でも時間つぶしをしなかったのだとしたら、空白の時間は十五分間ではなく四十五分間になる。時間つぶしをしていたのなら、どこかの店に入っていたはずで、四十五分もただただ歩きまわっていたわけはない。アム伯父はそこまで散歩好きではない。

ドラッグストアの雑誌立てに、シカゴの市街地図が差してあった。それを買って、ループとニアサウスサイドが見えるところまで広げ、ソーダ・ファウンテンのカウンターに置く。鉛筆を出し、会社から現在位置までの道のりをなぞってみた。アム伯父のたどった道のりもほぼ同じのはずだ——セールスマンの妻と会ったところまでは。それから先は、まっすぐ会社へ戻ったにちがいない。

しかし一時半から二時十五分までの四十五分間、伯父はどこへ行っていたのだろう？　もしかして、ぼくが見のがした手がかりを摑んだのだろうか？

紳士用服飾店の位置に×印をつけ、じっと見つめた。それから周辺に目を移す。クラーク通りを越えていくと、わずか数ブロック先にポーク通りを見つけた。それからポーク通り橋も。誰だったろうか、『ポーク通り橋を渡っていくの』と言っていたのは？

そうだ、ジェニングズの妻だ。ポーク通りからすぐのバー通りに、すばらしい占い師、ラーマ・シンがいるという話だった。

レイナルが一度行ってみたとかいう占い師など、当たってみるほどでもないと思っていた。アム伯父だって、そんな話は気にもとめやしないだろうと。けれどもこうして見てみると、ここから歩いてわずか十分だ。時間に空きができたとなれば、改めて思い出して、行くだけ行ってみようという気になってもおかしくない。

ぼくは地図をポケットに突っこみ、ドラッグストアを出た。ポーク通りから橋を渡る。バー通りに着くと、曲がり角に近いビルの郵便受けをかたっぱしから覗いてみた。三番目のビルで、ラーマ・シンと書かれた郵便受けを見つけた。六号室。もちろん占い師だの、神秘家だのの謳《うた》い文句は書かれていない。ラーマ・シンという名前だけだ。

ぎしぎし軋《きし》む階段を上り、二階で六号室のドアを見つけた。表札などはなく、すりガラスのはまった窓の隅に白いカードが挟んである。〝お入りください〟そこでぼくは、お入りになった。

そこは待合室になっていて、奥にもうひとつドアが見えた。一方の側にはすりきれたソファ、反対側にはオフィス家具がいくつか。そのなかに、オープン式の小さな本棚があった。並んだ背表紙をざっと眺める。すべてオカルトがらみの本だ。

奥のドアの向こうから、人の話し声がかすかに流れてくる。近寄ってみたが、会話の内容までは聞きとれなかった。ただ、女の声と男の声が混じっていて、大半は男が喋っており、女のほうはときおり質問を挟んだり、あいづちを打ったりしているだけの様子だ。

本棚へ戻り、適当に一冊抜き出す。書名は『魂の幾何学』だ。もとあったところへ戻し、チャールズ・フォートの本がないかとほかの本を見ていく。けれども、一冊も見つからなかった。どれもこれも、ぼくには同じくらいばかげた書名に思えたので、また適当に一冊抜き出して、見返しの遊び紙をひらいてみる。そこには太い鉛筆で〝ラーマ・シン〟と記されていたが、その下に別の名前を消した跡があった。ぼんやりと、ラーマ・シンの本名はなんなのだろうと考え、消し忘れがないかともう一冊手にとる。今度は遊び紙が破り取られていた。たぶんインクで書いてしまったので、消すことができなかったのだろう。その本を本棚へ戻すと、残りを調べるのも面倒くさくなり、部屋の反対側のソファに腰を下ろした。

それからわずか一分で、奥のドアがひらき、ひとりの女が出てきた。知らない女だった。今日に至るまで、どんな女だったのか定かではない。というのも顔をちらっと見て、知らない女だと思ったので、あとから戸口に姿を現わしたターバンの男のほうに目をやってしまったのだ。

それはチェスター・ハムリンだった。

チェスターはぼくに気づいても、驚いたそぶりも見せなかった。こちらがどれほど驚いた顔をしていたか知らないが、この女がいなくなるまでは何も言うなとばかりに、女の頭越しに片目をつむってみせた。そこでぼくは、女が出ていってドアが閉まるのを待った。するとチェスターが、こっちの機先を制した。

「入れよ、エド。きっと来ると思ってた」

奥の部屋へ入ったので、あとへ続いた。そこは表側の待合室よりも狭く、うす暗い部屋だった。床には絨毯が敷きつめてあるが、あとは小さなテーブルを挟んで、奥のほうに背もたれのまっすぐな椅子、手前にもう少し座り心地のよさそうな椅子が一脚ずつあるだけだ。テーブルは黒い布で覆われ、その中央に三インチほどのガラスの玉っころ――いわゆる水晶玉が、ひとかたまりに寄せた黒のビロードに載せられて鎮座していた。チェスターの頭のターバンをのぞけば、ほかに小道具は見当たらない。服装にしたって、ターバン以外はごくふつうの、ぴしっとしたスーツ姿だ。

けれどもこの設《しつら》えは、単純なだけにかえって、手のこんだ仕掛けよりも効果的に思えた。

チェスターは奥の椅子に腰を下ろしたが、水晶玉を覗かず、ぼくの顔をじっと見つめた。「座れよ、エド。訊きたいことはわかってる。だから訊かれなくても話すよ。少しでも役に立つことなら、もっと早く話してたんだぜ。黙ってたのは悪かったが、おれも厄介ごとに巻きこまれたかもしれないし、おまえにだってどうせ得はなかった。いまだってそうなんだが、ともかく――」肩をすくめる。

「――おまえはここに来ちまったからな」

ぼくは言った。「アム伯父は、水曜午後にここへ来たんだね」

「ああ。そして、トーマス・レイナルという男のことをおれに尋ねた。そいつはここへ――客として来たことのあるやつでな。できるかぎりのことは話して聞かせたが、伯父さんの役に立ったとは思えないな」

「そこの水晶玉を使ったの?」

チェスターは真顔で答えた。「そう申し出たんだけどな。試してれば何か見えたかもしれないんだが、軽く笑い飛ばされちまった。ちょうど昨夜のおまえみたいにさ。言っただろ、おれの予知能力で、伯父さんを捜し出す手助けができるかもしれないって。なんなら、いまここでやってみてもいいんだぜ。ただしおまえが、一緒にがんばろうという気持ちになって、信頼関係《ラポール》が築ければの話だけどな。

疑いを抱いていられると、こっちにも伝わってきて、けっきょく失敗しちまうんだ」

このあたり、チェスターは的を射ていた——ぼくは信頼関係《ラポール》など感じていなかった。感じるのはわずかな寒気と、かすかなきな臭さだけだった。ぼくはなんとか、その出どころを見きわめようと努めた。けれどもけっきょく、どのあたりにきな臭さを感じていたのかいまだにわからない。

チェスターは言った。「おれはずっと昔から、予知能力の持ち主だったんだ。全部打ち明けるしかないから、正直に言うけどな。学校を出てからずっと、おれは……いちおう占い師と呼んでおくが、そういうのをやってた。正確には九年間か。そして——なあエド、そんな顔はよしてくれよ。本当なんだって。おれには予知能力があって、この水晶玉を覗けばいろんなものが見える。この力で、たくさんの人たちを救ってきたんだ。

もちろん、イカサマをやってることも認めるさ。だいたいこの能力は、蛇口をひねるみたいに出したり止めたりできるもんじゃないんだ。なんにも出てこないことだって多い。でもお客にはなんか言わなきゃならないから、当たりさわりのないことをでっち上げなきゃいけないのさ。ラーマ・シンみたいな名前だって使わなきゃならない。だってチェスター・ハムリンなんてやつの言うことを、だれが信じるっていうんだ？

いままで、名前を一ダースは使ってきたぜ。予知能力者の悲しいところは、金稼ぎに使うと、たいていの場所で法律違反になるってことだ。本物であろうとペテン師であろうと……まあ大半はペテン師だし、おれ自身も時と場合によっては、ペテンをやらなきゃならないが。でもな、おれは九年のあいだに学んだんだ。実際の身元と、いま使ってる仕事上の身元を分けておけばいいんだよ。いつ警察に踏みこまれて、追い払われてもおかしくないが、そしたらここを閉めて、また別の場所で商売すればいいんだ。別の名前でな。チェスター・ハムリンだってことはばれないから、何もかもをやりなおさなくてもすむのさ。まだ活動基地が残るからな」

肩をすくめる。「おまえはきっと、警察に言うんだろうな。まあそれでも、責めやしないよ」

ぼくは言った。「しばらくは、アム伯父の話を頼むよ。伯父は何時にここへ来たの？」来た時間はすでにわかっているが、チェスターの説明と食い違いがないか試してみたかった。

「昼食へ出たあと……いや、会ったのは戻ってきたあとだ。たいてい、午後一時ごろになると腹が減るんだ。たぶん……そうだな、ここへ戻ってきたのは、一時四十五分ってところだろう。戻ってみると、伯父さんがここにいた。そっちの待合室のソファに座ってたんだ。それで、ここへ連れてきて話をした。十五分か二十分くらいか。で、トーマス・レイナルについて、現実に知っていることを教えた。本当はもっといろいろ教えてやれたんだが——つまり、水晶玉に映ったレイナルの情報ってことだが、そっちは無用って言われちまってな。おれは、アパートではこのことを内緒にしておいてくれと頼んだ。ちょっと話し合って、伯父さんはわかった、黙っておくと言ってくれた」

食い違いはなかった——特に時間に関しては。ここから紳士用服飾店までは歩いて十分だ。チェスターが一時四十五分に戻ってきたのなら、アム伯父はここで待っていたことになるだろうし、二十分ほどここで話し合ったのなら、バーゴインと会いに紳士用服飾店へ戻ってきたのは二時十五分前後になるだろう。実際、そのとおりになったのだ。

ぼくは言った。「話してくれるべきだったよ、それを」

「だから、おまえの助けになることなら、おれも話してたって。だが、あんなことがなんの助けになるっていうんだ？　どうしてレイナルを捜してるのか、伯父さんから聞いたぞ——あいつ、車を乗り逃げしてシカゴから消えたんで、金融会社がおまえんとこの会社に捜索を依頼したそうじゃないか。そんなのがなんだって、伯父さんの身に起こったことと関わってるっていうんだ？　レイナルがここに来たことだって、無関係だとおれにはわかってるからな」

さらに深く探りを入れる。「アム伯父はどうして、ここへ来たのさ？」

「たまたま伯父さんから聞いたんだけどな。レイナルの義理の姉さんが、義弟がここへ来たことがあると言ってたんだそうだ。まあ、その姉さんがあいつをここへよこしたんだが。ちなみにレイナルの用件は、競馬の予想をしてほしい、ってことだった」

「してやったの？」

「この商売で食っていこうと思ったら、客の望む答えを言ってやることとさ。だが――それが本当に出てきたことで、事実だとわかってるんでなけりゃ、どうとでもとれるような返事をしておくことだ。あとで詰め寄られたりしないようにな。正直なところ、レイナルに何を言ったか正確には思い出せない。適当に、口から出まかせを並べたのは確かだが。おれ、あいつが好きじゃなかったんだ。どうもケチな小悪党って感じがしてさ。ともかく、実際なんにもわかりやしなかったから、適当にごまかしたんだ。でも、一回目はそれで、けっこううまくいったんだろうな。もっと予想してくれって、またやってきたから。だが、その後はぱたっと来なくなった。二回目はおれのでたらめを解釈しそこねて、損でもしたんだろう」

「それはいつのこと？」

「はっきりとは思い出せないよ。たぶん二ヵ月前くらいか。けど、初めて来てからたった数日で、また来たことを憶えてる。その後は一度も来なかったが」

そう言って、トーマス・レイナルに話した内容をこまごまと並べはじめたが、ぼくはそのあたりには興味がなかった。レイナルの居場所はすでにわかっているし、興味があるのはアム伯父のことだけだ。そして伯父は、ここでなんの手がかりも得られなかった、とわかった。少なくとも、追うに足るだけの手がかりは。いまはもう会社へ戻ってきた時間まで、伯父がどこで何をしていたかすべて明らかになったのだ。

そこでぼくは言った。「黙っててよ、チェスター。考えてみるから」

そして考えてみたが、何も思いつかなかった。つまるところ、偶然が重なったとしか言いようがない。たまたまチェスター・ハムリンが占い師をやっていて、アム伯父が借金を踏み倒したやつを捜しているうち、たまたまチェスターから話を聞くことになった。なぜなら伯父が捜していた男（けっきょく見つけそこねた男）が、チェスターに競馬の予想を水晶玉で占ってもらったことがあったから。

それだけのことだ。アム伯父は、チェスターの正体を黙っておくと言った――チェスターによれば、そう言ったそうだ。それを疑う理由もない。アム伯父なら言うだろうし、本気だったはずだ。伯父もずっと昔、カーニバルにいたときに占い師をやっていたそうだから。

けれどもひとりになってもう一度考えてみたら、何か思いつくかもしれない。見落としていることに気づくかもしれない。

ぼくは立ち上がり、言った。「もういいよ、チェスター。ありがとう」

「おまえはここのことを、黙っといてはくれないんだろうな?」

「悪いようにはしないよ。当然スターロックには報告するし、バセットにも言わなきゃならない。バセットってのは殺人課の警部で、今回の件の担当なんだ。でも、占い師の仕事を詮索することには興味がないはずさ。そっちの管轄の部署へ、情報を流さないようにぼくから頼んでおくよ。融通のきく人だから、心配いらないさ。あと、ブレイディ夫人やアパートの住人には、黙っておくから」

「ありがとう、エド。すまないな」

ぼくはクラーク通りのほうへのろのろと歩きながら、考えをめぐらした。アム伯父の一日は、これで残らず調べつくした。収穫はまったくないように思えた。伯父がラーマ・シンことチェスター・ハムリンに会っていたからって、それがなんだというのか？　チェスターには動機が見当たらない。

それでもぼくは、動機を探してみることにした。やるならいまのうち、チェスターが帰ってくる前だ。

クラーク通りでタクシーを捕まえ、アパートへ向かう。ブレイディ夫人にマスターキーを借りる前に、ぼくの部屋の鍵を試してみよう。どの部屋の鍵もよく似ているし、カール・デルのドアはエステルの鍵で苦もなく開いた。

チェスターのドアは、ぼくの鍵で苦もなく開いた。

ドアを閉めて室内を見まわす。何を探せばいいのか、どこから手をつけようか。暗室代わりのクローゼットには、薬品をいじくり回されないようにということで、南京錠がかかっている。正直あそこがいちばん怪しいが、なかへ入るにはドアの蝶番を外すなり、錠前をバールで掛け金ごと引っぺがすなりしなければならない。

まずはもっと、大事《おおごと》にならないことから手をつけることにした。ふと本棚に目がとまり、ラーマ・シンの待合室にも本棚があったことを思い出して、近寄って背表紙を眺めてみた。こちらにはオカルトの本は一冊もなく、ごくふつうの知的レベルの男がいかにも持っていそうな本ばかりが並んでいた。

歴史小説に戯曲、推理ものが少し、それに分野がばらばらのノンフィクションが少し。

そのうちの一冊を抜き出し、待合室で二、三冊試したように、見返しをひらいてみる。案の定〝チェスター・ハムリン〟と書かれている――が、待合室の本と同じく、名前の下には消し跡があった。なんの名前を使っていたというのだろう？　これは解せないことだ。ラーマ・シンみたいな仕事上の名前を消して、本名を書いたとも思えない。オカルト以外の本を、仕事場に置いていたとは考えにくいからだ。チェスターは、仕事上の身元と実際の身元をいつも分けていると言っていた。

本を明かりにかざして、消された名前が読めないかどうか試してみた。けれども、どうしても読めなかった。

その本を戻し、本棚の最上段の左から順に、名前が書き換えられていないかを調べていく。何冊か確かめてみて、書き換えた跡があるとわかったので、今度は一冊ずつ逆さにして振ってみた。人はよく本に何かを挟んで、そのまま忘れてしまうものだ。

チェスターもその例にもれなかった。
八、九冊目くらいの本に、しおり代わりにしたのか、黄ばんだ封筒が挟んであった。奥まで挟まっていたので、本を閉じた状態では見えなかったのだが、本をさかさにして振ると床に落ちた。
それを拾い上げる。差出人の住所氏名も、消印も、チェスターの当時の住所も見る余裕はなかった。ぼくの目は、宛名に釘づけになった。

チェスター・デイゴン。

一秒ほどのち、手にしていた本と封筒を落とし、クローゼットのドアに飛びついて、素手でたたき壊そうとした。その一秒のあいだにいろんなことが頭を駆けめぐっていた。トビー・デイゴンは人殺しだ。酔っぱらっているときに、チェスターは何か言いかけた。自分には兄がいて、その兄が——

なんとか自分を押しとどめ、また一秒ほどのあいだ、つとめて冷静に考えてみる。そうだ、チェスターがドアに掛け金をつけたあと、ドライバーと金槌を片づけたのを見た。ネジは短い種類だった。ドライバーと金槌を使えば、ネジごと掛け金を引っぺがしてしまえるはずだ。ドレッサーのいちばん下の引出しから、ドライバーと金槌を取り出す。ドライバーの刃先を掛け金の上端にあてがって、金槌で打ちこみ、噛ませていく。

その音のせいで、部屋の出入口のドアが開いてまた閉じたことに気がつかなかった。誰かいる、とわかったのは、背後で声がしたからだ。

「続けろ」その声は言った。

ぼくは振り向いた。オーギー・グレーンの腹心、トビー・デイゴンが、わずか四フィートの位置に立っていた。その手には銃。大砲のようにでかい四五口径オートマチックが、ぼくのみぞおちに向けられている。

ぼくは金槌を手にしている。これで殴りかかるか? それとも投げつけるか? どう考えても、やつが引鉄《ひきがね》を引くほうが早いに決まっている。四フィートの距離では、狙いを外すわけもない。

やつは言った。「いいから、そいつを開けろよ。おれの手間が省けていい」

第十七章

ぼくは用心しつつ、両手は下ろしたままでいた。「鍵のほうが、手っ取り早いんじゃないの？」

トビー・デイゴンは言った。「鍵は持ってないんでな。いいから続けろよ。器用にこなしてたじゃないか」

声は笑っているが、顔には笑みのかけらもない――とりわけ両の目には。魚市場へ行けば、いくらでも出会える目だ。この言いぐさは、死んだ魚に失礼かもしれないが。

もっとも、このクローゼットを開けたいのはやつよりもぼくのほうだ。さっきまでだって、確信に近いものを抱いていた。それがいまや、はっきりしたのだ。

トビー・デイゴンに背を向け、ドライバーと金槌の作業に戻る。静かにやろうとは思わなかった。むしろ、できるかぎりの音を立てた――なんとか誰かに気づいてもらえないかと。でも、はなから無駄だとわかっていた。絵をかけようと壁に釘を打ちこんでいて、警察を呼ばれるわけがない。どうがんばっても、その程度の音しか出せなかった。

ドライバーの刃を掛け金の裏へ打ちこみ、引きはがしにかかる。うまくいかないので、金槌の頭の釘抜き側をドライバーの柄と戸板の隙間にこじ入れ、金槌の柄をてこ代わりに使うと、ネジが抜けはじめた。金槌を床へ落としてみたが、案の定音の大きさは期待外れだった。あとはドライバーで掛け金を引きはがした。

ドライバーを落とし、ドアを力いっぱい開ける。

アム伯父はやはりそこにいた。生きている。ぼくが真っ先に確認したのはそこだった。呼吸に沿って、胸が動いている。

縛られて、さるぐつわを嚙まされている。だがそれはあくまでも用心のためで、薬で眠らされていた。

けれどもとにかく、生きている。

それを確かめてようやく、ぼくと伯父の置かれた現状を思い出した。背後でトビー・デイゴンが、四五口径オートマチックを構えていることを。

少し状況が読めてきた。すべてわかったわけではないが、これだけははっきりしている。ぼくが帰ったあと、チェスターがトビーに電話をかけたのだ。そしてトビーは、アム伯父を始末して運び出そうと、この部屋へやってきた――ぼくがよけいなことを考えつく前に。そしてぼくは、最悪のタイミングでそれを考えついて、こうして袋のねずみになってしまったのだ。この男は、ぼくのことも殺すつもりだ。

最後の切り札があるとすれば、ショルダーホルスターの拳銃だ。ぼくが銃を持っているなんて、やつは考えもしていない。でなければ、錠前を外せと命じる前に没収していたはずだ。とはいえこっちは背中のど真ん中を狙われているのに、頼みの綱はまだホルスターのなかなのだが。

トビーは言った。「よし、見つけたな。引きずり出して、そいつの部屋へ運びこめ」

あとのことは、聞かなくても明らかだった。ぼくがアム伯父を、ぼくたちの部屋へ運び入れたら

――誰にも見つからず、チェスター・デイゴンの部屋から運び出したら――あの銃の台尻か、銃身が脳天に降ってきて、ぼくはあえなくお陀仏となるのだ。カール・デルがそうやって殺されたように。そしてアム伯父も、同じ結末を迎えるのだ。

それではあまりに面白くない。振り向きざまに銃を抜いて、撃たれる前に撃ってやろうとあがいたほうがましかもしれない。チャンスは千にひとつというところだ。でも、いまここでぼくを撃たせれば、それはそれでやつの予定は狂うのだ。

四五口径の発射音はすさまじい。その影響はすぐに、いろんな形で出るだろう。やつが無事に逃げおおせる保証だってなくなる。あんな大砲をぶっぱなしてしまっては、ぼくと伯父をぼくたちの部屋へ運びこむ時間的余裕はなくなる。かといって、チェスターの部屋にぼくたちを置いていくしかないのなら、アム伯父を始末するだけ損というものだ。死体がひとつ、気を失った男がひとりという状況より、死体がふたつ並んでいたほうがチェスターにとって都合が悪いだろう――

――というようなことを言葉で説明するにはひどく手間がかかるが、こんな状況に置かれてみると、一瞬にして頭を駆けめぐるものだ。

だから、ここに気づいたのも一瞬のことだった。いちかばちか賭けるのなら、少しでも確率を上げるために脳みそを絞ったほうがいい。

ぼくはクローゼットに足を踏み入れ、アム伯父の上にかがみこんだ。うしろからは両手を伸ばしているように見せつつ、左手だけを伸ばす。かがんだまま右の脇を締めつつ、上着の襟に手を突っこんで、銃に触れた。

安全装置に親指をかけた。しかし引鉄《ひきがね》を引く用意を整えるまで、カチリと音を立てるわけにはいかない。ホルスターから銃を抜き、同時にさらに身をかがめ、アム伯父をまたぐ体勢になって、ボタンをとめていない伯父の上着のなかへ両手をすべりこませ、握った銃を脇の下へ押しこんだ。ちらっとやつに見えたかもしれないが、銃だとは気づかれなかったはずだ。実際、やつは気づかなかった。なにしろ、暗いクローゼットのなかの黒い銃だ。しかも、手元は背中でだいぶ隠れていたし、すばやく動くようにはしたけれども、自然に見えるように心がけた。

ぼくはアム伯父をまたいだ体勢のまま、上着のなかから脇の下を抱えた。なかば引きずるようにして向きを変え、クローゼットの敷居を越える。これでトビー・デイゴンと、まともに向き合う形になった。あとは腕を引き抜き、安全装置を外しつつ構えて、撃つだけだ。やつの銃口は変わらずこちらを向いているが、それなりのチャンスはあるはずだ。

と、さらにいいチャンスが訪れた。トビーが「動くなよ。ちょっと待て」と言って、あとずさりを始めたのだ。ドアへ近寄り、左手で開ける。考えてみれば、アム伯父を隣の部屋へ運ばせる前に、廊下や階段に誰もいないか確かめるのは当然のことだ。

トビーはドアを数インチだけ開けた。首は出さずに、聴き耳を立てる。銃をこちらへ向けたまま、ドアの隙間に耳を近づけようと、わずかに顔を横向ける。視線がそれた。

千載一遇のチャンスだ。よそ見をしている相手を撃つのはローン・レンジャー（西部劇のヒーロー）式の伝統にのっとっているとはいえないが、このときは正々堂々とふるまうより、アム伯父とふたりで生きのびることのほうが大事だった。

身を起こし、安全装置を外す。引鉄を引く瞬間、相手はこちらを振り向いた。カチリという音に反応したにちがいない。けれども、四五口径の大砲をぶっぱなす余裕まではなかった。引鉄を引きかけたのかもしれないが、引くよりも先に、命のほうが尽きた。

ぼくに射撃の腕があるわけではない。たまたま当たっただけだ。早撃ち自体初めてで、狙いが上にそれてしまった。胸を狙ったつもりが、弾丸は左目の真下に食いこんでいた。しかし、どっちにしろ結果は同じだ。むしろ狙った場所に当たるよりも、ずっと早く息絶えたはずだ。

やつの身体は、部屋じゅうを揺さぶるような音を立てて倒れた。

ぼくはその場に立ったまま、なんとか落ちつこうと努めた。ブレイディ夫人を呼ぼうと口をひらきかけたとき、大勢の足音が押し寄せてきた。さっきの銃声は、爆撃音のように響きわたったにちがいない。ぼくはかがみこんで、アム伯父のさるぐつわを外し、縛《いまし》めをほどこうとした。

が、それを終える前にドアへ近寄って、開けるのに手を貸さなければならなかった。トビー・デイゴンの死体がドアにつっかえてしまっていたうえ、床は一面血まみれだった。ぼくは死体を引きずって脇に寄せ、ドアを開けた。ブレイディ夫人のうしろに、何人もの顔が見えた。

ぼくは言った。「伯父を見つけました、ブレイディさん。縄をほどいてやってくれませんか？　この男のことは、心配いりません。あなたの邪魔はしませんから。ぼくは救急車を呼んできます」

ブレイディ夫人なら、きちんとやってくれるはずだ。なにしろ昔は看護婦だったそうだし、死体を見ても金切り声なんか上げず、ぼくより適切に伯父の処置をしてくれるだろう。

階段を駆けおり、バセットに電話をかけて、まずは警察の救急車を出してくれと頼んだ。電話口へ戻ってきて、数分で到着すると言った警部に、経緯をかいつまんで説明する。

続けて言った。「チェスター捜索の指示をすぐに出してください。あんたはそこへ残って、指揮をとったほうがいいでしょう。あいつはきっと、どこかでトビーを待ってると思います。会ったことがあるから、人相風体のほうは大丈夫ですね。パトカーを一台残らず出してください」

バセットは答えた。「了解、警視どの。おれは忙しくなるから、手が空いてたらおまえのとこの社長に知らせてやってくれ。よくがんばったな、エド」

ぼくはスターロックに電話をかけ、手短に説明をした。すぐそちらへ向かうと言われたが、アム伯父につきそって病院へ行くから、アパートにはたぶんいないと答えた。許可が下りれば救急車に同乗して、下りなければタクシーで追いかけていくつもりだった。

階段の上り口へ行って、ブレイディ夫人にアム伯父の状態を尋ねる。彼女の大声が返ってきた。「大丈夫よ、エド。意識はまだ戻らないけど、呼吸も脈拍も正常だわ。ただ、ひげ剃りは必要かしらね」

ぼくはほっとして頬をゆるめ、電話のほうへ戻った。オーギー・グレーンの五千ドルの話が、本気だったのか探りを入れてもかまわないだろう。電話をかけ、名前を告げる。

続けて言った。「トビー・デイゴンが、あなたの金を巻きあげてたんですよ。弟のチェスターに手伝わせて。チェスターは、おたくの近所で占い師をやっていた男です、ラーマ・シンという名前で。その男が客を選んでたんです。あとで詳しく説明しますが」

「それで、トビーはどこに？」

「死にました」ぼくは答えた。「ぼくが撃ったんです。チェスターには逮捕命令が出ています」

「それじゃ、情報をひとつ提供しよう。三十分ほど前、トビーへ電話がかかってきた。あいつはそのあとすぐに出かけたんだが、出る前に電話を一本かけた。会話は聞きとれなかったけれども、たまたま交換手へ番号を伝えているのを耳にしてね。市の空港にかけてたんだ。もしも、ふたり一緒に高飛びするつもりだったのなら――」

「ありがとうございます」と言って、電話を切った。五千ドルのことは口にしなかった。あっちの知りたがっていたことは、これで教えた。あとは相手しだいだ。どのみちぼくに法律上の権利はない。どう言おうが、しらを切られたらおしまいだ。だから催促する気はなかった。

サイレンの音が聞こえてきた。救急車が来たにちがいない。でもとにかく、バセットへの電話をすませなければと思った。市の空港の待合所に、チェスター・デイゴンがいる可能性が高いと伝える。

電話を切り、すぐさま救急隊員を二階のチェスターの部屋へ案内する。許可が下りたので、救急車に同乗して病院へ向かった。

病院の待合室で、数年間は待っていたような気持ちだった。ようやく医者が現われて、徐々に薬が抜けてきている、まだ完全に意識を取り戻してはいないが、それももうじきだと言った。意識が戻ればそのあとは問題ないだろう、ただし三日間も薬で眠らされていたのだから、体力を回復するのに数日はかかる。目が覚めたら少しのあいだ面会もできる、あと一時間ほど待ちたまえ、と。

その一時間が経つ前に、バセットがオーギー・グレーンを伴ってやってきた。オーギーは微笑んで、ぼくに封筒を差し出し、言った。「約束の当たりくじだよ、エド。フランクに頼んで、チェスターというやつの自供を聞かせてもらってね。いきさつは全部わかった。あとはフランクが、説明してくれるはずだ」

じゃあ、用があるからと言いのこして去っていった。

バセットがあとを引き取った。「空港でチェスターを捕まえて、吐かせた。おれはやってない、カール・デルを殺したのはトビーだ、おれは殺すなと言ったんだ、などと並べたててるけどな。ともかく、共犯にはちがいない。そのことと、おまえの伯父さんを誘拐したことは、司法取引で認めるだろう。ただわかってるだろうが、アムが死なずにすんだのはあいつがいたからだ。トビーひとりなら、とっくに殺していただろう。そもそも、ことの次第はこうだ。

トビーは長いこと、数当て賭博の金を少しずつくすねていた。少額しか取れない代わりに、馬鹿でもできるような手口でな。まず、通し番号入りのくじをふた組印刷させる。印刷所では、それも商売の仕組みのうちだと思いこんでいたそうだ。そしてトビーが、ひと組を持っておく。さらに、あとでちゃんと山分けできるように、信用のおける仲間を使って、真ん中程度の額面のくじを買わせる。どのくじ売りから買ってもいいし、くじに書く数字もなんだってかまわない。ただ買った人間は、くじに入っている通し番号をトビーに伝えておく。ここまではいいな？

翌日になって結果が出たら、トビーは買ったくじと同じ通し番号のくじを出して、当たり数字を書きこむ。で、カーボン紙で複写した控えのほうを破り取って、その半券を、くじ売りに返却させた本物の半券とすり替える。それから、当たり数字を書きこんだ偽のくじを、仲間に持たせてくじ売りのところへ行かせる。通し番号は、売ったくじの番号と一致するし、払い戻しの際には客の半券と、控えの半券——だと、くじ売りが思わされている偽物——の数字が照合されて、まちがいなく当たり数字だということになるわけだ。そして支払いのあと、トビーと仲間で払戻金を山分けする。おまえも、こんなことだろうと思ってただろ？」

「ええ、まあ。手口の見当はつかなかったんですが、くじをふた組印刷させてたなら納得ですよ。それで？」

「このやりかたの欠点は、少額でちまちまやらなきゃならないってことだった。けれどもトビーは、大儲けがしたかった。要はちゃんと山分けに応じる連中を、たくさん集められればいいわけだ。そこで占い師の弟を使う方法を思いついたんだ。オーギーのシンジケートの縄張り近くで、チェスターに店をひらかせた。そういった連中を選び出すのに、チェスターはうってつけだった。なにしろ占い師だから、客は開けっぴろげに自分のことを話すだろ？ だからズルをして儲けたい、でも大それたことはしたくない、ってやつをうまく見つけ出せたんだ。乗るには乗るけど、口外したりはしない、って連中をな。チェスターはじっくり客をふるいにかけて、一度もミスを犯さなかった。

それがうまくいったんで、いよいよ大儲けをしてやろうってことになった。デイゴン兄弟はすでに、えりすぐりの仲間を半ダースもそろえていた。作戦はこうだ。半ダースかそれ以上の大当たり——十ドルくじと二十ドルくじでの大当たりを、一日でいっぺんに出す。オーギーは数当て賭博の商売をたたむことになるだろうが、それでも全額支払うだろう。何が起きたのかもわからないままにな。兄弟は手はずを整えて、実行日も決めた——明後日の月曜だ。その後もチェスターは、さらに仲間を集めつづけた。大事な大儲けの日に備えてな。

トビーのほうは勤務のあいだオーギーにくっついて、金の動きを見張っていた。そして弟に、逐一状況を知らせていた。だからチェスターはリチャード・バーグマンのことも知っていたし、オーギーが兄貴を連れてスターロックの会社へ行ったことも、そこでの面談相手も知っていた。つまりアムが兄貴と会ったことがあるってのは、弟のほうも承知してたんだ。オーギーの被害の件を、すでに知られてるってこともな」

ぼくがあとを続けた。「そんなとき、アム伯父はチェスターの占いの館へ行ったんですね。水曜の午後に、車を乗り逃げしたトミー・レイナルの情報を求めて。レイナルは、チェスターの選んだ客のひとりだった。だから買い役を務めたぶんの分け前を持って、女房を捨ててシカゴから逃げたんでしょう。でも、まだわからないことがあります。どうして伯父が来たからって、チェスターはおびえたんでしょう？　おびえたにちがいないと思うんですが」

「そりゃあ、アムが来たのが外出中だったからさ。戻ってきたチェスターは、アムが本棚から一冊取り出して読んでいるのを見つけた。たまたまそれが、チャールズ・フォートの本だったのさ。全集じゃなく、著作のひとつの『呪われた者の書』だったが。

　アムが帰ったあと、心配になったチェスターは本をひらいてみた。やっぱり、署名を書き換えるのを忘れていて、〝チェスター・デイゴン〟と書かれていた。デイゴンなんてのは、そうそうある名前じゃない。アムはすでにオーギーや兄貴と会っているんだから、自分の苗字がデイゴンだとばれたら、いつなんどき勘づかれて、オーギーの被害の原因を突き止められるかわかったもんじゃない。しかもそうなったら、オーギーは多額の謝礼を出すだろうから、その情報を売られちまうかもしれない。そのうえ、チェスターはアムの言葉に引っかかるものを感じたようだ――あの消し忘れの名前を、アムに見られたにちがいないと思ったんだ。

　そこで急遽《きゅうきょ》、計画を立てた。チェスターひとりでな。兄貴のトビーに知られたら、アムが殺されるに決まってるからだ。チェスターは、人殺しを憎んでいるそうだ」

「ぼくも聞きましたよ、以前に」そう言ってから、昨夜のことだったと気がついた。もう遠い昔のことのように思える。

「チェスターは、五日間だけアムにおとなしくしてもらって、月曜さえ乗りきってしまえば、兄貴ともども大金を手にして逃げおおせられると考えた。そうなれば、アムが真相にたどりつこうと関係ない。そんなわけで、五日間アムをおとなしくさせる方法を考え出したんだ。もうほとんどわかってるだろう、一点をのぞけば」

「続けてください。わからないのは、二点かもしれません」

「チェスターはレンタカーを借りて、〈スターロック探偵社〉の入っているビルまで行くと、そばに車を停めて待っていた。戻ってきたアムがなかへ入るのを見届けてから、上の会社に着いた頃合いに、一階の電話ボックスからスターロックに電話をかけた。電話の内容は、おまえも知ってのとおりだ。そして――」

ぼくは口を挟んだ。「でもどうしてチェスターは、そんな手のこんだことをしたんです？　アンブローズ・コレクターのことといい、バーグマンの部屋番号を使ったことといい」

「バーグマンの部屋番号を使ったのは、やつがオーギーに雇われて、金をちょろまかされてる手口を探ってたからさ。やつが警察に疑いをかけられれば、そっちの調査もおろそかになると思ったんだ。アンブローズ・コレクターうんぬんを持ち出したいきさつは、どうやらこんなところだ。アムが読んでたのがチャールズ・フォートの本だったんで――アンブローズ・コレクターの話が載ってるのは別の本だから、アムはそれを読んでないんだが――その場で少し、フォートの話をした。おそらく、チェスターはかまをかけたんだ。見返しの〝デイゴン〟って名前を見られたかどうか。するとアムが、これは、と思うようなことを口にしちまったんだろう。

ともかく、問題の本のせいでチャールズ・フォートのことを思い出したもんだから、笑いのセンスをくすぐられたようだ。この際アンブローズ・コレクターを名乗って、アンブローズをひとりコレクションしてやろうってな。もっとも本人は、ふざけたつもりはないと否定してる。供述によれば、悪魔じみた執着の持ち主とまではいかなくても、とにかく偏執狂の犯行だと思わせたかったそうだ。ここまでいかれたことをすれば、きっとそう思ってくれるだろうってさ。まったく、実にお利口さんなこったぜ」

ぼくは言った。「わからないことがまだあります。ビルを出たアム伯父を、どんな方法でコレクションしたんですか?」

「いちばん手っ取り早い方法さ。アムが姿を見せてすぐ、車から降りて駆けよった。たったいま急ブレーキをかけて、停めたばかりって様子でな。そして、おまえがひどい事故に遭ったと言った。車にはねられたんだが、すぐ近所だったたし、身分証に住所が書いてあったから、アパートに運ばれてきた。それでさっき医者が来て、とかなんとか——というわけで、まんまとアムを車に乗せて、アパートへ向かった。そのあいだもひっきりなしに、まことしやかな嘘を吹きこみつづけたもんだから、アムは疑いもしなかったようだ。

とはいえよく考えれば、おかしな点はたくさんあったはずだ。たとえば、電話をよこせばいいのに、車で来たのはなぜなのか、とかな。それだけおまえのことが心配で、一刻も早く行きたかったんだろう。だからチェスターの嘘のほころびに気がつかなかったんだ」

「それで、アパートの二階へ上がってから、チェスターは伯父を殴ったんですね。ブラックジャックか何かで」

「そうだ。そして気を失ったアムを、とりあえずベッドの下に押しこめて隠した。さらに、夜になってアムのことを心配しはじめたおまえに、クローゼットの南京錠の取りつけを手伝わせた。問題の五日間、アムを閉じこめておくためにな」

「しゃれこうべを見せびらかして、笑うようなセンスですね」ぼくは言った。「よりによってこのぼくに、錠前の取りつけを手伝わせるなんて！」

「やつ自身は、そういうつもりじゃなかったと言っている。まだ空っぽのうちに、おまえにクローゼットのなかを見せておきたかったんだそうだ。そうしておけば、アムの行方不明が確定したあとも、まさかあそこだとは思わないんじゃないかってな」

「まさかですよ、たしかに」ぼくは認めた。「いままでずっと、アム伯父から六フィートの距離で寝てたなんて！」言ってから、もっとひどい事実に思いあたって、額を掌《てのひら》でぴしゃりとたたいた。「それどころか、あのとき伯父がいたんだ。ベッドの下に、チェスターが錠前を取りつけてるあいだ。ぼくはベッドに座って、チェスターの作業を見てたんですよ。つまり、伯父の上にずっと座ってたってことに」

バセットはにやりとした。「さて、カール・デルの件にとりかかるか。何が起きたか、どの程度まで推測がついている？」

「何が起きたかはわかりますけど、きっかけがわかりません。教えてください」

「わかった。おまえも聞いてのとおり、カールは水曜日、午後四時ごろに頭痛でアパートへ帰ってきた。で、昼寝をしようと横になった。これが四時のことで、それから二十分後――本人から聞けたわけじゃないから、あくまで推測にすぎないが――アムとチェスターが帰ってきた物音を耳にしたんだ。カールには、話し声でアムだとわかって――」

「四時二十分ですか、それが！」ぼくは言った。「その数字のおかげで、五ドルふいにしましたよ」

警部は声を立てて笑った。「おれは五十セントだ。おまえほどのばくち打ちじゃないようだな。スターロックはどうだった？」

「二ドルですよ。話を進めてください。間抜けぶりを競ってもしょうがない」

「水曜については、これで終わりだ。それっきり、カールは忘れちまってたんだろう。ところが木曜の午後、自室でアムのことを占っているときだ。うちで見てもらった占星術師によれば、通常の占いかたではないそうだが、とにかくその計算の組み合わせで、420という数字が導き出された。それはおそらく、なんらかの時刻を示していた。つまり四時二十分に、アムの身に何かが起きた――カールはそう思ったんだろう。だとすると、当たらずとも遠からずだが。

占いの結果を踏まえてカールは、前日の四時二十分のことを考えてみた。そして思い出したんだ。部屋で寝ていたとき、四時十五分か二十分ごろ、階段を上ってくるアムの声を聞いたのを。アムは会社から帰ってきていて、しかもだれかと一緒にいた。占星術であるなしに関係なく、これは重大な情報だ。だから慌てて階段を駆けおりて、〈スターロック探偵社〉に電話をかけた。で、スターロックは〈シェ・ジュリアール〉から、おまえに電話をかけなおさせた。

ところがちょうどそのとき、トビー・デイゴンがチェスターの部屋へ来ていた。おれが聞きこみをしたんで、何か起きたと勘づいたんだな。弟が何か知ってるんじゃないかと、危ない橋を渡って訊きに来たんだ。チェスターは、ことの次第を正直に打ち明けた。トビーは案の定アムを殺そうとしたが、チェスターは頑としてクローゼットの鍵を渡さなかったそうだ。で、殺しちまって死体をもてあますより、ここに入れておいたほうが安全だと、どうにかこうにか兄貴を説得した」

ぼくがあとを引き取った。「でもそのとき、カールが慌てて階段を駆けおりる音が聞こえたんですね。それで、ドアを細めに開けるか、階段の下り口近くへ来るかして、カールの通話を盗み聞きした」

「そうだ。すると、カールは例の４２０《フォー・トゥエンティ》の情報を握っていた（この部分については「訳者あとがき」参照）。兄弟は、チェスターがアムを連れ帰ってぶん殴った時刻、つまり四時二十分《フォー・トゥエンティ》のことだと勘づいた。チェスターは、その時刻にカールが部屋にいたことを知っていた――最初から知っていたのか、アムを隠したあとに知ったのかはわからんが。で、兄弟はこう考えた。カールは何か気づいてる、このままじゃおまえや警察に、チェスターのことがばれちまうと――事実、放っておけばそうなっただろうしな。

　そこでトビーが階段を下り、カールがおまえとの通話を終えて電話を切った瞬間、わき腹に銃を突きつけた。そして、二階のチェスターの部屋へ連れていったんだ。チェスターはすっかりおびえきって、兄貴の言うなりになった。しかし、トビーがカールを殺すなんて、思いもよらなかったそうだ。まあ、そんなのは嘘っぱちに決まってるが、どっちだっていいことだ。ともかくトビーはチェスターに、車を一台かっぱらって、アパートの前に停めてこいと命じた。チェスターは言われたとおりにした。それからふたりで、カールを連れて階段を下りた。トビーが上着のポケット越しに、うしろから銃を突きつけて。トビーは弟に、おまえが運転しろと言って、カールと後部座席へ乗りこんだ。一、二ブロック走ったところで、トビーが車を停めろと言った。チェスターはそのとおりにした。で、振り向いたら、カールが消えていたそうだ。下を見ると、後部座席の床に倒れていた。気絶させられただけだと思った、とチェスターは供述しているが、おそらくこのときすでに死んでいたんだろう。

　トビーはチェスターに、すぐに帰ってアリバイをこしらえろ、証人になってくれる人間を見つけて、そいつと一緒にいろと言った。こいつはおれがなんとかするから、と。で、チェスターは徒歩でアパートへ戻った。途中の市場で、魚を二尾買ってな。そしてブレイディ夫人に、二尾ともあげますと申し出た。そうしたら食べきれないから、うちで一緒に食べようと言われると見越してたんだ。というわけでチェスターは、ブレイディ夫人と夕飯を食ってたんだ。カールを乗せた車が、十マイル先で乗り捨てられてるあいだ」

「じゃあトビーは、わざとクラクションを鳴らしっぱなしにしたんですか？　チェスターのアリバイを固めるために」

「そうだ。車を降りたトビーは、車内に手を突っこんでホーンボタンを押しこみ、いちかばちかで、死体を乗せた車から徒歩で立ち去ったんだ。チェスターにアリバイのあるうちに、車を見つけさせようって算段でな」

「で、ぼくらはまんまと引っかかったわけですね」

「そのとおりだ。そうだ、エド、さっきオーギーが封筒を渡していったろ。あいつ、本当に払ったのか――」

ぼくはポケットから封筒を取り出し、開けてみた。皺ひとつないドル札が五枚入っていた――1のあとに、0が三つ並んだドル札だ。よくできた印刷見本でも眺めているような気分だった。

バセットは、ぼくの手元と顔を、どちらも信じられないといった様子で交互に見つめた。そして、泣きそうな顔になって、絞り出すように言った。「ああ、くそ、今度うちの女房が受ける手術に、六百ドルかかるんだ。もう、最近そのことで気が狂いそうでな。しかしな、エド、謎を解いたのはおまえだ。おれはデスクにふんぞり返って、おまえからの電話を受けて、説明を聞いただけだ。だから、分け前なんかよこす必要はないぞ」

ぼくは言った。「袖の下ですよ、これは。もうじき伯父とふたりで、自分たちの探偵社を始める予定なんで。市警本部に、顔をつないでおきたいんです」

バセットはもう一度「ああ、くそ」と言ったが、今度は絞り出したような声ではなかった。警部は千ドル札を一枚、ポケットのなかへ収めた。

煙草を出し、火をつける。その手はわずかに震えていた。「わからない点がひとつだけある。チェスターも見当がつかないと言っていた。なんだってトビーは、わざわざチェスターの部屋へ戻ってきたんだ？　もうペテンも続けられないし、戻ったってしょうがないだろうに。チェスターは空港で兄貴を待っていた。トビーが来たら、次の飛行機で高飛びしようとな。どうしてやつは戻ってきた？遊びでアムを殺すためか？」

「そうじゃないですよ、きっと」とぼく。「トビーは、チェスターよりもだいぶ図太いやつですから。まだあきらめてなかったんでしょう。ぼくが占いの店へ行ったあと、チェスターが電話でそれをトビーに知らせて、もう終わりだ、逃げようと言ったんだと思いますが、おそらくそのときには、わかった、空港で待ってろと返事したんでしょう。

でもトビーは、まだあきらめてなかったんです。やつは、ぼくがチェスターの部屋のなかを調べるために、アパートへ帰ってくるはずだと見抜いたんです。で、こんな風に考えた――ぼくを捕えて、アム伯父ともども始末して、ぼくらの部屋へ放りこんでおけばいい。そうすれば、自分たちにつながる手がかりはなくなるだろう。で、うまくやりおおせたら――ほとんどそうなりかけたわけですが――空港からチェスターを連れ帰るつもりだったんです。あと二日だけシカゴを離れなければ、手持ちの金の四、五倍は儲けてから、市外へ高飛びできるんですから」

バセットはため息をついた。「まったく、おまえときたら頭が回るな。そうだ、おれもそろそろ行かなきゃならん。受付へ行って、上の病棟へ確認を入れてもらう。ちょっと待っててくれ」

バセットは数分で戻ってきた。「医者が言うには、あと三十分ほどかかるそうだ。待たないで、いったん帰ったほうがよさそうだ。明日の朝、改めて見舞いに来るよ」

「はい」

「おっと、忘れるとこだった。スターロックがおまえに、よかったなと伝えてくれってさ。チェスターの取り調べのときにあいつも来てたんだが、仕事の遅れを取り戻さなきゃならないって、会社へ帰ったんでな。アムと会えたら、あとで電話しといたほうがいいぞ。今日じゅうに、アムの顔を見に来ると言ってたが」

バセットは立ち去った。それから三十分後の午後六時ちょっと過ぎに、病室でアム伯父と会う許可が下りた。心配はいらないが、身体が弱っているので、面会は三十分ほどにするようにとのことだった。

病棟へ上がると、ちょうど伯父の病室から医者が出てきたので、廊下で少し立ち話をした。四、五日は入院しなければならないし、本格的に仕事に復帰するまで、それからさらに一週間ほどの自宅静養が必要だと言われた。

病室へ入ると、アム伯父は視線を上げて笑みを見せた。まだ顔は剃られておらず、三日ぶんの無精ひげが伸びて、口ひげのもじゃもじゃぶりに拍車がかかっていた。けれども、まなざしも笑いかたも、いつもの伯父のものだった。

伯父は口をひらいた。「よう、エド。いったい何があったんだ？　おまえに訊いてくれって言われてな」

ぼくは笑みを返し、言った。「どうってことないよ」それから続けた。「伯父さんは、誘拐されてたんだ。犯人は捕まった。ぼくはやむなく男をひとり殺したが、そいつが伯父さんを誘拐したわけじゃない。でも、別の人間がそいつに殺された。伯父さんもぼくも、三日間をふいにしたけど、三千ドルを儲けたんだ。スターロックに渡す千ドルを別にしてもね」

伯父は目を閉じると、しばらくしてまた開けた。そして言った。「なるほど、よくわかったよ。何があったか、いままでどこにいたのかはさっぱりだが」

「ぼくらの部屋から二フィートのところにいたんだよ、大半の時間は。一度なんか、ぼくが上に座っちゃったし」

伯父の顔を見て、これはちゃんと話したほうがよさそうだと思った。できるだけかいつまんで話したが、それでも三十分近くかかってしまった。ときおり伯父は質問を挟んだ。一度はぼく自身が、伯父への質問を挟んだ。

「チェスターの店で、本の見返しの名前を見たの?」

「ああ、〝チェスター・デイゴン〟ってやつな。デイゴンってのを最近聞いた憶えがあったが、どこで聞いたんだか思い出せやしなかった。会社へオーギー・グレーンが連れてきた、やくざ者の苗字をすっかり忘れててな。だからそのときは、それでおしまいだった。でもその後、きっと何かあったんだろうな」

ぼくは説明を続け、最後にスターロックへ分け前を渡したあと、手元に残る三千ドルのことを話した。本来ならスターロックには、バセットよりもたくさん受け取る資格がある。なにしろ三日間にわたって、ほぼ会社の総力を傾けて取り組んでくれたうえ、かかった金も五百ドル近くになっただろうから。でも、伯父とぼくの探偵社を始めたら、バセットの協力はどうしても必要になる。いっぽうスターロックは、いわば商売がたきになるのだ。

ぼくは尋ねた。「ねえ。いままで貯めたぶんに三千ドルを足せば、もうやれると思う?」

「やれるさ。さっそく明日の朝からどうだ?」

「二週間経ってからだよ。それだけ休めって、医者からのお達しだからさ。それにぼくだって、ベンに出す退職届を二週間後付けにして、そのくらいは働かなくちゃ。会社じゃ別の仕事がたまってるし、頬かぶりもできないからね」

「わかったよ、坊主。ところで社名だが、〈ハンター&ハンター探偵社〉でいかなくちゃならないんだろうな」

このとき戸口に看護婦が現われ、時間だと告げたが、ぼくはそちらへ「すいません、もう少し」と言い、アム伯父へ向きなおった——心底から困惑して。「どういうこと、〈ハンター&ハンター探偵社〉でいかなくちゃならないって?　もっといい名前があるっていうの?」

伯父はにやりとした。「あるにはあるんだが、それだと取り立ての代行が専門になっちまうんでな。おれの名前だけ使って、〈アンブローズ取立《コレクション》代理会社〉ってさ」

いつもの伯父の調子が戻ってきていた。これなら心配はなさそうだ。

ぼくは病院を出て、会社へ向かった。その途中ふと、エステルのことを思い出した。思えばあまりにもいろんなことが起きすぎて、彼女のことを考える余裕を失っていた。まだ午後七時だから、部屋で出勤の支度をしているかもしれない。ぼくはアパートに電話をかけた。ブレイディ夫人が出たので、エステルはいますかと尋ねた。

「アニーはもういないわよ」ブレイディ夫人は言った。

「え？　ぼくですよ、エドです。エステルのことを訊いたんですが」

「歌の名前よ、エド。まあ流行《はや》ったのは、あなたがおちびさんのころよね。〝アニーはもういない〟って。〝あなたがあの娘《こ》の待ってた男《ひと》ね〟って」

「待ってください、ブレイディさん。いったいなんの話です？」

「あの娘、引っ越すんですって。いまはいないわ。でもまだ荷物が残ってるから、もう一度戻ってくるはずよ。何か伝言が――あ、待って。戻ってきたわ。荷物を取りに来たのね」

エステルの声が聞こえてきた。「エディ？　よかったわ。アム伯父さんは見つかったし、本当によかった。明日になったら、病院へお見舞いに行くつもりだったの。今夜行くのは、やめといたほうがいいんでしょ？」

「ステル、今夜はお祝いをしたいんだ。スターロックに会ってきてから。今日は休みをとれない？それとも、上がりの時間に迎えに行こうか？」

少しだけ、ためらうような間があった。それから声が聞こえた。「だめなのよ、エディ。その……どっちも。あたし、今夜は仕事じゃないの。オーギーと結婚するのよ。これから、ウォーキーガンまでドライブなの」

数秒間、ぼくは何も言えなかった。オーギーとのことは、冗談でもなんでもなかったのだ。

やっと言葉を絞り出した。「でも、ステル、ぼくは……きみを愛してるんだ」そう言うのは何かおかしな感じがしたが、それでも言った。

エステルは言った。「そうかもね、エディ。ちょっとはね。でも、充分にじゃないわ。あたしは……ずっと愛してたわ、あなたを。伯父さんが見つかって、本当にうれしいわ。三日間ひどい目に遭ったけど、きっと少しは疲れも吹き飛んだわよね。あたしも……ううん、もうこの話はよすわ。それじゃあね」

カチリと静かな音を立てて、電話が切れた。

ぼくはポケットから五セント玉をもう一個探り出し、もう一度同じ番号を回した。

「エド?」ブレイディ夫人の声だ。そうですと答えると、「もうすぐ下りてくると思うから、このまま待っててちょうだい」と言われた。

待っていると、やがてエステルの声が聞こえた。「もしもし、エディ?」

「ぼくと結婚しないか、エステル?」

「ありがとう。でも、よしておくわ。ありがとう、エディ」

ふたたび耳のなかで、カチリという音が響いた。

会社まで歩くには遠かったが、考えにふけりたかったので、歩いていくことにした。幸せと不幸せが両方やってきて、ないまぜになった感じだった。でもぼくにも、エステルが正しいことはわかっていた。愛していると気づくのが遅すぎたし、愛の量も充分ではなかった。充分に愛していれば、もっと早く、とっくの昔に結婚を考えていただろう。

エステルは、どうしようもなく正しかった。

けれどそう思っても、気分が晴れるわけではなかった。どうにも辛《つら》くてたまらなかった。

でもやがて、アム伯父とふたりで始める探偵社のことを思い出して、少し元気を取り戻した。空には星がちらほら出ていた。見上げていると、以前SF雑誌で読んだ小説のことを思い出した。『狂った星座』というタイトルで、星々が大空を動いていき、文字を形づくるという話だった。今夜こそ、それが本当になるべきだ。占星術の言うように、星の位置や動きになんらかの意味があるのなら、いまこそ動いて文字の形になるべきだ――〈ハンター&ハンター探偵社〉と。

星々はぴくりとも動かなかった。

しかし、一瞬ののち――目の前ではなくても、目の奥では動いてくれた。そして、辛いことはすべて消え失せた。

いや、消え失せる以上だった。いつしかぼくは通りを離れ、ビルのてっぺんからてっぺんを渡って、大空のなかへ飛び出していた。

訳者あとがき

ご存じの読者も多いだろうが、ウェブサイト『ほぼ日刊イトイ新聞』に「言いまつがい」というコンテンツがある。その名のとおり、いろんな言いまちがいを掲載――と言いたいところだが、そもそもタイトルからして「まちがい」をまちがえている、というわけだ。

コンテンツ内には、「書きまつがい」「聞きまつがい」などもある。邦訳では『アンブローズ蒐集家』と題したが、本書の原題は〝Compliments of a Fiend〟。印刷工場で活字を組んでいて、〝友人《Friend》より、感謝をこめて〟とやったつもりが、Ｆｒｉｅｎｄのｒを抜かしてしまった。それで〝悪魔《Fiend》より、感謝をこめて〟と、とんだ「組みまつがい」になってしまった次第。しかもよりによって、教会報の広告である。まあ、やらかしたのは見習工だったし、「笑い話ですんだ」というところをみると、おそらくお客の手には渡らなかったのだろう。

倉阪鬼一郎『活字狂想曲』を彷彿させるエピソードだが、それから五年経ち、かつての印刷見習工は新米探偵になった。それが本書の主人公、エド・ハンターである。頭がよく、芯も強いが女の子にはめっぽう弱い、トロンボーンと気ままな暮らしを愛する青年だ。エドの伯父であり、無二の相棒でもあるアム・ハンターは「ちょっと小男、小肥りで、小粋な感じ」の、切れ者で人生経験豊か、ウィットに富んだ頼れる男。けれどもある日、そのアム伯父が……。

※以下、本書のネタバレを含みます。ご注意ください。

アム伯父が帰ってこなかった日、エドとアムの勤め先〈スターロック探偵社〉に一本の電話がかかってきた。電話口で男が名乗ったのは、アンブローズ・コレクターという奇妙な名前。どうやらチャールズ・フォートの本にヒントを得て、アム伯父を誘拐した犯人が名乗ったらしい。アムは愛称で、本名はアンブローズなのだ。

このチャールズ・フォートは実在の人物で、本書に出てきた著作も実在している。カール・デルの熱のこもった説明と一部重複するが、怪奇作家H・P・ラヴクラフトの小説のコミカライズ『闇にささやく者――クトゥルフ神話の宇宙怪物』（宮崎陽介漫画、PHP研究所、二〇一二）に収録された東雅夫氏の解説に（現在の日本での状況も含めて）簡潔にまとめられているので、以下に引用したい。

その男の名は、チャールズ・フォート（Charles Hoy Fort　一八七四～一九三二）――米国における超常現象研究家の草分けと目される人物であり、一九〇八年頃から各種の新聞や雑誌に掲載された超常現象関連記事の蒐集を始め、その成果を『呪われた者の書 The Book of the Damned』（一九一九）、『見よ！ Lo!』（一九三一）などといった四冊の大著にまとめています。

はなはだ残念なことに日本では、フォートの著作は何度か翻訳刊行が計画されながら、いまだ実現を見ることなく現在に至っておりますが、米本国では最近も、おそろしく分厚いペーパーバック版が刊行されるなど、いまなお斯界の古典として読み継がれているようであります。

なにしろ一九三一年には英国で、ベン・ヘクトやジョン・クーパー・ポイスといった著名作家が肝煎りとなって「フォーティアン協会」が設立され、その業績の顕彰と継承が図られたほどなのです。ラヴクラフトばかりでなく、『超生命ヴァイトン』で知られるE・F・ラッセルをはじめとするSF作家の中にも、フォートの著作を愛好し、その影響を受けた書き手は少なくありません。

本書に登場した著作のタイトルのうち、『呪われた者の書』はここからお借りした。

ところで本書のエピグラフにも引用されているが、フォートは著作“Wild Talents”（本書では『野性の才能』と訳した）のなかで「かのアンブローズ・ビアスが行方をくらました。（中略）テキサスにおけるアンブローズの失踪」と記している。アンブローズ・ビアスについてくだくだしい説明は不要だろう。かの『悪魔の辞典』『アウルクリーク橋の出来事』などを世に送り出した作家である。現在では革命下のメキシコで消息を絶ったというのが定説になっているが、フォートの時代にはテキサスで失踪したという見方もあったのだろうか（『野性の才能』出版は、ビアス失踪の十九年後）。

このチャールズ・フォートをはじめ、本書には不思議の要素がいくつも盛りこまれ、なんとも奇妙なスパイスの役割を果たしている。たとえばカール・デルの占星術。それによって導き出された謎の数字「４２０《フォー・トゥエンティ》」。アム伯父の失踪の件には、数当て賭博（三桁の数字を当てさせる違法賭博）の影がちらついていたため、エドは無意識でそちらに結びつけていたが、これが実は四時二十分《フォー・トゥエンティ》のことだった。今度は「聞きまつがい」である。

そう、堀燐太郎氏が巻末の（詳細かつ愛情あふれる）解説で書いておられるように、本書の著者フレドリック・ブラウンは「言葉遊び」を愛してやまない作家でもあるのだ。

英語では、時刻の読み方が何通りかある。四時二十分は「トゥエンティ・パスト・フォー」などとも読めるが、「フォー・トゥエンティ」とも読める。後者では四時二十分なのか、くじ番号の420のことなのか、はたまた四二〇号室か四フィート二十インチか、文脈を見なければわからない（上の例のなかに、ひとつだけおかしなものがあります。さてどれでしょう?）。

本書では、何時何分に誰々がどうしたなどと、時刻の描写がとにかく多い。原書では一ページ目からいきなり「ハーフ・パスト・ワン」と「ワン・サーティ」（ともに一時三十分）ふたつの読み方を登場させているし、エドがオーギー・グレーンに「420という数字に心当たりは?」と尋ねる際にも「フォー・トゥエンティ」と言っている。エドはけっきょく、たまたま耳にした同僚の言葉から「420＝四時二十分」の可能性にたどりつくわけだが、そのわずか三ページ前にも「エイト・サーティ」（八時三十分）が出てきている。これだけ原文中に示されているヒントを、残念ながら訳文では活かすことができなかった。日本語で時刻を「よんにーぜろ」や「よんひゃくにじゅう」などと読まない以上、ほかに致し方もないように思えるが、やはり心残りではある。

さて、この「フォー・トゥエンティ」をめぐってもう一点。バセット警部による種明かしの場面によれば、カール・デルが420《フォー・トゥエンティ》の情報を握っていたという事実を、デイゴン兄弟は電話を盗み聞きしていて知ったようである。ところが問題の電話（第八章、エドとの通話）では、カールは「ラッキーナンバー」と言っただけで、「420」とはひとことも言っていないのだ。エドが「420」という数字を知るのは、カールが殺害され、占いの経過を書きこんでいた紙が部屋から発見されてのちのことである。かりにカールが数字を口にしたのではなく、420と書かれたメモなどを手にしていたのだとしても、兄弟の位置からそれが見えるとはとうてい思えない。

というわけでこの箇所は、エドと警部の推測がまちがっているか、あるいは作者の思い違いか、いずれかしか考えられないように思われる。もっとも、このときチェスターが仕事場の水晶玉を持ち帰っていたなら、それを覗きさえすれば……。


ちなみに、トビーとチェスターの苗字は英語発音に従って「デイゴン」としているが、「ダゴン」と読めば、ラヴクラフトの小説やクトゥルフ神話に親しんでいる方にはなじみ深い名前だろう。

ダゴンは旧約聖書『士師記』および『サムエル記上』に、ペリシテ人の神としてあらわれる。だがミルトンの『失楽園』には、かつてサタンの率いる「悪魔の軍勢」（平井正穂訳）の一員であったものが、のちに異教の神として崇められるようになった、とある。この「悪魔の軍勢」は、原文ではArmy of Fiends——はじめに書いたとおり、本書の原題は“Compliments of a Fiend”である。『失楽園』によれば、ダゴン（＝デイゴン）とはまさしく「悪魔（a Fiend）」であったのだ。

『サムエル記上』におけるダゴンのエピソードは、あらまし以下のとおりである（参考：『旧約聖書V　サムエル記』（岩波書店、一九九八）、および『失楽園（上）』（岩波文庫、一九八一）の訳注）。

ペリシテ人はイスラエル人との戦いに勝ち、「神の箱」を奪って、ダゴンの神殿に運び入れ、ダゴンの像のそばに置いた。翌朝早く見てみると、ダゴンの像は「神の箱」の前で、地面にうつ伏せに倒れていた。人々は像を起こし、元の場所に戻した。ところがまた翌朝、ダゴンの像は「神の箱」の前に、うつ伏せになって倒れていた。しかもダゴンの頭と両手は切り取られて敷居のところにあり、胴体だけが残されていた。

トビー・デイゴンがエドに撃たれて倒れたのは、チェスターの部屋のなかのドアの前――つまり、敷居のところだった。さらに『旧約聖書V　サムエル記』の「補注　用語解説」によれば、「神の箱」とは「神の臨在を示すアカシア材の箱」で、「十戒を記した石の板が納められてい」るそうである。誘拐されたアム伯父の入れられていた、チェスターの部屋のクローゼットを連想しないだろうか。

旧約聖書関係でいえばもうひとつ、エドが「鯨を呑みこんだヨナ」の冗談を飛ばす場面。ここだけ見るといささか唐突な印象を受けるが、ヨナが三日三晩大魚の腹に閉じこめられていたことを考えれば、アム伯父が三日にわたってクローゼット内に監禁されるという暗示のようにも思われる（さらに言えば、『マタイ伝』第十二章第四十節に「「ヨナが三日三夜、大魚の腹の中に在りし」ごとく、人の子も三日三夜、地の中に在るべきなり」とあるとおり、キリストが三日のあいだ墓のなかにとどまったのち、死からの復活をとげたことを思い起こさせる。さらにさらに言えば、キリスト教のシンボル的な解釈においては、「ヨナを呑みこんだ大魚」のみならず「神の箱（別名、契約の箱）」をも「キリストの墓」と結びつける考え方もある。「キリストの墓は、地下に埋もれた暗い無機質の場であるが、同時にまた、輝かしい復活の場でもある。（中略）旧約聖書におけるノアの箱舟（創六：一三～二二、七）、契約の箱（出二五：一〇～一六）、あるいはヨナを呑み込んだ魚（ヨナ二：一～一一）は、キリストの墓の予示とされる。これらは皆、試練と希望の容器である」（ミシェル・フイエ『キリスト教シンボル事典』、文庫クセジュ、二〇〇六）。

まあ、野暮な説明はここまでにしておこう。こういった〝小ネタ〟がそこかしこに散りばめられているけれども、作品全体としてはくどいどころか、軽妙ですらあるのが本書の魅力なのだから。いや、あとひとつだけ。ラストに出てくる『狂った星座』という小説は、あえて訳注をつけなかったが、実在のブラウンの短編である。本書の解説にも取り上げられている、『フレドリック・ブラウン傑作集』（サンリオSF文庫、一九八二）に収録されている。訳者の星新一氏によれば、『狂った星座』はこの短編集を訳すうえで「最初の難関」になった作品だそうだ（訳者あとがきより）。絶版なのでおすすめするのも気がひけるが、古書ではそこそこ出回っているようなので、未読の方は機会があればぜひご一読願いたい。

本書は一九五〇年に出版された、フレドリック・ブラウンのミステリ〈エド・アンド・アム・ハンター〉シリーズの第四作である。長編全七作のど真ん中にあたる本書だけが、どういうわけか邦訳されていなかった。出来が良くないならわかるけれども、これほど面白い作品なのに不思議でならない。ノンシリーズのミステリ『ディープエンド』に引き続き、訳出に挑む機会を与えてくださった論創社の黒田明氏と林威一郎氏、および原文の解釈などについて貴重なアドバイスをくださったミシェル・ラフェイ氏に、この場をお借りして厚くお礼を申し上げます。

ビリー伯父から教わったこと

堀　燐太郎（推理作家）

ビリー伯父さんからは、たくさんのことを教わった。ウィスキーソーダのおいしそうな感じや、そのつくり方よりもむずかしい呑み方と酔い方、特に翌朝の結果について。カードゲームのジン・ラミーの楽しそうな雰囲気。それから、おとなの男として、女のひとにたいする尊敬のしかた、などだ。

ほかに、ビリー伯父さんから教わったことといえば、たくさんの「言葉遊び」だろう。たとえば、「バースデイスーツ」っていう言い回しがある。これもビリー伯父さんから教わったと記憶しているけど、「生まれたてのスーツ。つまり、素裸」のことを洒落てそう言うらしい。「フォーマルなパーティーに誘われたけど何を着ていけばいいかな？　バースデイスーツしかもってないんだ」なんて、つかうんだって。

また、イギリスの作家D・H・ローレンスが著した有名な小説『チャタレー夫人の恋人』（*Lady Chatterley's Lover*　1928）の題名も、伯父さんの頭のなかを通れば、一見おとなしそうな淑女でもその本質はおしゃべりだとでもいうように、次のように変化するんだ。

Lady Loverley's Chatter（ラバレー夫人のおしゃべり）

題名を構成する二つの単語の頭の七文字と五文字をすげ替えた機転には、恐れ入りながらも、おなかをかかえて笑ったね。「ラバレー夫人のおしゃべり」みたいな言い方、「語頭音位転換」を意図せずにやってしまうのは、スプーナリズム（スプーナー誤法）というらしいよ。

特におもしろかったのは、「『マーフィー夫人遊び』という駄洒落ゲーム」だ。その言葉遊びがひんぱんに登場する小説を読みおえて眠った夜に、こんな夢を見たくらいさ。

夢のなかのボクがベッドにもぐりこもうとしていたら、ビリー伯父さんが、大切なことを言い忘れていたと前置きして、「マーフィー夫人《Mrs. Murphy's》のパンツ《under pants》に火蟻《fire ants》を入れたのは誰だ？」って聞くから、跳ね起きてボクは答えた。「マーフィー夫人を下着《panties》から解放《unties》したのはだあれ？」ってね。ボクのほうの答えはお行儀がいいとはいえないものだったけど、伯父さんは大笑いして、ボクのほうに一点くれたよ。

朝、目が覚めても、ベッド脇に伯父さんが立っているんじゃないかと辺りを見回したくらいだ。

ビリー伯父さんが書いた二ダース以上の長編のどれでもいいから一冊を読んでみてごらん。

ボクが言っている「言葉遊び」という意味が、よおくわかるよ。そう、ビリー伯父さんは推理小説やＳＦなんかを書いた作家なんだ。短編やショートショートも得意で三百以上も書いているんだ。ボクは伯父さんの書いた推理小説が好きで、創元推理文庫として、その多くが刊行されているけど、たとえば『不思議な国の殺人』（*NIGHT OF THE JABBERWOCK* 1950）はモチーフにしたルイス・キャロルの『不思議な国のアリス』自体が言葉遊びで構成されたようなお話だけど、アリスにはじまりアリスで終わる推理小説さ。推理小説では、ほかにも『手斧が首を切りにきた』（*HERE COMES A CANDLE* 1950）のベースは童謡の『マザーグース』といった具合いだ。伯父さんの推理小説は、書かれた当時の古き良き時代のアメリカが描写されているけれども、その小説技巧たるや、きのう書き上げられた小説みたいだよ。頭のなかにある奇抜なアイデアを、シルクハットもつかわないで手品みたいに取りだして、曲芸のようにアクロバティックに書き進める手際はまったく舌を巻くしかない。「ギミックミステリー」というのはボクの造語で、仕掛け、趣向に満ちた推理小説のことをそう呼んでいるんだけど『手斧が首を切りにきた』は六十五年前に書かれたギミックミステリーだよ。我が国においていち早くギミックミステリーを書いた推理作家、都筑道夫センセーでさえ、あの『猫の舌に釘をうて』を発表したのは『手斧が首を切りにきた』発表の十一年後、一九六一年なんだよ。

伯父さんについては、一九七七年にロバート・ブロックによって編まれた伯父さんの短編集の序文にブロック自身が書いている解説に詳しいから機会があったら読んでみるといいよ。星新一訳でサンリオSF文庫の『フレドリック・ブラウン傑作集』の巻頭に収録されているよ。

ちなみに、ブロックは、序文の冒頭で、伯父さんが、「ファースト・ネームをフレデリック、Frederic あるいは Frederick と誤植されることを不快がっていた」と書いているけど、『インターネット・ムービー・データベース』によると「実はその短編集のハードカバー版の背には、皮肉にも、ブロック自身のラスト・ネームの Bloch が Block と誤記されていた」んだって。

本国で出版された長編小説は全部で二十八作、推理小説が二十二作、SFが五作、普通小説が一作だけど、一昨年までは、推理小説が二作と普通小説の一作、三作が邦訳されていなかった。

推理小説の内訳は、それぞれが独立した内容のノン・シリーズが十五作で、〈エド・アンド・アム・ハンター〉シリーズが七作だけど、昨年二月にノン・シリーズのなかで邦訳されていなかった『ディープエンド』（*The Deep End* 1952）が六十二年ぶりに邦訳されるという快挙に読者は沸き、今年は〈エド・アンド・アム・ハンター〉シリーズ最後の未訳であり、推理小説二十二作中の最後の未訳でもある本書が六十五年ぶりに邦訳されるときいて、読者は再び小躍りしたんだ。

残るは（*The Office* 1958）。ついにこの一冊を残すだけになった。謎もなければ気の利いた驚きの結末も書かれていない自伝的小説らしいけど、タイプライターを打ちつづけることによって伯父さんはどんな小説を書いたのだろう。この機会に最後の一冊も翻訳されると、伯父さんのすべての長編小説をこの国で読むことができるようになるんだ。出版されると素敵だな。

さて、本書は〈エド・アンド・アム・ハンター〉シリーズ七作中のちょうどまん中、四作目にあたる作品なんだ。

記念すべき一作目は、しかつめらしくいうと「第三回アメリカ探偵作家クラブ最優秀処女長編賞」受賞作、くだけていえば「エドガーズ」を受賞した。主人公はエドワード・ハンター、十八歳。伯父のアンブローズ・ハンターの助けを借りて、父親が、あるいは、弟が殺された謎を追っていく話だ。

伯父さんの小説技巧、そのさり気ない上手さについては前にも書いたけど、もうひとつ見逃せないのが登場人物たちに向ける伯父さんの暖かい眼差しだ。父親を亡くし、そう潤沢にお金の持ちあわせもないけれど、若くてひたむきな正義感で「これだけは譲れない」という信念を貫こうとする主人公の行動、あるいは彼の脇を固めるひとたちを思いやりのある視線で静かに細やかに描写する。

ビリー伯父さんは、カール・ルイス・ブラウンとエマ・アメリア・ブラウンとの間に生まれたひとりっ子で、母親を十四才のときに父を十五才のときに亡くした。そのあと、彼の叔父さんが保護者になったというのは、叔父さんと伯父さんの違いはあるけどエド・ハンターとおなじ境遇だ。ちなみにノン・シリーズの主人公が新聞記者という設定が多いのは父親の影響かもしれない。ビリー伯父さんの父親は新聞記者だった。そのほか主人公の職業が出版関係だという設定は伯父さんの経験によるところが大きいのだろうか。フルタイムライターになることを決心するまで、ビリー伯父さんは、長い間、新聞社、雑誌社の校正係をしていたからね。

〈エド・アンド・アム・ハンター〉シリーズ七作を、発表順に紹介しよう。
（本書以外の六作は、東京創元社から創元推理文庫として刊行された）

『シカゴ・ブルース』*The Fabulous Clipjoint*（1947）
本シリーズの一作目。主人公のエド・ハンターは十八歳で見習い印刷工、前述のとおり、移動カーニバルで巡業中の伯父アム・ハンターを頼るべく訪問して、ふたりで事件の謎を追う。アム伯父は、カーニバルに関係する前に、私立探偵をしていた。
事件解決後、ホテル最上階にあるカクテルバーから舞台となったシカゴの街を俯瞰しながら、エドが街の印象をぽつんともらす。原題は、それを聞いたアム伯父が言ったひとことに由来しているが、俗語をつかった素晴らしいタイトルだ。

『三人のこびと』*The Dead Ringer*（1948）
エドはアム伯父が働いている移動カーニバルに残り、伯父と起居を共にして、そこで起こる連続殺人事件の謎を追う。サーカスのこびと、チンパンジー、七歳くらいの天才タップダンサーが次々に殺される。誰が何の目的で彼らを殺害したのか。ボールゲーム、レモネード、フェリスの輪、カーバイトランプ、アンボーンショー、ペニーアーケード、Gテントなどなど。喧騒でうら寂しく、猥雑で無垢なカーニーの世界を、来場者の視点ではなく、そこで働いている当事者の観点で描く。
事件を解決したあと、ふたりはシカゴの街へもどる。

『月夜の狼』*The Bloody Moonlight*（1949）
シカゴにもどったアム伯父は旧知が経営している「スターロック探偵社」に雇われ、探偵となる。二十一歳になったエドもおなじ探偵社の探偵見習いとなって働きはじめた。初仕事は、若くして成功した女性実業家からの依頼で、彼女の伯父が発明した木星受信装置に投資する価値があるかどうかを見極めてほしいというものだった。ひとり現地入りしたエドは、夜、調査対象者に会いに行く道すがら月光の下で喉元を噛み切られた死体と遭遇するが再度もどって確かめると跡形もなく死体は消えていた。調査中、喉元を噛まれた別の死体が再びころがる。ワーウルフ譚、人狼症、狼狂の正体は？
エドは、事件解決の初手柄をあげて、一人前の探偵として認められるのか？
本書が発表される八年前、ドラキュラ、フランケンシュタイン、ミイラ男、透明人間と並び、ユニバーサルスタジオ・モンスターのスターのひとり、『ウルフマン』が映画デビューしている。

『アンブローズ蒐集家』*Compliments of a Fiend*（1950）本書
アンブローズ、アム伯父が帰宅しない。アンブローズという人物だけを蒐集するコレクターの仕業なのか？　アム探偵の行方を探偵するエド探偵と、スターロック探偵社すべての探偵達。
エドは、どういう捜査方法で推理を巡らし、アム伯父を救出するのか？
この原題を知って以来、作者は一般的な「Devil」や「Demon」という単語をつかわず、なぜ「Fiend」をつかったのかが積年の疑問だったけど読んでみて分かった。確かに「Friend」から「r」たとえば「right《正しさ》」たとえば「real《真実》」が欠落すれば「Fiend」になるのかもしれない。関連語の「Feond《敵》」も「友達」の反義語だし。作中、『ぼくは五年前、印刷見習工だったころにやらかしたミスのことを思い出した』なんて書いてあり、自らも校正の経験があった作者らしい着想のように思えるけど、作者は普段から、単語や文章を目にして「言葉遊び」をしていたんだろうね。

『死にいたる火星人の扉』*Death Has Many Doors*（1951）
シカゴ環状線北部の街で、エドとアムはふたりだけの「ハンター&ハンター探偵社」を開業している。ある日、その探偵社があるビルの五階に、若い女性が火星人に殺されそうだから身辺警護をしてほしいと、おそるおそる訪ねてくる。精神状態に問題があると考えながらも見捨ててはおけないエドはその夜アパートへ同行し、寝室の隣の部屋で彼女を見守る。しかし、彼が眠っていた一時間くらいの間に彼女は死んでいた。エドとアム伯父は火星人の謎が解けるか？
地質調査員が登場するけど、彼の名前はスティーヴンソンの冒険小説『宝島』の準主役とおなじ名前、ジャック（ジョンの愛称）・シルバーだってさ。

『消された男』*The Late Lamented*（1959）

エドは二十代なかばの年齢になった。世の中の酸《す》いも甘いも嚙《か》み分けたアム伯父の年齢は四十歳代なかばで、相変わらずのずんぐりむっくりの体形、しかしながら、小粋な感じは変わらない。ふたりで「ハンター&ハンター探偵社」を開業して二年が経ち、今回、旧知の「スターロック探偵社」からの下請けで、市の収入役の自動車事故の調査にあたる。死後に行われた会計監査で、大金が横領されていたからだった。収入役の遺産相続人である娘が調査対象者で、探偵の捜査方法は業界でいう「釣りこみ」。調査対象者と懇意になり重要情報を聞きだすのだ。しかし、尾行したアムは初手で彼女に看破され、釣りこみ目的で彼女と同じアパートに入居したエドも、部屋にもどったところを彼女に拳銃をつきつけられる始末。ふたりは事件を解決できるのか?

『パパが殺される!』*Mrs. Murphy's Underpants*(1963)

〈エド・アンド・アム・ハンター〉シリーズとして書かれた最後の事件だが、ふたりの活躍がこの小説で完結したわけではなくて、シリーズはこの先、まだ書かれる予定だったのだろう。拳銃を盗む目的でエドのアパートへしのび込んできた八歳の少年マイク。自宅の寝室の壁越しにふたりの男がパパを殺す相談をしているのを聞いたのだと告げる。父はシカゴ競馬界の裏でノミ屋を手広く展開するシンジケートのボス、ヴィンセント・ドラン。彼から、事態が明白になるまで調査を依頼されることになったエドとアム伯父、ふたりの私立探偵の活躍を描く。

おしまいになったけど、伯父さんのフルネームは Fredric William Brown 前述のロバート・ブロックによると、伯父さんと親しいひとたちは「フレッド」と気さくに呼んでいたらしいけど、ボクは、「ビリー伯父」って呼んでいる。ミドルネームが「ウィリアム」で、親しいひとのことをファーストネームではなくてミドルネームで呼ぶこともあるから、伯父さんの了解もとらず、勝手に「ビリー伯父」って呼んでいるけど、伯父さんとおなじように言葉遊びが好きで、上手だったビリー、ウィリアム・シェークスピアみたいで、ボクはその呼び方が好きなんだ。

でもって、ボクの話はもうすぐ終わるけど、もうひとつだけ言っておきたいことがある。

私生活の公表を嫌った伯父さんだけど、オランダのアレックス・フェルステーヘンというひとが書いた『*The Book Case of Fredric Brown*』によると、喘息に苦しんでいた伯父さんが肺気腫で病院のベッドで亡くなったあと、家族が伯父さんの机から発見した一枚のメモのことさ。

走り書きには、こう書いてあったらしいよ。

No flowers, no funeral, no fuss.

「no f……」と、頭韻を踏んだ三つのセンテンス、短いけれど、それだけだったらしい。

「花手向《たむ》けるな、葬儀屋頼《たの》むな、騒ぎ立《た》てるな」といったところだろうか。

フレドリック・ブラウンは、最後までフレドリック・ブラウンだったんだ。

伯父さんが好きだったもの。『ミン・ター』というなまえのシャム猫、木製フルート、チェス、ルイス・キャロルの作品、それにお酒。これらが大好きで、読んで、呑んで、機知に富んだ会話を楽しみ、フルタイムの小説家なのに、ときにはタイプライターが嫌いだったビリー伯父さん。

素顔のフレドリック・ブラウンは、きっと、やさしいひとだったんだろうな。〈エド・アンド・アム・ハンター〉シリーズからボクが教わったのは、つまるところ「ひとが、ひとに対するやさしさの在りかた」ってことに、つきるのかもしれない。

末尾ながら、この解説めいた「フレドリック・ブラウン熱読者のおしゃべり」を書くにあたって、ミステリ研究家のシンポ教授こと新保博久さんより、具体的なご教示と示唆に富むご助言をいただきました。

ドラッグストア内のソーダ・ファウンテンの一角、雑誌立てに差してあったシカゴ市街地図、推理する主人公、現在《いま》ほど世知辛くない、当時のやわらかな空気感まで翻訳してくださった圭初幸恵さんに敬意を表しますとともに、シンポ教授に慎みてお礼を申しあげます。

(Jun. 2015)

〔訳者〕
圭初幸恵（けいしょ・さちえ）
北海道大学文学部文学科卒。インターカレッジ札幌で翻訳を学ぶ。訳書にピーター・テンプル『シューティング・スター』（柏艪舎）、フレドリック・ブラウン『ディープエンド』（論創社）がある。

アンブローズ蒐集家《しゅうしゅうか》
——論創海外ミステリ 153

2015 年 8 月 25 日　初版第 1 刷印刷
2015 年 8 月 30 日　初版第 1 刷発行

著　者　フレドリック・ブラウン
訳　者　圭初幸恵
装　画　佐久間真人
装　丁　宗利淳一
発行所　論 創 社
〒101-0051 東京都千代田区神田神保町 2-23 北井ビル
電話 03-3264-5254 振替口座 00160-1-155266

印刷・製本　中央精版印刷
組版　フレックスアート

ISBN978-4-8460-1448-3